AF235046

Tina Charcoal Burner
Dunkle Schatten der Liebe

Herstellung und Verlag:
BoD - Books on Demand, Norderstedt
© 2020 Tina Charcoal Burner

ISBN: 9783752867114

Alle Rechte liegen bei der Autorin

Tina Charcoal Burner

Dunkle Schatten der Liebe

Teil 2

Liebe
besteht nicht darin,
dass man einander ansieht,
sondern,
dass man gemeinsam
in die gleiche Richtung blickt

Erster Teil
Verloren im Seelenschmerz
ISBN 978-3-8391-8717-3

Was bisher geschah........................

Kim Webster, Innenarchitektin und Single, flieht nach einer
gescheiterten Beziehung nach Irland. Hier verliebt sie sich
in Lord Miles of Raven.
Ein harmloser Anfang, der sich steigert und irgendwann
das wahre Gesicht von Miles und dessen Unbeherrschtheit
und Brutalität gegenüber Kim zum Vorschein bringt.
Unentschlossenheit, Hass und Liebe wechseln ab.
Dann eskaliert es zwischen den Beiden.
Weil Kim ihm nicht die komplette Zuneigung, die er sich
erhofft hat, entgegenbringt und seine Eifersucht anstachelt,
vergewaltigt er sie aus Rache.
Kim flüchtet, stellt nach Monaten fest, dass sie von Miles
schwanger ist und bringt Zwillinge zur Welt.
Auf der Suche nach Geborgenheit gerät sie wieder in seine
Fänge und verstrickt sich in gefährliche Abhängigkeiten.
Sie wird erneut zum Spielball seiner Gefühle, in denen Trixi
und Helen eine brisante Rolle spielen.
Ob beide zueinander finden, entscheidet sich auf einem
Silvesterball, zu dem Kim von Miles eingeladen wird.
Miles macht Kim einen überraschenden Heiratsantrag. Sie
hat allerdings Bedenken und verlässt überstürzt die Feier
mit Miles bestem Freund......Bill.

Das Taxi fuhr vor.

Bill zahlte, stieg aus und half mir aus dem Wagen. Nach meiner schweren Entscheidung, Miles noch in dieser Nacht zu verlassen, war ich mit meinen Nerven und Kräften am Ende. Völlig in Tränen aufgelöst, realisierte ich im Nachhinein, dass wir uns vor Bills Villa befanden, die ich heute zum ersten Mal betrat. Irgendwie schien in meinem bisherigen Leben alles an mir vorbeigelaufen zu sein. Anscheinend hatte ich mich zu sehr auf Miles konzentriert und vergessen, dass es noch etwas anderes gab. Bill hakte sich unter, lotste mich in Richtung Eingang, schloss auf und schob mich hinein. Willenlos ließ ich mich von ihm ins Wohnzimmer schleifen und Bill drückte mich auf einen der Sessel. Ich war emotional völlig leer, stierte nur vor mich hin und sah durch die Tränenflut alles verschwommen. Bill verließ kurz den Raum und kam mit einem Glas Whisky wieder zurück, den er mir schluckweise einflösste. Ich hustete und drückte Bills Hand mit dem Glas zur Seite. Das Getränk brannte mir fast die Speiseröhre aus und ich kam langsam in die Wirklichkeit zurück. Bill setzte sich mir gegenüber.

„In diesem Zustand ist es besser, wenn du nicht nach Hause fährst. Du kannst heute Nacht hier bei mir im Gästezimmer schlafen und morgen sieht die Welt auch gleich wieder anders aus. Hast du gehört Kim?"

Gedankenlos nickte ich vor mich hin und Bill erhob sich, um das Gästezimmer vorzubereiten. Inzwischen ließ ich den Abend Revue passieren. Hoffentlich hatte ich nicht einen folgenschweren Fehler begangen und somit Miles endgültig verloren. Ich hasste mich für das, was ich vorhin mit ihm veranstaltet hatte. Ich war mir jedoch sicher, dass ich ihn nur so, entgültig zur Vernunft bringen konnte.

Aus dem Ende wird bekanntlich oft ein neuer Anfang. Irgendetwas in dieser Beziehung war völlig aus den Rudern gelaufen und ich kam zu keinem logischen Ergebnis warum. Mir wurde klar, dass ich Miles über alles liebte und nichts sehnlicher wünschte, als ihn bald an meiner Seite zu wissen. Würde er nach diesem Vorfall zu Helen zurückkehren oder doch versuchen mich wiederzugewinnen? Ich durfte gar nicht daran denken, dass er in Erwägung zog, Helen doch noch zu heiraten. Dieser Gedanke trieb mir schon wieder die Tränen in die Augen und machte mich wahnsinnig. Ich ergriff das Whiskyglas, leerte es mit einem Schluck, wollte mehr, stand auf, machte mich auf die Suche nach der Küche, fand diese und holte die halbvolle Whiskyflasche vom Küchentisch. Ich nahm sie mit ins Wohnzimmer, setzte mich wieder in den Sessel, lehnte mich zurück, schloss meine Augen und trank die halbe Flasche mit einem Zug fast vollständig leer. Das Zeug rann meine Speiseröhre hinunter und verbreitete eine wohltuende Wärme in meinem Magen. Ich setzte ab, schüttelte mich und bemerkte sofort die Wirkung des Alkohols, da ich so gut wie nichts auf dieser Feier an Essbarem zu mir genommen hatte. Mir wurde ganz leicht, ich fühlte mich losgelöst, hatte das Gefühl, dass mir keiner mehr was konnte und nach kurzer Zeit wurde ich unwahrscheinlich müde. Mir fielen ständig die Augen zu und ich versuchte zwanghaft wach zu bleiben, was mir nur schwer gelang.

„Kim?", wie aus weiter Ferne hörte ich Bill meinen Namen rufen.

Er riss mir die Flasche aus der Hand, fluchte vor sich hin und ich hörte, wie er sie mit Nachdruck auf den Wohnzimmertisch knallte. Bill schüttelte mich, ich ignorierte es, denn ich hatte absolut keine Lust mir eine Strafpredigt anzuhören. Nachdem ich überhaupt nicht reagierte, hob er mich hoch und trug mich ins Gästezimmer. Bei dieser Aktion hatte ich das Gefühl zu schweben. Ich öffnete kurz meine Augen, sah Bill an, musste auflachen und hielt mir prustend die Hand vor den Mund. Nachdenklich schaute er mich von der Seite her an.

„Verdammt! Kim! Du bist ja komplett besoffen und morgen nicht ansprechbar. Durch deine ewige Sauferei kannst du deine Probleme auch nicht auf Dauer kompensieren."

Er legte mich auf das Bett, setzte sich neben mich, schaute mir sehr lange und intensiv in die Augen und schüttelte den Kopf. Ich hielt seinem Blick stand und hatte das Gefühl, von ihm hypnotisiert zu werden, genau wie es mir immer bei Miles passierte. Bill strich mit seiner Hand über mein Gesicht, hauchte mir einen zärtlichen Kuss auf den Mund und fixierte mich weiterhin. Obwohl ich angetrunken war, stimmte mich irgendetwas in Bills Augen nachdenklich. Hier passte etwas ganz und gar nicht zusammen. In dem Blick von Bill lag etwas Sehnsüchtiges, was ich nicht einzuordnen wusste. Da wurde es mir schlagartig klar. Bill war gar nicht schwul, denn so konnte nur ein Mann eine Frau ansehen mit einer heterosexuellen Veranlagung. Er schien nur wegen Miles so eine Show abgezogen zu haben, damit ich nicht verwirrter wurde. Ich stöhnte nach dieser Erkenntnis auf. Ein Blick von mir in seine Augen und Bill hatte verstanden, dass ich alles wusste. Er erhob sich, drehte sich um und wollte aus dem Raum gehen. Ich stand ebenfalls auf und hielt ihn am Arm zurück.

„Bill? Ich weiß Bescheid und nun erkläre mir bitte um Himmels Willen, das Warum", bat ich ihn.

Er senkte seinen Blick, begleitete mich wieder mit ins Wohnzimmer und setzte sich mir gegenüber.

„Mein Gott! Kim ich weiß auch nicht wo ich anfangen soll", sagte er verzweifelt.

„Am Anfang Bill, ganz einfach", antwortete ich.

„Kim, ich wollte dir die Sehnsucht nach Miles nicht nehmen, mich nicht zwischen euch drängen und den Kindern den Vater streitig machen. An dem Abend, als ich dir erzählte, dass ich schwul bin, ist mir bewusst geworden, dass ich dich nun entgültig an ihn verloren habe. Dein Geständnis, dass ich der bessere Vater für die Kinder bin, hat mich völlig aus der Bahn geworfen. Das Schauspiel was wir vor Miles abzogen, ging mir sehr nahe, hat mir sehr wehgetan und Überwindung gekostet durchzuhalten. Vor allen Dingen, als du mich dann auch noch so intensiv geküsst hast, da wollte ich alles aufklären. Am heutigen Abend habe ich mich ja vor Miles als homosexuell geoutet, obwohl es nicht der Wahrheit entspricht. Ich hatte dein glückliches Gesicht gesehen und mir wurde klar, was da gerade gelaufen war. Ich will dir Miles nicht rauben, Kim. Ich habe begriffen, dass ihr beide auf ewig zusammen gehört", erklärte sich Bill.

Ich schaute Bill verständnislos an, schüttelte meinen Kopf und wurde plötzlich wütend. Ich sprang auf und eilte auf ihn zu.

„Verflucht noch einmal", schrie ich ihn an und schlug mit meinen Fäusten auf seine Brust ein, „was glaubt ihr beiden eigentlich mit mir zu veranstalten. Du bist genauso ein fieser Kerl wie Miles und ihr benutzt mich beide, um mit mir und meinen Gefühlen zu spielen. Kann ich denn nie zur Ruhe kommen? Ich halte diese Situation nicht mehr lange aus. Dieser unaufgeklärte Zustand mit Miles und dir macht mich langsam irre.

Wenn dieses verdammte Spiel weiter geht, schnappe ich mir die Kinder und verschwinde nach Deutschland zurück."

Bill versuchte mich zu beruhigen, machte aber alles noch schlimmer. Ich rastete aus, eilte zur Tür und wollte nach seinem Geständnis nur noch nach Hause. Bill versuchte mich davon abzuhalten und lief hinter mir her. Ich riss die Haustür auf, rannte nach draußen mit dem Gedanken, nur weg von hier. Eiskalte Luft schlug mir entgegen, der Alkohol gab mir dann doch den Rest und ich realisierte im gleichen Augenblick, dass ich keine Schuhe trug und es wieder schneite. Ich hörte einen entsetzten Aufschrei hinter mir, drehte mich erschrocken in Bills Richtung, verspürte einen heftigen Aufprall, gefolgt von kreischenden Bremsen. Mir wurde kurz schwarz vor Augen und dann schlug ich hart auf.

Das erste was ich benommen wahrnahm, war Bill, der neben mir kniete und mich anbrüllte, dass ich auf keinen Fall einschlafen durfte. Verzweifelt hörte ich ihn wiederholt meinen Namen rufen, verlor zeitweise die Orientierung und Besinnung. Verschwommen und wie aus weiter Ferne registrierte ich irgendwann das Heulen einer Sirene. Hektisches Treiben herrschte um mich herum, ich konnte meinen Körper nicht mehr spüren und dachte, Kim das war es nun endgültig und was wird nun aus den Kindern. Ich sah noch kurz in Bills Gesicht, hörte mich etwas sagen und dann wurde es zapfenduster.

Nervendes Piepsen weckte mich und ich schlug meine Augen auf. Ich befand mich in einem hellen Raum und blickte mich etwas verstört um. Wo war ich? Was war passiert? Langsam kam meine Erinnerung zurück und ich konnte bruchstückweise nachvollziehen, was

11

geschehen war. So wie es aussah, hatte ich einen Unfall und lag nun hier im Krankenhaus. Warum ich allerdings an die ganzen Geräte angeschlossen war, wurde mir erst nach und nach bewusst. Ich lag auf der Intensivstation. Meine Kinder, schoss es mir durch den Kopf. Wie lange lag ich hier schon? Gleichzeitig stellte ich fest, dass ich eine Atemmaske auf dem Gesicht hatte. Ich bekam die Panik, dachte an Flucht und riss mir das Teil entnervt vom Gesicht. Das hatte zur Folge, dass etliche Geräte einen langgezogenen Dauerton von sich gaben. In sekundenschnelle stand eine Krankenschwester im Zimmer und versuchte mir die Maske wieder ins Gesicht zu drücken. Ich schlug panisch um mich und die Schwester informierte den Arzt. Dieser versuchte mich zu beruhigen und hatte einige Mühe damit. Einen Erfolg konnte er nicht erzielen, da ich völlig hysterisch reagierte und immer wieder versuchte verzweifelt aufzustehen, was mir einfach nicht gelang. Als alles Gute zureden nichts nutzte, setzte der Arzt eine Spritze und ich bekam nur noch mit, dass ich langsam wieder einschlief. Bitte nicht, dachte ich noch verzweifelt und schon war ich wieder im Land der Träume versunken.

Nach dem erneuten Aufwachen versuchte ich die Lage zu sondieren, wollte erneut aufstehen und schaffte es wieder nicht. Warum verdammt noch mal konnte ich meine Beine nicht bewegen. Zwischenzeitlich wurde ich von meinen Gedankengängen abgelenkt, da der Stationsarzt noch einmal bei mir vorbeischaute.

„Willkommen zurück, Miss Webster. Kann ich nun in Ruhe ein halbwegs vernünftiges Gespräch mit ihnen führen?"

Ich nickte.

„Wie fühlen sie sich?", fragte er nach.

„Den Umständen entsprechend, gut", bestätigte ich ihm. „Was ist eigentlich passiert? Ich kann mich nur noch an Bruchstücke erinnern."

Der Doktor räusperte sich.

„Nun, Miss Webster. Sie wurden frontal und mit Wucht von einem herannahenden Auto erfasst. Man hat sie mit inneren Verletzungen ins Krankenhaus gebracht. Nach einem Herzstillstand reanimiert, dann operiert und unter Koma gesetzt. Gestern sind sie wieder von selbst erwacht und ihre Körperfunktionen haben angefangen sich von selbst zu stabilisieren, womit man eigentlich nicht mehr gerechnet hatte."

Ich schluckte und er erklärte dann auf Nachfrage, was man genau mit mir nach dem Unfall veranstaltet hatte.

„Also, die Erstversorgung eines Polytraumatisierten, wird nach standardisierten Vorgehensweisen, wie etwa dem ATLS-Konzept vorgenommen."

Ich schaute den Arzt entsetzt ins Gesicht und verstand fast gar nichts von dem, was er mir gerade erzählt hatte.

„Würden sie mir bitte erklären, was für eine Operation bei mir gemacht wurde?", fragte ich genervt nach.

„Sie haben durch den Aufprall einen Milzriss erlitten und müssen sich aber keine unnötigen Sorgen machen. Obwohl die Milz wichtige Funktionen innehat, ist sie kein überlebenswichtiges Organ in dem Sinn. Wenn die Milz verletzt wird und wegen der dünnen Kapsel platzt, ist es jedoch zwingend notwendig, aufgrund der starken Durchblutung, sie zu entfernen. Die Aufgaben der Milz werden von der Leber und anderen Organen übernommen, wobei man anfälliger für Infekte sein kann", bekam ich als Rückantwort.

Ich atmete heftig aus.

„Wie lange war ich in Koma?", hakte ich nach.

„Seit fünf Monaten haben sie vor sich hingedämmert", erklärte er mir.

Seine ernüchternde Antwort raubte mir fast den Verstand. Oh Gott, schoss es mir durch den Kopf, ich hatte den ersten Geburtstag meiner Zwillinge verpasst. Ich schluckte.

„Hat sich denn irgendjemand inzwischen hier blicken lassen?"

Der Doktor nickte mit dem Kopf.

„Ja, keine Sorge. Hier waren täglich zwei Herren und haben sie abwechselnd besucht. Tag und Nacht sind beide neben ihnen am Bett gesessen und haben Wache gehalten. Sie haben gebangt, gebetet und gehofft, dass sie wieder aufwachen würden. Nach einem Monat sind sie dann nur noch sporadisch erschienen, was auch vernünftig war. Gestern, kurz bevor sie aufwachten, ist wieder einer der beiden hier gewesen und hat sich wie immer mit ihnen unterhalten."

Ich starrte den Arzt lange an.

„Warum kann ich meine Beine nicht bewegen?", fragte ich vorsichtig nach.

„Sie sind seit diesem tragischen Unfall, ab der Hüfte gelähmt", kam die vernichtende Antwort.

Ich schrie erschrocken auf.

„Stopp! Bevor sie sich unnötig aufregen, kann ich ihnen versprechen, dass sie deshalb nicht beunruhigt sein müssen", erklärte er weiter. „Dieser Zustand wird nicht für immer sein. Bei der Routineuntersuchung und den anschließenden Röntgenaufnahmen hat man keine erkennbaren Wirbelverletzungen in dem Sinne festgestellt. Bei ihnen handelt es sich definitiv um ein psychisches Problem, ausgelöst durch ein Trauma. Also, einfach ausgedrückt, sie wollen aus irgendeinem Grund nicht laufen und verweigern sich deshalb."

Ich schlug die Hände vors Gesicht und heulte. Der Arzt ließ mich gewähren.

„Nur zu. Das ist im Moment wohl das Beste, um den Schock zu überwinden. Außerdem habe ich vorhin beide Herren benachrichtigt, dass sie erwacht sind. Sie befinden sich bereits auf dem Weg hierher."

„Ich danke ihnen", gab ich von mir und schluckte.

Nachdem der Arzt das Zimmer wieder verlassen hatte, machte ich mir Gedanken in wie weit sich mein Leben nun gestalten würde. Ich dachte an meine Kids und musste wieder heulen. Was würde aus ihnen werden und vor allen Dingen, in wessen Obhut befanden sie sich zurzeit. Ich hoffte und bangte, dass Miles sich nicht für Helen entschieden hatte und sie sich mit ihm gemeinsam um unsere Kinder gekümmert hatte. Allein der Gedanke, steigerte sich für mich ins Unerträgliche. Ich schlug wütend auf meine Bettdecke ein. Tausend Fragen schwirrten mir durch den Kopf, die nur Miles beantworten konnten.

„ Bill, du verdammter Idiot, warum hast du dich nicht eher geoutet und mir Deine Liebe gestanden. Miles, du bist auch nicht unschuldig an meinem Schicksal. Es hätte nicht so weit kommen müssen, dass ich nun hier lag und auf die Hilfe anderer angewiesen sein musste", flüsterte ich vor mich hin.

Ich versuchte meine Beine wieder zu bewegen, aber die Anstrengungen waren vergeblich. Warum nur blockierte mein Gehirn und verweigerte mir das Gehen? Ich schloss aufstöhnend meine Augen und wusste insgeheim wieso ich mich in diesem Zustand befand. Ich verfluchte erneut den Tag, an dem ich mit Miles am Taxi zusammengestoßen war. Noch immer erschöpft von den ganzen Ereignissen, schlief ich ein. Ich hatte die wirrsten und verrücktesten Träume. Ein

Räuspern an meinem Bett ließ mich hochschrecken. Ich schlug meine Augen auf und sah Miles und Bill vor meinem Bett stehen. Ich musste auflachen und die Beiden schauten sich erstaunt an.

„Na Kim, dir geht es anscheinend doch schon wieder recht gut, wenn du bei unserem Anblick wieder lachen kannst", meinte Miles.

Ich reichte ihnen meine Hände. Bill grinste wie immer nur vor sich hin.

„Hallo, ihr beiden. Ich freue mich riesig euch wieder sehen zu dürfen. Es schien nicht gerade rosig um mich gestanden zu haben. Anscheinend bin ich dem Teufel noch einmal von der Schippe gehüpft."

Zaghaft drückte jeder von ihnen meine Hand. Beide standen da, wie bestellt und nicht abgeholt und ich forderte sie zum Sitzen auf. Dankend nahmen sie an. Schweigen herrschte vor und ich brach es indem ich mir erzählen ließ, wie es den Zwillingen ginge und warum sie nicht dabei waren. Bill räusperte sich.

„Der Arzt hat für den Nachmittag angeordnet, dass du auf die normale Station in ein Einzelzimmer verlegt wirst. Es besteht zum Glück keine ernsthafte Gefahr mehr für dich", informierte er mich.

„Somit steht einem Besuch der Zwillinge nichts mehr im Wege. Bill und ich kommen mit Zoe und Wesley morgen vorbei", ergänzte Miles.

Ich freute mich wie ein kleines Kind und versuchte aufzustehen, als mir einfiel, dass ich das im Augenblick nicht mehr konnte. Ich sackte zurück und mir traten die Tränen in die Augen. Miles und Bill schauten sich gegenseitig an.

„Kim? Weißt du überhaupt, wie man mit dir nach dem Unfall verfahren ist?", fragte Miles vorsichtig nach.

Ich nickte.

„Der Arzt hat mir alles erklärt. Ich werde versuchen, so schnell wie möglich wieder Laufen zu können. So leicht gebe ich mich nicht geschlagen. Bill, erzähle mir bitte noch einmal genau, was passiert ist", forderte ich ihn auf.

„Du bist sturzbetrunken aus der Wohnung gelaufen und ich habe nur aus den Augenwinkeln gesehen, wie ein Auto auf dich zuraste. Dem Fahrer ist es trotz Ausweichmanöver nicht gelungen dich zu verschonen. Die Wetterverhältnisse waren einfach zu schlecht. Ich habe zusehen müssen, wie du vom Fahrzeug erfasst wurdest. Der Aufprall auf die Kühlerhaube und der Freiflug von dir, waren so heftig gewesen, dass ich davon ausgegangen bin, dass du es nicht überlebt hast. Verzweifelt versuchte ich dich wach zu halten, was mir nur schwer gelang. Aus der Ferne hörte ich erleichtert die Sirene des Krankenwagens und es ist wirklich um Sekunden gegangen. Du hattest kurz darauf im Krankenwagen einen Herzstillstand und musstest reanimiert werden. Ich bin dann im Sanka mitgefahren und vor Angst beinahe wahnsinnig geworden. Man hatte alles versucht um dich halbwegs lebend ins Krankenhaus zu bringen. Das war äußerst schwierig, da bei dir schlimme innere Verletzungen festgestellt wurden. Vor dem OP-Raum wurde ich ausgebremst und zum Warten verurteilt. Die Notoperation war anscheinend nicht gut verlaufen und irgendwann gaben die Ärzte auf und man erklärte dich für klinisch tot. In dem Moment, als man die Geräte abschalten wollte, fing dein Herz wieder an zu schlagen. Das OP-Team versuchte alles um dich am Leben zu erhalten. Danach wurdest du allerdings in künstliches Koma versetzt, wegen dieser schweren Verletzung. Ich habe Miles informiert, der schnell ins Krankenhaus eilte.

Wir saßen die restliche Nacht vor dem OP und haben gewartet und gebangt, dass du es überlebst. Eigentlich bin ich der Schuldige gewesen, der dich in eine weitere prekäre Situation gebracht hat. Kim es tut mir fürchterlich leid", entschuldigte sich Bill.

Ich schüttelte mit dem Kopf. Irgendwie hatte er schon Recht, aber ich wollte es in diesem Moment nicht hören.

„Nein! Keiner von euch hat Schuld. Das Schicksal hat so entschieden und was passiert ist, ist nun passiert und nicht mehr zu ändern."

Beide Männer senkten beschämt ihre Köpfe.

„Ich hätte gerne eines von dir gewusst, Miles? Wo sind denn Zoe und Wesley solange verblieben, während ich in diesem Zustand hier im Krankenhaus lag?"

„Bill, Milly, Kathy und meine Wenigkeit haben sich im Wechsel um die Zwillinge gekümmert", erklärte mir Miles. „Zurzeit wohnen beide im Schloss und da das Kinderzimmer, dem im Appartement gleicht, haben sie eine gewohnte Umgebung vorgefunden. Die beiden haben sich prächtig entwickelt und können bereits Laufen."

Miles zog ein Bild aus seiner Tasche und überreichte es mir. Da waren sie meine beiden Goldstücke und wie groß sie geworden waren. Fünf Monate hatte ich eine weitere Entwicklungsstufe von ihnen verpasst. Das schien wohl die gerechte Strafe für mich zu sein. So musste Miles sich gefühlt haben, nachdem er die Zwillinge neun Monate nicht kennen lernen konnte.

Ich schaute Miles und Bill lange an und brach wieder in Tränen aus. Der Arzt erschien mit Personal und bat Miles und Bill einen Moment draußen zu warten, da man mich nun für die normale Station fertig machen wollte. Beide erhoben sich, verließen das Zimmer und man entledigte mich sämtlicher Schläuche und Geräte, die sich noch in und an meinem Körper befanden. Dann schob man mich in Richtung Aufzug und Miles und Bill folgten nach. Fieberhaft überlegte ich, was ich machen sollte. Beide Männer schienen immer noch in mich verliebt zu sein und würden mit Sicherheit erneut um meine Gunst buhlen, jeder auf seine Art, wobei Miles den Vorrang hatte mit mir die Kinder zu haben. Nun ging das Spiel von vorne los, die Vergangenheit hatte mich wieder eingeholt und ich musste wiedersehen, wie ich mich aus dieser Situation winden konnte. Verflixt noch einmal, dass Leben war nur ein Theaterstück, verwirrend und äußerst kompliziert, schoss es mir durch den Kopf.

Der Aufzug hielt an und unterbrach meinen wirren Gedankenfluss. Mein Einzelzimmer war hell und freundlich und ich war froh darüber, alleine zu sein. Dies war im Moment das wichtigste, da ich mir über einiges klar werden musste.

Miles und Bill betraten das Zimmer und setzten sich zu mir ans Bett. Sie versprachen morgen mit Zoe und Wesley zu erscheinen. Der Arzt hatte grünes Licht gegeben, da es förderlich für meine Genesung sei, die Kinder zu sehen. Wir plauderten noch ein wenig und dann gingen Miles und Bill wieder. Mir schwirrten tausend Gedanken durch den Kopf. Verzweifelt schlug ich die Hände vors Gesicht und ein mulmiges Gefühl breitete sich in meinem Magen aus. Später schaute der Doktor noch vorbei und wünschte mir einen erholsamen Schlaf. Im Stillen dachte ich mir, dein Wort in Gottes Ohr.

Der nächste Vormittag war wie immer mit nervigen Tests ausgefüllt. Meine verzweifelten Versuche die Beine mit massiver Anstrengung zu bewegen, verliefen weiterhin im Sand und ich heulte vor Wut. Der Therapeut erklärte mir, dass es nicht von heute auf morgen ging und schon gar nicht mit immenser Gewalt. Wegen meines seelischen Problems, musste erst die Blockade durchbrochen werden. Dafür waren lange, intensive Gespräche nötig. Im Stillen dachte ich, dass ich selbst erkannt hatte, warum ich nicht mehr laufen wollte. So musste ich keine entgültige Entscheidung treffen, welchen der beiden Männer ich nun auswählen würde. Dadurch hatte ich mir eine kleine Galgenfrist erwirkt. Mittlerweile schwankte ich wieder zwischen Miles und Bill. Meine Gefühle liefen Amok. Ich verfluchte meine Unentschlossenheit. Der irre Gedanke mit beiden zusammen zubleiben war mir durch den Kopf geschossen. Ich wusste allerdings, dass dies nie gut gehen konnte und unmöglich war. Schnell verwarf ich meine wirren Gedankenspiele und konzentrierte mich auf meine beiden Kids. Nach dem Mittagessen schlief ich noch ein wenig, um fit für den Besuch zu sein. Irgendwann wachte ich von lautem Kindergeplapper auf. Da waren sie, meine Zwillinge. Mein Gott, waren sie gewachsen. Mit großen Augen schauten sie mich an und streckten mir ihre Arme entgegen. Ich versuchte aufzustehen und scheiterte erneut. Miles und Bill setzten mir beide auf den Bettrand und ich konnte sie genauer betrachten. Wesley sah Miles immer ähnlicher und Zoe schien wirklich in meine Art zu schlagen. Ich knuddelte beide.

„Miles? Warum erkennen mich die beiden sofort? Ich war doch fünf Monate nicht vor Ort?", erkundigte ich mich bei ihm.

„Kim, in ihrem Zimmer steht ein Foto von dir und ich habe sie täglich daran erinnert, dass du die Mama bist und bald wieder nachhause kommst", erklärte Miles. Nachhause! Schön gesagt. Nur in welches Heim würde es mich diesmal verschlagen. Zur Not konnte ich in meiner geräumigen Atelierwohnung weiterwohnen. Ich hatte ja zum Glück den Aufzug, der die Treppen ersetzen würde, vorausgesetzt er fiel nicht irgendwann einmal aus. Die Wohnung würde ich so umgestalten lassen, dass alles auf der unteren Ebene stattfinden konnte. Ins Schloss ziehen wollte ich nicht unbedingt, dass war nicht förderlich für meine Genesung und erinnerte mich zu sehr an Trixi und Helen. Ich wollte mich außerdem nicht komplett von Miles einnehmen lassen, davor hatte ich irgendwie Angst. Bill wollte ich nicht enttäuschen und auch keine Hoffnung machen. Ich wusste einfach nicht für wen ich mich entscheiden sollte. Ich musste neutral denken und gezielt Abstand von allem nehmen. Meine Gedanken schwirrten wild durcheinander. Ich stöhnte gequält auf. Miles und Bill deuteten das falsch und nahmen die Kinder vom Bett.

„Okay Kim, ich denke für heute reicht es erst einmal. Es ist jetzt wohl besser, wenn wir gehen. Du brauchst jetzt unbedingt Ruhe und Zeit, um schnell zu genesen, damit du endlich wieder nach Hause kommen kannst. Bill und ich werden jeden Tag auf eine Stunde mit den Kids vorbeikommen", meinte Miles so nebenbei.

Ich winkte ihnen beim Gehen und versank dann in meinen Gedanken, um eine rationale Lösung für alle Beteiligten zu finden, bevor ich entlassen wurde. Mein Entschluss stand bereits jetzt schon fest. Ich würde definitiv in mein Appartement ziehen und beschloss es behindertengerecht umbauen zu lassen, bis ich wieder richtig Laufen konnte. Irgendwann würde sich diese verfluchte Blockade wohl lösen. Morgen wollte ich telefonisch alles veranlassen und schwor mir dies auch durchzusetzen.

Die Wochen vergingen und ich war soweit hergestellt, dass einer Entlassung aus dem Krankenhaus nichts im Wege stand. Allerdings würde ich das Krankenhaus im Rollstuhl verlassen. Trotz intensiver Bemühungen und Anstrengungen konnte ich noch nicht laufen und die Gespräche mit dem Therapeuten waren auch völlig vergebens gewesen, da ich mich seiner Meinung nach sperrte. Mir war das im Moment egal und ich wollte nur noch raus hier. Miles, Bill und die Kids hatten mich jeden Tag wie versprochen für eine Stunde im Krankenhaus besucht und mir ging es bedeutend besser, zumindest seelisch. Schwierigkeiten hatte ich bei der Umsetzung, beiden Männern klar zu machen, dass ich in mein Atelier ziehen würde. Das Wenn und Aber wurde abgewogen und beide versuchten mich zu überreden, damit ich doch Einzug im Schloss hielt. Ich weigerte mich vehement. Als Miles und Bill merkten, dass ich mich nicht umstimmen ließ, gaben sie endlich auf. Meine Wohnung war inzwischen nach meinen Wünschen so verändert worden, dass die Kinder und ich, alles auf einer Ebene zur Verfügung hatten. Mein Büro diente zurzeit als Kinderzimmer und ich würde zunächst einmal auf der Riesencouch im Wohnzimmer nächtigen. Miles war enttäuscht und Bill hielt sich wie immer zurück. Leicht machten es mir die beiden nicht und ich fühlte mich schon wieder unter Druck gesetzt.

Der Tag der Entlassung kam und ich rief mir ein Taxi. Keinesfalls wollte ich, dass Miles und Bill sich zu irgendetwas verpflichtet fühlten, um mich abzuholen. Außerdem wollte ich erst in Ruhe meine Wohnung begutachten um dann dem Ansturm der Mannsbilder gelassen entgegen sehen zu können. Auf dem Weg in mein Appartement, teilte ich beiden per SMS mit, dass sie mich in ungefähr einer Stunde dort besuchen konnten und sie beide Kinder mit nachhause bringen sollten. Von beiden erhielt ich eine wütende Antwort zurück, wegen meiner verdammten Sturheit. So wie es aussah machten sie sich ernsthafte Gedanken und ich musste herzhaft lachen. Beide fanden es gar nicht in Ordnung, dass ich alleine ins Appartement gefahren war. Das Taxi hielt vor dem Haus, der Fahrer half mir in den Rollstuhl und begleitete mich bis in meine Wohnung. Ich bedankte mich herzlich bei ihm für seine Hilfe und steckte ihm ein reichliches Trinkgeld zu. Er freute sich darüber, wünschte mir alles Gute, baldige Genesung und verschwand wieder. Neugierig schaute ich mich in meiner Wohnung um und fuhr mit meinem Rollstuhl die umgebauten Zimmer ab. Alles war so hergerichtet worden, wie ich es angeordnet hatte. Nun, Hauptsache dies hatte geklappt und das andere würde sich nach und nach auch noch ergeben. Ich rollte mich in die Küche und setzte einen Kaffee auf. Miles und Bill würden bestimmt gerne einen mit mir trinken. Beim Eindecken des Tisches geriet ich dann doch in enorme Probleme, da ich mich nicht so bewegen konnte wie ich wollte. Ich verfluchte mein Handicap nicht laufen zu können und schmiss vor Wut einen Teller an die Wand. Schön dämlich, dachte ich dann bei mir, nun musste ich den Mist wieder entfernen. Es gelang mir nicht und wenn das wieder so extrem weiterging, hatte ich bald kein vollständiges Geschirr mehr im Schrank. Ich fluchte auf, denn seit meiner Unbeweglichkeit war ich ungeduldig geworden, dass ich bei jeder Kleinigkeit sofort ausrastete. Das musste ich unbedingt ändern. Es klingelte an der Tür und das Unfassbare war geschehen, ich stand vor dem

Rollstuhl. Ich erschrak so heftig über dieses Ereignis, dass ich mit einem Aufschrei zu Boden fiel. Ein weiterer Versuch aufzustehen misslang mir. Meine unbewusste Reaktion hatte mich also dazu gebracht für einen kurzen Augenblick zu stehen. Ich konnte wenn ich wollte und nicht daran dachte, wirklich stehen. Der Therapeut hatte mich bereits im Vorfeld über diese Bewegungsbeeinträchtigung informiert. Damit ich es besser verstehen konnte, hatte ich mich mit reichlich Infomaterial eingedeckt und festgestellt, dass meine Krankheit in zwei verschiedenen Ursachen deklariert wurde.

Lähmung ist der Oberbegriff für die Minderung oder den Ausfall eines Organs oder Organsystems. Im engeren Sinne meint man die Unfähigkeit, einzelne Körperteile oder Regionen bewegen zu können.

Man unterscheidet auch zwischen der Parese.

Einer unvollständigen Lähmung, bei der vor allem die Bewegungsfunktionen in verminderter Form möglich sind und der Paralyse oder Plegie, dem vollständigen Ausfall der Bewegungsfähigkeit.

Neben beiden körperlichen Formen steht die Pseudo-Lähmung, bei der durch eine psychogene Erkrankung, die Symptome der Lähmung nur vorgetäuscht werden. Direkte körperliche Ursachen können nicht gefunden werden. Sie treten aber meist nach Traumatisierenden Ereignissen oder Problemen auf.

Letztere Variante war bei mir der Fall. Nur half mir diese Erkenntnis im Moment nicht viel und ich lag vor dem Rollstuhl auf dem Boden und kam ohne Hilfe nicht mehr hoch. Zum Glück besaß Miles noch einen Schlüssel und ich hoffte, dass er ihn benutzen würde. Nachdem ich nicht geöffnet hatte, verschaffte er sich einfach Einlass. Erschrocken sahen beide mich an, als sie mich vor dem Rollstuhl liegend vorfanden. Miles verhalf mir wieder zurück in den Rollstuhl.

„Kim, wie zum Teufel ist das denn passiert? Hast du dich verletzt?" fragte er nach.

„Nein! Miles, ich habe mich zum Glück nicht verletzt, aber mich beim Fortbewegen des Rollstuhles wohl etwas verschätzt. Na und, so bin zu Fall gekommen", log ich ihm vor.

„Mir scheint, dass es doch keine so gute Idee von dir gewesen ist, hier ohne Hilfe einzuziehen. Wie stellst du dir das vor, wenn die Zwillinge vor Ort sind und dir das Gleiche noch mal passiert?", hakte er nach.

Ich schaute ihn an, wollte zu einer Antwort ansetzen, dass ich gerade meinen ersten Stehversuch hinter mich gebracht hatte und besann mich dann aber eines Besseren. Ich biss mir auf die Lippen und schwor mir keinem etwas davon zu erzählen, denn das sollte vorerst mein Geheimnis bleiben. Bill der neben Miles stand, musterte mich haargenau und ich hatte den stillen Verdacht, dass er mich gerade durchschaute. Ich bekam wieder einen roten Kopf und vermied beide anzusehen. Zum Glück kamen gerade Zoe und Wesley auf mich zugelaufen und streckten mir ihre Hände entgegen. Ich bat Miles mich auf die Couch ins Wohnzimmer zu befördern und Bill, mir die Zwillinge zu bringen. Wieder hatte ich mich schnell aus einer unangenehmen Situation ziehen können. Schlagartig wurde mir bewusst, dass es irgendwann furchtbar schief gehen würde. Nachdem ich auf der Couch saß, gingen beide zurück in die Küche und deckten den Kaffeetisch fertig. Ich hörte, wie sie sich angeregt unterhielten und die Scherben des Tellers aufkehrten.

„Kim? Wenn das so weitergeht, hast du sicherlich bald kein heiles Geschirr mehr im Haus", stellte Miles fest und ich lachte.

„Ich weiß, Miles. Diese Erkenntnis hatte ich bereits selbst", warf ich in Richtung Küche zurück.

Kurze Zeit später kamen beide und halfen mir an den Küchentisch. Es war wirklich Ironie des Schicksals sehen zu müssen, wie Zoe und Wesley in die Küche watschelten und ich dorthin getragen werden musste. Früher war es genau umgekehrt gewesen. Ich musste bei dem Anblick und dem Gedanken laut auflachen. Urplötzlich verlor ich die Kontrolle über mich, fing das Zittern an und brach in hysterisches Heulen aus. Irgendwie wurde mir meine ganze hilflose Situation bewusst in der ich mich nun befand und bekam eine immense Wut auf beide Männer. Warum saß ich den im diesem verdammten Rollstuhl? Doch nur wegen den Beiden, die schonungslos mit meinen Gefühlen spielten und hausieren gingen. Bill und Miles sahen sich hilflos und verständnislos an und versuchten mich zu beruhigen. Ich blickte hasserfüllt zurück und schlug wie von Sinnen nach ihnen. Bill sagte etwas zu Miles, dass ich akustisch nicht verstehen konnte, schnappte sich die Zwillinge und verschwand mit ihnen im Kinderzimmer. Miles kam langsam auf mich zu kniete sich vor mich, legte seine Hände zur Beruhigung auf meine Arme und schaute mich wie immer mit diesen verfluchten blauen Augen an.

„Kim was ist plötzlich los mit dir?", fragte er besorgt.

Mir gingen völlig die Nerven durch und ich schlug auf Miles ein, wie eine Verrückte. Ich verkrallte mich in seinen Haaren und schüttelte seinen Kopf. Er ließ alles wortlos mit sich geschehen. Dann brach alles aus mir heraus, was die letzten Wochen im Krankenhaus auf mich eingestürmt war und mich intensiv beschäftigt hatte. Ich brüllte Miles meine ganze Verzweiflung ins

Gesicht.

„Was mit mir los ist, Miles? Möchtest du das wirklich wissen? Ich kann dir sagen, was mit mir los ist. Den Tag, an dem ich mit dir zusammengestoßen bin, den verfluche ich. Genau wie deine verdammte Brutalität im Zusammenhang mit der Vergewaltigung und dein ewiges Misstrauen mir gegenüber. Die Lügen mit Trixi und Helen und deine sexuelle Begierde nach meinem Körper, die für dich wohl das einzig wichtige ist. Du liebst mich überhaupt nicht, da du es mir nie richtig gezeigt hast. Ich kann nur deshalb nicht laufen, weil ich nicht will und mich nicht zwischen dir und Bill entscheiden kann. Bill ist gar nicht schwul und hat sich nur wegen unserer Beziehung zurückgehalten. Genau aus diesem Grund, bin ich aus Verzweiflung ins Auto gelaufen, weil ich an diesem besagten Neujahrsmorgen einfach nicht mehr konnte, völlig verwirrt über meine Gedanken gewesen bin und nur noch nach Hause wollte. Miles, ich hasse euch beide, weil ihr einfach zu feige seid, endlich Stellung zu beziehen und ich mich nur noch als Mittel zum Zweck fühle."

Aus den Augenwinkeln sah ich, dass Bill wieder in der Küche erschienen war und kreidebleich die ganze Situation verfolgte. Ich ließ die Haare von Miles los und bemerkte, dass ich ihm in meiner Rage ein ganzes Büschel herausgezogen hatte. Entsetzt starrte ich auf meine Hand und sah dann in das Gesicht von Miles. Dieser blickte mich ganz ruhig an und zog mich dann an sich, um mich zu beruhigen. Leider erreichte er damit genau das krasse Gegenteil, da ich in diesem Moment wieder in Richtung Bill und somit in dessen Gesicht blicken konnte. Ich bekam die ganze Situation mit beiden Männern nicht mehr unter Kontrolle und stieß Miles mit immenser Kraft von mir weg. Ziemlich unsanft landete er am Küchenschrank, schaute mich ungläubig an und schüttelte nur mit dem Kopf. Meine Blicke wechselten zwischen beiden Männern hin und her.

„Verschwindet!", schrie ich. „Alle beide, und zwar sofort. Meine Geduld ist erschöpft und ich will so nicht mehr mit mir verfahren lassen. Und tut mir bitte einen Gefallen, tretet mir nie mehr unter die Augen."

Miles erhob sich extrem langsam und schaute in Bills Richtung. Dieser stand immer noch wie versteinert im Raum und blickte mich völlig entgeistert an. Nun war ich an ihm zur Verräterin geworden, was mir im gleichen Augenblick furchtbar leidtat. Bill erwiderte den Blick in Miles Richtung und erneut sah ich den Kampf der beiden mit Ihren Augen.

„Entspricht das der Wahrheit, was Kim gerade von sich gegeben hat?", hakte Miles nach und Bill nickte stumm.

Plötzlich rastete Miles ohne Vorwarnung aus und ging auf Bill los. Das war der Augenblick, vor dem ich mich immer gefürchtet hatte. Entsetzt schaute ich beide Männer an, die sich mittlerweile einen heftigen Kampf lieferten. Mein Gott schoss es mir durch den Kopf, was hatte ich da nur wieder angestellt. Hilflos musste ich zusehen, wie sich beide prügelten und die ersten Blessuren davongetragen hatten. Miles blutete bereits aus der Nase und Bill hatte eine aufgeplatzte Lippe.

„Miles! Bill! Kommt zur Vernunft! Hört auf, dass bringt doch nichts!", schrie ich sie an.

Zwecklos, keiner der beiden reagierte auf mich. Bill ging zu Boden und Miles prügelte heftig auf ihn ein. Bill blieb ihm rein gar nichts schuldig und schlug zurück. Irgendetwas musste ich tun, damit diese Situation nicht noch mehr eskalierte. Mir blieb nur eine Möglichkeit, ich musste aufstehen. Verzweifelt und vor Sorge um beide, versuchte ich mich am Küchentisch hochzuziehen und erreichte gar nichts. Verdammt, vorhin war es mir doch auch gelungen. Die Prügelei zwischen Miles und Bill eskalierte und ich bekam es ernsthaft mit der Angst zu tun. Mit letzter Kraftanstrengung probierte ich es erneut und diesmal klappte es überraschender Weise. Schrittweise zog ich mich am Tisch entlang in Richtung der Männer. Beide hatten sich im Schwitzkasten und keiner blieb dem anderen etwas schuldig. Sie sahen fürchterlich aus. Ich erreichte das Ende des Tisches und nun kam das schwierigste Stück für mich, denn wie konnte ich freilaufend auf beide zugehen, ohne Angst zu haben, erneut zu stürzen. Ich zitterte bereits jetzt schon, denn auch meine Muskulatur war durch das Liegen im Krankenhaus geschwächt. Augen zu und durch dachte ich und setzte es in die Tat um. Konzentriert und einen Fuß vor den anderen lief ich auf beide zu, um den Kampf zu beenden, bevor noch etwas schlimmes passierte. Ich kam mir wie Frankenstein Monster bei seinen ersten Gehversuchen vor und musste trotz meines Handicaps grinsen. Irgendwie schienen beide aus den Augenwinkeln bemerkt zu haben, dass sich etwas auf sie zu bewegte. Beide unterbrachen kurz, setzten sich auf und schauten mich völlig erstaunt an. Endlich waren sie von ihrem Kampf abgelenkt. Ich atmete auf, dachte noch, geschafft und schon knickten meine Beine wieder weg. Hart schlug ich auf dem Fußboden auf und tat mir fürchterlich weh. Heulend sah ich in die Richtung der Männer, die wie versteinert saßen und mich mit offenem Mund anguckten. Miles reagierte, sprang auf und lief auf mich zu. Als er sich vorsichtig zu mir kniete, konnte ich die Ausmaße ihres

Kampfes sehen. Miles Nase blutete ziemlich heftig, seine linke Augenbraue war leicht aufgeplatzt und sein Gesicht war völlig eingeschwollen.

„Kim! Verdammt, was machst du wieder! Geht es dir gut? Soll ich dir beim Aufstehen behilflich sein, oder möchtest du es selbst probieren?", fragte er mich.

„Hilf mir, Miles", bat ich. „Sicher schaffe ich es nicht alleine. Ich habe vorhin schon einmal den Versuch gestartet zu laufen, bin vor den Rollstuhl gestürzt und konnte mich nicht mehr von alleine erheben. Deshalb habt ihr mich liegend vorgefunden. In unbewussten Momenten und in Stresssituationen wie eben, ist es mir anscheinend möglich zu reagieren, wenn auch nur eingeschränkt."

Bill war inzwischen dazugeeilt und sah genauso lädiert aus wie Miles. Ich musste mir ein Lachen verkneifen, denn irgendwie hatte die Situation was Komisches an sich. Bill schaute zu Miles und dieser nickte. Beide Männer hakten mich rechts und links unter, zogen mich behutsam hoch und stellten mich vorsichtig auf die Beine. Mit einigen Anläufen klappte das Stehen und ich knickte am Anfang nur etwas ein. Laufen bereitete mir die größeren Sorgen. Ich hatte regelrecht Angst davor und versteifte mich wieder. Dies schien genau das Problem zu sein und deshalb kam ich auch nicht vorwärts. Heulend gab ich auf und sackte wieder in mich zusammen. Miles hob mich hoch und trug mich auf die Couch zurück. Dann schaute er mich lange an.

„Kim, ich muss kurz etwas mit Bill bereden und bin sofort zurück", erklärte er mir und verschwand.

Entnervt schaute ich hinterher, während sie sich in die Küche verzogen. Kurze Zeit später eilte Bill ins Bad, kam nach einiger Zeit einigermaßen normal aussehend wieder zurück und lief auf mich zu.

„Kim, ich habe eine Bitte", fing er an. „Ich möchte, dass du dich mit Miles aussprichst und dann bin ich auch für ein klärendes Gespräch mit dir bereit. Damit ihr beide genug Zeit und Ruhe dazu habt, um endlich alles wieder ins Lot zu bringen, wäre es sinnvoll, wenn die Kids heute noch einmal im Schloss übernachten würden. Ach ja, und noch etwas, Kim. Du kannst ja nicht wissen, dass ich seit ungefähr drei Monaten eine Freundin habe, von der noch keiner etwas weiß. Du bist die Erste, die es jetzt erfährt. Ich möchte nicht den Eindruck hinterlassen, dass ich mit deinen Gefühlen spielen wollte. Somit ist Miles die einzige Person, auf die du dich nun konzentrieren musst. Kim, verderbe es nicht wieder. Ich rate dir, sehr schnell zu reagieren, da Helen bereits wieder hinter Miles her ist."

Mir entrutschte ein Schrei und ich starrte Bill entsetzt an.

„Gut Bill, ich versuche das Beste aus allem zu machen. Danke, dass du mich über die Situation informiert hast. Die Zwillinge kannst du heute mit ins Schloss nehmen. Kathy wird sich um die beiden kümmern und du solltest mir demnächst einmal deine Freundin vorstellen. Ich würde sie sehr gerne kennen lernen."

Bill nickte.

„Ach und Kim? Gib Miles endlich eine Chance, damit er seine Liebe beweisen kann", legte er mir nahe.

„In dem Zustand Bill, in dem ich mich jetzt befinde, habe ich sicher keine gute Chance mehr. Es ist sicher vergebene Liebesmühe, wenn Helen jetzt wieder im Spiel ist", warf ich ein.

Bill ergriff meine Arme und schüttelte mich.

„Kim! Verdammt! Du wirst doch jetzt nicht aufgeben!

Nicht das, worum du die ganze Zeit eisern gekämpft und gelitten hast! Wenn du wirklich so denkst, war wohl alles vergebens. Langsam verstehe ich dich auch nicht mehr. Du und Miles ihr passt gut zusammen. Ihr seid beide ein bisschen verrückt", meinte er lachend, drehte sich um und verschwand im Kinderzimmer. Miles saß immer noch in der Küche und starrte vor sich hin. Von unserem Gespräch schien er nicht viel mitbekommen zu haben. Kurze Zeit später kam Bill mit den fertig angezogenen Zwillingen, drückte sie mir in die Hand und ging zu Miles zurück. Während ich mich von Zoe und Wesley verabschiedete, schienen beide Männer noch ein kurzes Gespräch zu führen. Dann kam Bill auf mich zu, schnappte sich die Kids und entschwand. Ich saß auf der Couch und hing meinen Gedanken nach, als Miles langsam aus der Küche herüberkam. Er schaute inzwischen schrecklich aus und ich sah, dass ein Veilchen, sein rechtes Auge zierte. Ich blickte ihn fragend an und er setzte sich mir gegenüber auf den Sessel. Wir wussten beide nicht, wie wir ein Gespräch anfangen sollten. Miles schaute mich durchdringend an und ich wich ihm dieses Mal nicht aus. Das eigenartige Gefühl wie eh und je stieg in mir auf und ich bekam wieder das gleiche Herzklopfen wie die anderen Male zuvor auch. Ich signalisierte Miles, dass ich ihn jetzt gerne bei mir auf der Couch hätte. Er erhob sich, kam auf mich zu und nahm neben mir Platz. Ich atmete tief durch und schloss meine Augen.

„Miles? Ich möchte mich bei dir entschuldigen, dass ich verbal und handgreiflich geworden bin."

„Entschuldigung angenommen. Langsam gewöhne ich mich an deine Attacken und die Haare, die ich gerade verloren habe, wachsen sicher wieder nach."

Miles grinste mir ins Gesicht, so gut er es mit diesen

Blessuren konnte. Erleichtert atmete ich auf, schickte ihn in die Küche, um etwas zum Trinken zu holen. Miles kam mit Sekt zurück. Ich schaute ihn fragend an. „Das ist zur Feier des Tages und das du so schnell wie möglich wieder gesund wirst", gab er zwinkernd von sich.

Miles öffnete die Flasche. Der Sekt schoss sofort nach oben und wieder über sein Hemd. Er fluchte wie ein Pferdekutscher und schaute in meine Richtung. Ich lachte schallend auf und dachte nur, bitte nicht schon wieder dieses Spiel, bei dem ich dieses Mal nicht mitspielen konnte. Miles schien das überhaupt nicht zum Lachen zu finden, schüttelte genervt seinen Kopf, schenkte das Glas voll und reichte es mir. Dann bediente er sich selbst und setzte sich wieder neben mich. Ich schaute ihm in die Augen, prostete ihm zu und er lächelte. Ich leerte mein Glas mit einem Zug und hoffte insgeheim, dass Miles meine Unsicherheit nicht bemerkte. Er nahm es mir aus der Hand und stellte es auf den Tisch.

„Was soll das denn? Miles! Hör auf mich ständig zu bevormunden! Ich möchte noch etwas", protestierte ich und schaute ihn provozierend an.

Er goss, ohne zu murren nach und reichte es mir erneut. Ich war so angespannt, dass ich auch dieses mit einem Zug leerte. Es folgte ein drittes und viertes und danach hatte ich wieder einmal sichtlich genug. Miles starrte mich schräg von der Seite an.

„Bist du sicher, dass du noch nüchtern genug bist, um ein vernünftiges Gespräch mit mir zu führen?", wollte er wissen.

„Nüchtern nicht, aber ein vernünftiges Gespräch ist schon noch drin. Außerdem Miles, hättest du mich ja am Trinken hindern können", konterte ich.

33

Miles sog die Luft neben mir scharf ein.

„Du bist wirklich ein unverbesserliches, stures Biest, Kim. Kenne sich einer mit deinen Launen aus", hörte ich ihn in seinen nicht vorhandenen Bart brummeln, was mir wieder ein provozierendes Grinsen entlockte. Miles wollte gerade zum Sprechen ansetzen, als ich urplötzlich Lachen musste. Er schaute mir verduzt ins Gesicht und ich verfiel regelrecht in meinen Gute-Laune-Effekt. Miles kam nicht mehr zum Reden, da ich mich vor Lachen nicht retten konnte. Er gab es nach kurzer Zeit entgültig auf.

„Sorry! Der Alkohol enthemmt so schön und leider ist mir dann in diesen Phasen nur zum Lachen zumute. Ich glaube es ist besser, wenn wir unser Gespräch auf den nächsten Tag verlegen, heute kommt es sicher nicht mehr zustande", grinste ich vor mich hin.

„Eines schwöre ich dir, du bekommst morgen von mir keinen Tropfen Alkohol, Kim", versprach mir Miles, „da kannst du machen was du willst."

Ich schaute Miles tief in die Augen.

„Genau das ist der Punkt, Miles. Was ich in diesem Moment gerne machen würde, kann ich nicht machen, da mich meine Lähmung daran hindert. Miles, ich muss dir ehrlich gestehen, dass ich mir die letzten Wochen im Krankenhaus Gedanken darüber gemacht habe, wie es weitergehen soll. Bill hat mir erzählt, dass Helen bereits wieder Jagd auf dich macht. Und sind wir doch einmal realistisch. Du verspürst doch sicher keine Lust mit einer Pseudogelähmten Frau wie mir, auf unbestimmte Zeit, Seite an Seite leben zu müssen. Mich macht dieser Gedanke und meine Situation im Moment völlig wahnsinnig. Und mit Sicherheit bist du in Helens Armen besser aufgehoben", meinte ich sichtlich ernüchtert.

Nach diesen Worten schlug ich meine Hände vors Gesicht und blieb wie erstarrt sitzen. Miles nahm sie mir weg und schaute mich entsetzt an. Dann rutschte er näher an mich heran und nahm mich ganz sanft und vorsichtig in seine Arme. Er strahlte eine Wärme und Ruhe aus, die mir noch nie zuvor an ihm aufgefallen war. Ich ließ ihn gewähren und fühlte mich plötzlich vollkommen hilflos.

„Kim, ich räume Helen mit Sicherheit keine Chance mehr ein. Ja, es stimmt was Bill dir erzählt hat. Helen war schon wieder hinter mir her, nachdem sie erfuhr, was mit dir geschehen war. Sie hat alles versucht um mich in ihre Fänge zu bekommen. Bill stand mir zur Seite und so bekam Helen keine Gelegenheit dazu", beteuerte Miles.

Er beschwor mich, ihm endlich zu vertrauen, auch wenn er in der Vergangenheit nur Mist verzapft hatte. Die Kinder und ich würden ihm am Herzen liegen und er wollte uns auf keinen Fall verlieren. In der Zeit in der ich im Krankenhaus auf der Intensivstation gelegen und um mein Leben gekämpft hatte, war er zur Vernunft gekommen. Außerdem sei es für mich wirklich besser, wenn ich mit den Kindern zu ihm ins Schloss ziehen würde. Dort konnte ich in Ruhe genesen und Milly, Kathy und er würden sich um mich und die Kids kümmern. Hier im Appartement hatte ich zwar meine gewohnte Umgebung, aber wenn mir noch einmal das Gleiche passierte wie vorhin, war ich hilflos und die Kinder schon irgendwie gefährdet. Er könnte meine Bedenken sehr gut verstehen, dass ich schlechte Erinnerungen an das Schloss hatte, schon durch seine Schuld. Ich könnte ja in das Kavaliershaus ziehen, dort mit den Kindern wohnen und es würde sich auch hier eine Lösung mit den Zimmern finden.

Ich schaute Miles an, fand diese Idee nicht einmal so schlecht und ärgerte mich ein bisschen, nicht selbst darauf gekommen zu sein. Wir besprachen das weitere und einigten uns darauf, dass ich bereits morgen mit Miles zurückfahren würde. Das Appartement würde ich allerdings nicht verkaufen, da ich mir noch etwas Unabhängigkeit beibehalten wollte. Und falls es wieder schieflaufen sollte, was ich allerdings nicht hoffte, konnte ich hierher zurückflüchten. Diese Überlegung teilte ich Miles allerdings nicht mit. Miles war heilfroh, dass ich doch noch zu Gunsten der Kinder eingelenkt hatte und versprach mir, dass er mich in keiner Weise zu irgendetwas drängen würde, sobald ich bei ihm eingezogen war. Ich nahm ihm dieses Versprechen mit Handschlag ab. Miles drückte mich fest an sich und bedankte sich bei mir, dass ich ihm die Chance einräumte sich beweisen zu dürfen. Fast wurde mir diese Situation schon wieder peinlich und ich drückte Miles einen Kuss auf den Mund. Er grinste und drohte gespielt mit dem Zeigefinger.

„Kim? Kann ich hier im Schlafzimmer nächtigen? So muss ich nicht extra nach Hause fahren und kann dir gleich am Morgen beim Packen behilflich sein."

Ich überlegte und war einverstanden. Miles tätigte ein kurzes Gespräch, indem er Bill anrief und ihm die Situation erklärte. Bill freute sich, dass ich doch zur Vernunft gekommen war und wünschte uns eine gute Nacht. Nach unserem Schlachtplan, den wir noch wegen unseres Umzugs ausgearbeitet hatten, machte sich Miles auf den Weg nach oben ins Schlafzimmer und wünschte mir angenehme Träume.

„Miles! Warte! Bitte nimm mich mit nach oben. Ich möchte nicht alleine hier unten bleiben", rief ich ihn auf halbem Weg zurück.

Miles schaute erstaunt, sagte aber nichts und setzte meinen Wunsch in die Tat um.

„Kann ich irgendwie behilflich sein Kim?", fragte er und lud mich vorsichtig auf dem Bett ab.

„Könntest du mir einen Schlafanzug aus dem Schrank holen, Miles?"

Miles nickte und kam mit einem Nachthemd zurück. Als er mir dieses reichte, schaute ich in fragend an.

„Ist doch einfacher für dich, wegen deines Handicaps mit dem Aus- und Anziehen", erklärte er mir.

Ich musste ihn argwöhnisch angeblickt haben, dass er daraufhin in schallendes Gelächter ausbrach.

„Kim! Ich verspreche, keine Hand an dich zu legen. Dieses werde ich ohne deine Genehmigung nie mehr wagen."

Nach diesen Worten machte er auf dem Absatz kehrt und verschwand in das angrenzende Bad. Inzwischen versuchte ich so gut es ging, meine Straßenkleidung loszuwerden, woran ich trotz aller Bemühungen beim Ausziehen meiner Hose scheiterte. Völlig entkräftet, verschwitzt und heulend, gab ich auf und warf in einem Anfall blinder Wut, meine Nachtischlampe gegen den Schrank. Das zersplitternde Geräusch was diese verursachte, schien Miles gehört zu haben, denn er eilte schnellstens aus dem Bad. Ich saß zitternd auf dem Bett und schaute ihm ins Gesicht. Miles erfasste sofort die Situation. Kopfschüttelnd sah er mich an, kam auf mich zu und setzte sich neben mich.

„Kim, so kann es in nächster Zeit nicht weitergehen mit deinen Wutausbrüchen. Schon alleine der Kinder wegen nicht. Ich verstehe dich, dass du verzweifelt über deine momentane Unbeweglichkeit bist. Nur musst du ein paar Kompromisse eingehen, damit ich dir besser helfen kann. Ich versichere dir, du musst keine Angst haben, dass ich deine Situation ausnützen werde und somit ist das Wort Vertrauen nun auch für dich relevant. Wie willst du mir das entgegenbringen können, wenn du dich ständig sperrst", machte er mir klar

Miles hatte Recht, ich versprach meine Wutausbrüche unter Kontrolle zu bekommen und bat ihn darum, dass er mir beim Umkleiden helfen sollte. Miles nickte, zog mir die Jeans von den Beinen und erkundigte sich, ob er mich komplett ausziehen sollte. Ich zuckte kurz zusammen und verwarf den Gedanken, dass er mir wieder zu nahekommen wollte und forderte ihn auf mich zu entkleiden. Miles ging sehr behutsam mit mir um und danach half er mir noch in mein Nachthemd. Ich bedankte mich bei ihm, legte mich zurück und zog die Bettdecke hoch. Miles verschwand nach unten und kam mit Schaufel und Besen zurück, um die Splitter der Lampe zu entsorgen. Danach legte er sich zu mir.

„Danke Miles, für dein Verständnis und entschuldige vielmals für mein Misstrauen", flüsterte ich ihm zu.

„Ach Kim, ich kann dich in einer gewissen Art und Weise verstehen. Unsere Beziehung hat bis jetzt unter keinem guten Stern gestanden, aber manchmal muss einfach etwas schieflaufen, damit der Rest gut läuft", erklärte er mir und lächelte.

Diese eigenartige Logik konnte nur einem Mann durch den Kopf schießen, dachte ich bei mir.

„Nein Miles, da bin ich nicht deiner Meinung. Eine Beziehung kann auch laufen, ohne das etwas schief geht."

Wir diskutierten noch etwas über den nächsten Tag und ich schlief irgendwann vor Müdigkeit während der Unterhaltung ein.

Die Sonne schien bereits, als ich entspannt aufwachte. Das Bett neben mir war leer und ich ging davon aus, dass Miles bereits in der Küche werkelte, um Frühstück zu machen. Unsere gemeinsamen Frühstücksorgien hatten mir auch irgendwie gefehlt. Ich grinste in mich hinein und freute mich darauf. Außerdem musste ich dringend zur Toilette und hatte wieder das Problem unbeweglich zu sein.

Ich stellte meine Beine mit Hilfe meiner Arme auf den Boden und mühte mich verzweifelt ab von der Stelle zu kommen. Nichts geschah. Ich verzweifelte schon wieder vor Ungeduld und fluchte laut vor mich hin.

„Warum hast du nicht nach mir gerufen Kim?", fragte Miles der plötzlich im Zimmer stand.

Erstaunt blickte ich ihn an und er deutete hinter mich auf den Nachttisch. Ich drehte mich um.

„Gar nicht so dumm von dir Miles, aber leider wusste ich das nicht", meinte ich lachend.

Miles hatte eines der Babyfone dort deponiert und das Gegenstück dazu hielt er in seiner Hand. Ich grinste und bat Miles mich schnellstens ins Badezimmer zu bringen, sonst konnte ich für nichts garantieren. Miles grinste vor sich hin, eilte mit mir ins Bad, verschwand diskret nach draußen und wartete, bis ich fertig war. Die Situation war mir peinlich, da ich ja nun immer und fast überall Hilfe brauchte. Kurze Zeit später rief ich nach Miles und forderte ihn auf mich nach unten zu bringen. Miles setzte mich in den Rollstuhl, ich verschwand noch einmal in das Badezimmer dieser Etage und machte mich mehr schlecht als Recht zurecht. Inzwischen schickte ich Miles noch einmal nach oben, um mir frische Kleidung zu holen. Ich beschrieb ihm, wo er das eine oder andere finden konnte. Er kam kurz darauf mit den gewünschten

Sachen wieder zurück. Ohne zu fragen schnappte er mich und trug mich auf die Couch, um mir wieder beim Ankleiden behilflich zu sein. Irgendwie genoss ich trotz allen Elends diese Hilfe und bedankte mich mit einem Kuss bei ihm. Er half mir in die Küche und setzte mich auf einen Stuhl. Schweigend schaute ich ihm beim Zubereiten des Frühstücks zu, goss mir einen Kaffee ein und versuchte verzweifelt an das Milchkännchen zu kommen, dass etwas abseitsstand. Nach etlichen Versuchen gelang es mir zwar, fiel aber zu meinem Pech um. Ich verzweifelte erneut über meine Ungeschicktheit, dass ich es energisch hochhob und wutentbrannt an die Wand werfen wollte. Dieser Vorsatz wurde im Keim erstickt, denn Miles hielt mir plötzlich den Arm fest und verhinderte somit, dass das gute Stück zu Bruch ging. Erstaunt schaute ich ihn an und er zeigte auf den Glasschrank hinter sich. Miles hatte mich in der Scheibe des Küchenschrankes beobachtet und somit die Situation entschärft. Ganz langsam entwandt er es mir aus der Hand und stellte es abseits. Wütend blickte ich ihm in die Augen und setzte zu einer scharfen Antwort an. Er schüttelte mit dem Kopf und setzte sich neben mich. Er nahm meinen Kopf in seine Hände und schaute mich mehr als durchdringend an. Verzweifelt erwiderte ich seinen Blick, versank nach und nach in diesem blau seiner unergründlichen Augen und seufzte. Abrupt wandte er seinen Kopf zur Seite, erhob sich und stellte den Rest des Frühstücks auf den Tisch.

„So Kim, wie willst du den Umzug denn gestalten?", erkundigte er sich bei mir.

„Auf alle Fälle müssen wir die Kleidung der Kids und meine vollständig mitnehmen. Der Rest des Hausrates kann verbleiben und nach Bedarf abgeholt werden.", machte ich ihm klar.

Miles zog die Augenbrauen nach oben und guckte mich eigenartig an.

„Stört dich etwas an meiner Entscheidung, Miles?", fragte ich nach.

„Ich bin eigentlich davon ausgegangen, dass du dein Appartement auflösen und ohne wenn und aber zu mir ziehen würdest", erklärte er mir.

Ich schüttelte mit dem Kopf.

„Nein, Miles! Wir sind noch nicht verheiratet und ich möchte mir definitiv den Rücken freihalten, falls es nicht klappt. Im Moment ist unser Zusammenleben nur eine Probe auf Zeit und muss sich entwickeln", erklärte ich und Miles schaute mich enttäuscht an.

„Entweder akzeptierst du meine Entscheidung oder du lässt es bleiben. Wenn nicht, ist es wahrscheinlich besser, wenn ich hier in meinen eigenen vier Wänden bleibe und mir von außen Hilfe hole", machte ich ihm schonungslos klar.

„Kim, ich habe das nicht so gemeint und will dich auf keinen Fall unter Druck setzen", entgegnete er mir.

„Du hast mir hoch und heilig versprochen, nichts von mir zu erzwingen", erinnerte ich ihn an seine Worte.

Er nickte und wir setzten schweigsam unser Frühstück fort. Im Stillen hoffte ich, dass diese Beziehung nicht wieder in einem Desaster enden würde. Meine ganzen Bedenken und das Misstrauen Miles gegenüber kamen schlagartig wieder zurück. Hoffentlich hatte ich mich richtig entschieden. Die Kinder brauchten einen Vater und ich hoffte, dass er sie nicht erneut als Druckmittel gegen mich einsetzen würde. Während ich mir so meine Überlegungen machte, holte Miles mich wieder in die Gegenwart zurück. Ich erschrak und widmete mich wieder seiner Aufmerksamkeit. Miles räumte den

Tisch ab und stellte alles in die Spülmaschine, damit das schmutzige Geschirr nicht vor sich hingammelte. Während die Maschine lief, half er mir die Kleidung der Kinder und meine in die vorhandenen Koffer zu verstauen. Den Rest, den wir jetzt nicht unterbringen konnten, wollten wir dann später noch abholen. Wir brachten die Wohnung in Schwung, verpackten noch alle verderblichen Essensprodukte zum Mitnehmen und machten uns dann auf den Weg ins Schloss. Miles verfrachtete mich in sein Auto und verstaute alles so gut es ging. Auf der Hinfahrt schossen mir tausend Gedanken durch den Kopf, ich geriet in Panik und ich übersah die wunderschöne Landschaft vollkommen. Miles bog in die Auffahrt des Schlosses. In mir kamen wieder einige Bilder aus der Vergangenheit hoch und unwillkürlich krampfte sich alles in mir zusammen. Mein Herzschlag beschleunigte sich in einem rasenden Tempo, mir traten Schweißperlen auf die Stirn und ich bekam Probleme mit der Atmung. Miles bemerkte, dass etwas in mir vorging, stoppte und schaute mich fragend an.

„Kim? Ist bei dir alles in Ordnung? Du bist urplötzlich ziemlich blass geworden. Ich habe den Verdacht, dass es dir nicht gut geht."

Ich nickte mit dem Kopf.

„Du hast Recht, Miles. Meine Gefühle sind gerade außer Kontrolle geraten und ich bin mir nicht mehr sicher, dass Richtige getan zu haben."

„Möchtest du zurück ins Appartement?", wollte Miles wissen. „Wenn ja, müssen wir eine andere Regelung treffen, zum Wohle und zur Sicherheit der Kinder."

Ich schloss kurz meine Augen und atmete sehr tief ein.

„Nein, ich habe mich so entschieden und muss durch diese Situation, egal wie", signalisierte ich Miles.

Er atmete erleichtert auf und fuhr langsam weiter. Wir erreichten das Schloss und mir kam es wie ein riesiger Moloch vor, der mich verschlingen und nie mehr freigeben würde. Die Geschichten von Edgar Alan Poe schossen mir durch den Kopf und versetzten mich erneut in Panik. Irrsinn, redete ich mir ein und versuchte auf andere Gedanken zu kommen. Miles parkte sein Auto, stieg aus, fing zu Lachen an und half mir aus dem Wagen. Ich schaute ihn unverständlich an.

„Kim, ich habe vor lauter Freude dich hier begrüßen zu dürfen, doch glatt deinen Rollstuhl im Parkhaus stehen lassen", teilte Miles mir mit.

Der Gedanke, dass mein Fortbewegungsmittel nun einsam und verlassen in dieser Garage stand, brachte mich dazu in schallendes Gelächter auszubrechen und ich konnte mich nicht beruhigen. So betraten wir das Schloss und Bill und Milly die uns bereits entgegenkamen, starten sich entgeistert an. Nach einer kurzen Erklärung brachen auch sie in Gelächter aus und dann verschwanden wir im Wohnzimmer von Miles. Sofort stürmte der Vorfall mit Trixi auf mich ein. Mir passte gar nicht, dass alle Ereignisse wieder von mir Besitz ergriffen und ich fühlte mich nicht mehr so wohl. Jeder Gegenstand an dem Miles mit mir vorbeikam, brachte Stück für Stück diese negative Erinnerung wieder zurück. Wenn das so weiterging bekam ich mit Sicherheit eine Phobie gegen das Schloss. Miles, Bill und Milly bemühten sich nach meiner Ankunft sehr um mich.

„Wo sind denn die Kinder?", fragte ich suchend nach.

„Sie sind im angrenzenden Zimmer und spielen mit Kathy", teilte mir Milly mit.

Miles sah meinen sehnsüchtigen Blick, kam auf mich

zu, hob mich von der Couch hoch und trug mich ins angrenzende Zimmer. Kathy grüßte und freute sich, dass es mir wieder gut ging. Wesley und Zoe liefen auf mich zu und Miles setzte mich in einen der Sessel. Überglücklich sie endlich für mich zu haben, drückte ich die Kids an mich und spielte eine Weile mit ihnen. Milly forderte uns kurze Zeit später auf, in die Küche zum Essen zu kommen. Miles schnappte mich, trug mich dorthin und die anderen folgten. Die Zwillinge bekamen ihren gewohnten Platz in den Hochstühlen.

„Miles, könnest du später meinen Rollstuhl aus dem Parkhaus holen? Es wird mir lästig und peinlich, dass man mich überall hintragen muss", erklärte ich.

Alle lachten und Miles versprach mir hochheilig, nach dem Essen meinem Wunsch zu folgen. Während des Essens kamen wir auch auf Bills neue Freundin zu sprechen.

„Bill, weißt du was? Lade doch deine Freundin heute Nachmittag auf einen Kaffee hierher ein", forderte ich ihn auf.

Miles schaute mich erstaunt an.

„Tja, Miles. Bill hat mir gestern nach eurer Schlägerei unter vier Augen erklärt, dass er bereits seit Monaten liiert ist", erklärte ich grinsend.

Beide Männer blickten sich an und brachen dann in Gelächter aus. Sie waren sich einig, dass sie sich diese Schlägerei eigentlich hätten ersparen können, da keiner mehr als Nebenbuhler in Frage kam. Milly schaute entgeistert von einem zum anderen und verstand überhaupt nichts von all dem. Ich versprach ihr, sie später aufzuklären was gestern vorgefallen war und warum beide Männer so schrecklich lädiert aussahen. Bill informierte seine Freundin über Handy und sie sagte zu. Er würde sie später abholen und gleich auf dem Rückweg meinen Rollstuhl mitbringen. Somit hatte Miles genügend Zeit um mich mit den restlichen Räumlichkeiten vertraut zu machen.

„Bill, danke für deine Freundschaft. Entschuldige, dass ich gestern so aufgebracht reagiert habe", sagte ich und er winkte ab.

„Kim, ich kann dich sehr gut verstehen, dass du so reagierst", beteuerte er mir. „Leicht hast du es im Moment wirklich nicht und ich wünsche dir, dass du so schnell wie möglich wieder laufen kannst."

Kathy und Milly versprachen mir dabei behilflich zu sein und alles Mögliche zu versuchen, damit ich schnellstens genesen konnte. Ich schaute in die Runde und bedankte mich bei allen. Nach dem Mittagessen trug Miles mich ins Wohnzimmer zurück. Kathy zog inzwischen die Kids an und wollte mit ihnen einen Verdauungsspaziergang zu machen, damit ich mich etwas ausruhen konnte. Milly wollte mit Bill in die Stadt fahren und Besorgungen für heute nachmittag und den Abend tätigen.

„Danke für euer Verständnis. Schön euch zu haben und dass ihr diskret und verständnisvoll seid", grinste Miles süffisant vor sich hin.

Die Anwesenden grinsten zurück, wünschten uns einen schönen Nachmittag und verschwanden. Ich saß mit hochrotem Kopf auf der Couch und starrte Miles an. Dieser musste wieder einmal über meinen Anblick lachen und verschwand in die Küche, um zur Feier des Tages eine Flasche Sekt mit mir zu köpfen.

„Miles, ich erinnere dich daran, dass du mir gestern angedroht hast, heute keinen Alkohol zu bekommen", gab ich zum Besten.

„Nun Kim, soviel kann ich wohl noch verantworten", lachte Miles und schenkte mir das Glas nur halb voll.

Ich knuffte ihn in die Seite, prostete ihm zu und Miles tat es mir gleich. Schweigend saßen wir eine zeitlang nebeneinander und es kam gar kein richtiges Gespräch auf. Mir fiel ein, dass Miles mir noch nicht erklärt hatte, wo ich heute Nacht schlafen konnte und ich sprach ihn darauf an. Miles ließ mir die Option offen, entweder in einem der Gästezimmer oben zu schlafen oder wenn es mich emotional nicht zu sehr aufregte in seinem privaten Schlafzimmer neben der Küche. Somit wäre ich auch in Nähe der Kinder. Ich überlegte kurz und forderte Miles auf mich dorthin zu tragen, damit ich noch einmal alles auf mich wirken lassen konnte, um eine Entscheidung zu treffen. Im Moment hatte ich einige Probleme mit meinen Gefühlen ins reine zu kommen. Miles hob mich hoch, brachte mich in den gewünschten Raum und setzte mich auf sein Bett. Er beobachtete mich sehr aufmerksam und wartete meine Entscheidung ab. Ich schaute mich um, sog die Umgebung in mich auf, schloss meine Augen und ließ die Vergangenheit Revue passieren. Der kurze Flash der Vergewaltigungsszene ließ mich aufstöhnen und war sofort wieder verschwunden.

„Kim, ist alles klar bei dir?", fragte Miles und berührte meine Hand.

Ich öffnete meine Augen und sah ihn an.

„Miles es ist alles in Ordnung. Ich würde heute Nacht trotz der negativen Vorkommnisse in diesem Raum, bei dir schlafen."

Miles atmete erleichtert auf und entspannte sich. Ich grinste.

„So und zur Feier des Tages hätte ich gerne noch ein Glas Sekt, dass habe ich mir gerade redlich verdient", meinte ich lachend.

Miles drohte mit dem Finger und verschwand im

Wohnzimmer, um den Sekt zu bringen. Ich legte mich zurück, schloss erneut meine Augen, träumte vor mich hin und zwischenzeitlich schossen mir die schönen Momente, die ich mit Miles hier verbracht hatte durch den Kopf. Ich verdrängte den Wunsch mit Miles zu schlafen und fragte mich, ob dies je wieder möglich wäre. Miles war zurückgekommen und räusperte sich verhalten.

„An was denkst du gerade Kim?", wollte er wissen.

Erschrocken sah ich ihm in die Augen und blieb ihm die Antwort schuldig.

„Ist es recht, wenn ich mich zu einem kleinen Plausch neben dich aufs Bett setze, oder möchtest du etwas schlafen?" fragte er nach.

Ich klopfte mit meiner Hand auf das Bett und nickte, dass er sich setzen konnte. Miles nahm Platz, schenkte mir ein Glas voll und hielt es mir entgegen. Ich setzte mich wieder, nahm es ihm aus der Hand und trank es in einem Zug leer.

„Verflixt! Kim, was soll das wieder", schimpfte Miles und wollte es mir entwenden.

„Nein! Nimm deine unlegalen Finger da weg! Du hast versprochen nichts mehr gegen meinen Willen zu tun", erinnerte ich ihn.

„Verdammt noch einmal, dass habe ich wohl. Damit scheine ich mir ein Eigentor geschossen zu haben. Aber denke nur nicht, dass ich dies so kommentarlos hinnehme. In Sachen Alkohol hört das Verständnis bei mir auf."

Ich lachte.

„Na, dass sagt gerade der Richtige. Dann erinnere dich einmal an früher an deine Saufgelage, bei denen du auch keine Rücksicht auf andere genommen hast", gab ich zurück.

Miles war so perplex über meine Antwort, dass ich die Gelegenheit nutzte, ihm die Sektflasche aus den Händen riss und genussvoll in vollen Zügen daraus trank. Kurz darauf entbrannte ein heißer Kampf um das Getränk und Miles versuchte verzweifelt mir die Flasche zu entwenden. Ich hielt sie krampfhaft fest, lachte und Miles hatte alle Mühe meine flinken Hände in den Griff zu bekommen. Da ich mich nicht richtig bewegen konnte, war es nur eine Frage der Zeit, bis er gewann.

„Was soll das verdammte Spiel hier bewirken, Kim?", fragte er ziemlich barsch und entriss mir die Flasche.

„Gib mir unverzüglich die Flasche zurück", forderte ich Miles wütend auf, „ich weiß was ich vertragen kann und was nicht. Und höre endlich auf mich wie ein kleines Kind zu gängeln."

Miles drückte mir die Flasche in die Hand.

„Zum Teufel, dann besaufe dich doch wie du willst", konterte er, stand auf und machte Anstalten den Raum zu verlassen.

Ich fand mein Benehmen kindisch und lenkte ein.

„Okay Miles, du hast recht und bitte komm doch wieder zurück!", rief ich.

Er drehte sich um und ich hielt ihm die Sektflasche entgegen. Miles schaute mich an, kam langsam auf mich zu, nahm mir die Flasche aus der Hand und stellte sie auf den Boden. Dann setzte er sich wieder zu mir auf das Bett und nahm mich in den Arm.

„Mein Gott Kim, was ist eigentlich mit dir los? Ich erkenne dich nicht wieder", fragte er nach.

„Miles, mir ist beim Betreten des Raumes auch die schöne Zeit mit dir durch den Kopf gegangen. Es ist mir gerade klar geworden, dass ich vielleicht nie mehr in den Genuss kommen kann, mit dir zu schlafen. Mit

Sicherheit bin ich in dieser Sache nicht mehr attraktiv genug für dich und habe mir schon überlegt, dass es besser wäre, wenn wir getrennte Wege gingen."

Nach diesen Worten schaute Miles mich sehr lange an.

„Wie kommst du auf diesen Schwachsinn Kim, dass ich dich wegen deiner zeitlichen Behinderung nicht attraktiv finden würde. Und wieso kann ich mit dir keinen Sex haben. Wir haben es doch noch gar nicht ausprobiert. Außerdem ist alles zeitlich bedingt und ich würde dich liebend gerne ins Land der Sinnlichkeit entführen, wann immer du damit einverstanden bist."

Ich schaute ihn erstaunt an.

„Miles, ich würde es gerne tun", signalisierte ich ihm.

„Bist du dir auch wirklich sicher, dass du es jetzt willst, Kim?", fragte er nach.

Ich nickte, zog seinen Kopf ganz nah an meinen und küsste ihn auf den Mund. Miles erwiderte diesen Kuss und ich schloss meine Augen. Ich erinnerte mich an den Silvesterabend bei Miles und mir wurde sichtlich heiß. Miles fing ganz langsam an mich zu entkleiden und ich entschwand wieder in andere Regionen. Jede Berührung von Miles verursachte einen wonnigen Schauer auf meinem Körper. Miles zog sich ebenfalls aus und legte sich neben mich. Seine Fingerspielchen brachten mich zum Träumen, erregten mich, dass ich fast wahnsinnig wurde und wie schon tausend Mal davor, steigerte ich mich immer mehr in Ekstase. Miles ging es auch nicht anders und er war auch wieder sichtlich erregt. Der Alkohol, den ich getrunken hatte, förderte alles nur noch und ich ließ sämtliche Hemmungen von mir abfallen. So merkte ich nur ganz am Rande, dass ich mich plötzlich sitzend über Miles befand und er keuchend unter mir lag. Ich verführte ihn nach allen Regeln der Kunst und Miles

genoss es in vollen Zügen. Bevor Miles kam, zog er mich wieder von sich herunter und legte sich kurz neben mich. Er fand, dass dies bis jetzt der heißeste Sex mit mir gewesen sei, den er je erlebt hatte und ob ich bereit sei mit ihm zum Höhepunkt zu gelangen. Ich nickte und Miles fuhr mit seinen Spielchen fort. Ein Schauer der Erregung nach dem anderen durchfuhr mich und ich realisierte, dass Miles die Blockade gelöst hatte, wenn auch mit einem etwas unkonventionellen Mittel. Miles Erregung steigerte sich wieder, ich ließ ihn gewähren und wir fanden kein Ende. Völlig fertig, verschwitzt und am ganzen Körper zitternd ließen wir nach mehreren Höhepunkten voneinander ab. Mein Körper kam noch lange nicht zur Ruhe und auch Miles schien weiterhin auf Hochtouren zu laufen. Jedenfalls konnte er seine Hände nicht von mir lassen. Ich hatte meine Augen geschlossen, lag neben ihm und genoss es voll und ganz. Der einzige Gedanke, der mir Angst machte, war, dass ich wieder nicht laufen konnte. Miles schien überhaupt noch nicht realisiert zu haben, was gerade geschehen war. Ich tippte ihn an.
„Miles ist dir eigentlich nichts aufgefallen?", fragte ich vorsichtig nach.
Nachdenklich schaute er mich an, überlegte kurz und sprang mit einem Aufschrei hoch.
„Mein Gott, Kim! Ist das Unfassbare gerade möglich geworden? Ist die Blockade jetzt gelöst?"
Ich musste laut auflachen und er hatte endlich kapiert, was geschehen war. Völlig aus dem Häuschen rannte Miles um das Bett und streckte mir seine Hände entgegen.
„Miles, ich habe Angst aufzustehen", räumte ich ein.
„Was, wenn diese verfluchte Blockade wieder von mir

Besitz ergreift."

„Nun komm schon, Kim. Mache mir zuliebe den Versuch", redete Miles mir gut zu.

Ich überwand mich, schloss meine Augen, betete vor mich hin und versuchte aufzustehen. Es klappte ohne Schwierigkeiten und ich brach in Freudentränen aus. Zitternd und etwas wacklig stand ich auf meinen Beinen. Miles zog mich an sich und umarmte mich. Ich konnte mein Glück immer noch nicht fassen und machte mehrere Gehversuche. Mit jedem Schritt wurde ich sicherer. Miles war völlig von der Rolle und zog mich ins Badezimmer. Wir duschten zusammen und überlegten, wie wir es den anderen beibringen wollten, dass ich wieder gehen konnte. Vor allen Dingen, wie es so schnell dazu kam.

„Ach, ich denke, dass es Bill sicher keiner Erklärung bedarf, denn dieser wird sofort durchblicken. Denk nur einmal an sein grinsendes Gesicht heute mittag, als er mit den anderen diskret verschwunden ist", erklärte ich Miles.

Er musste bei diesem Gedanken lachen.

„Okay, Kim. Ich überlasse es dir, eine Geschichte für alle zu erfinden."

Wir zogen uns an und setzten uns in die Küche. Miles kochte Kaffee und mit Spannung erwarteten wir die anderen. Miles und ich hatten ausgemacht, dass wir erst einmal gar nichts sagen würden und sie nach und nach darauf vorbereiten wollten. Wir brachen bei dem Gedanken daran, wie dumm die anderen aus der Wäsche gucken würden, immer wieder in Gelächter aus. Miles wurde nach einer kurzen Pause sehr ernst.

„Kim was hast du vor, nachdem du meine Hilfe nicht mehr brauchst?", wollte er wissen. „Du kehrst doch nun sicher wieder in dein Appartement zurück?"

Ich blickte ihn unverständlich an.

„Darüber brauchst du dir keine unnötigen Gedanken zu machen", erklärte ich ihm lachend. „Ich bleibe erst einmal hier, um richtig gesund zu werden."

Miles jubelte, drückte mich an sich und überschüttete mich mit Küssen, bis mir wieder die Luft ausging. Wir unterhielten uns eine Weile wegen der Gestaltung der Räume und wo ich schlafen würde. Ich schaute Miles etwas verdutzt an.

„Ja, kann ich denn nicht bei dir bleiben? Wir haben doch ab heute so etwas wie eine Beziehung auf Probe, gerade miteinander geschlafen und ich würde das in nächster Zeit gerne mit dir weiterzelebrieren. Wenn du das allerdings nicht willst, nehme ich auch gerne eines der Gästezimmer in Anspruch und nächtige dort", machte ich ihm klar.

„Ich habe einen tollen Gegenvorschlag, Kim", grinste Miles anzüglich, „was hältst du davon, wenn wir jede Nacht ein anderes Gästezimmer austesten, davon sind ja genügend vorhanden?"

Ich musste bei diesem Gedanken lachen.

„Okay Miles, ich nehme dich beim Wort und werde dich täglich daran erinnern", versprach ich ihm.

Wir feixten noch etwas herum, als man nach uns rief. Miles zwinkerte mir zu. Er nahm mir das Versprechen ab, noch nicht preiszugeben, dass ich wieder laufen konnte. Ich nickte und grinste. Milly betrat zuerst die Küche, begrüßte uns, stellte die Einkäufe auf die Arbeitsplatte und kramte den Kuchen heraus. Miles erhob sich und schickte sich an, beim Decken des Kaffeetisches zu helfen. Kathy und die Kids kamen Minuten später dazu. Ich musste an mich halten, um mich nicht auf meine Wonneproppen zu stürzen. Miles warf mir einen strengen Blick zu und ich lachte ihm frech ins Gesicht. Bill erschien und hatte seine neue Freundin im Schlepptau. Er stellte sie uns als Dana vor und ich beglückwünschte ihn zu dieser Wahl. Dana war schlank, hatte lange dunkle Haare, etwas Feenhaftes an sich und passte sehr gut zu ihm. Lachend reichte sie mir ihre Hand.

„Hallo, kannst einfach Du zu mir sagen ist einfacher", meinte sie.

„Okay Dana, setz dich doch und ich bin dann einfach nur Kim für dich", gab ich zurück.

Inzwischen war der Tisch eingedeckt und alle hatten Platz genommen. Ich konnte die Anspannung fast nicht mehr aushalten und musste mich dauerhaft unter Kontrolle halten, um nicht unbewusst aufzustehen. Mit gespielter, ernsthafter Miene wandte ich mich an Bill.

„Nun Bill, hast du denn an meinen Rollstuhl gedacht und ihn mitgebracht?", fragte ich.

Bill wurde feuerrot im Gesicht und druckste herum.

„Nein Kim, tut mir wirklich leid. Dana und ich haben den Rollstuhl leider nicht mehr vorgefunden", gestand er mir.

Ich stutze, dachte was für ein komischer Zufall, hielt mir die Hand vor die Augen, schaute durch die Finger, schielte in Miles Richtung und brach in schallendes Gelächter aus. Miles fing ebenfalls das Prusten an und wir konnten uns nicht mehr beruhigen. Alle am Tisch schauten unverständlich und Miles nickte mir zu. Ich blickte in die Runde und erhob mich ganz langsam. Totenstille kehrte urplötzlich ein und ein jeder schaute mich entsetzt an. Bill fasste sich als erster wieder, grinste mir unverschämt ins Gesicht und brach dann ebenfalls in lautes Gelächter aus. Ich schaute Miles triumphierend an.

„Siehst du Miles, ich sagte dir doch, dass Bill eben voll den Durchblick hat."

„Hallo? Kann ich vielleicht auch einmal erfahren was hier vorgeht?", wandte sich Dana fragend an Bill.

„Ach Dana, dass erkläre ich dir nachher", versprach Bill ihr lachend.

Milly und Kathy warfen sich verständnislose Blicke zu und auch ich versprach ihnen, sie nachher aufzuklären, warum ich wieder laufen konnte. Bill konnte es wieder einmal nicht lassen und feixte vor sich hin.

„Gratulation Miles, für das erfolgreiche Lösen dieser Blockade", schaute er mich wieder wissend an.

Mir stieg wieder einmal die Schamesröte ins Gesicht und Bill kugelte sich nur noch vor Lachen. Ich warf ihm meine Serviette entgegen.

„Dana, da hast du dir einen recht schlimmen Finger ausgesucht. Sei nur vorsichtig", warnte ich sie.

„Tja, deshalb habe ich ihn ja auch so gerne und werde ihm sicherlich nichts schuldig bleiben", gab Dana lachend von sich.

Der Nachmittag verlief recht heiter und ich fühlte mich sichtlich wohler. Zoe und Wesley nahmen mich voll in Beschlag und ich war froh alles gut überstanden zu haben. Miles warf mir ab und zu liebevolle Blicke entgegen und ich war überzeugt, dass sich nun alles in normale Bahnen lenken würde. Milly heulte wieder vor Rührung und wünschte mir und den Kids, dass wir ein glückliches Leben führen konnten. Ich nahm sie in den Arm und drückte sie ganz herzlich. Bill und Dana erklärten sich sofort bereit, bei einer Hochzeit von uns beiden, als Trauzeugen zu fungieren.

„Das muss ich mir sehr gut überlegen, ob ich mein weiteres Leben, irgendjemanden in die Hand lege", erwiderte ich lachend.

Miles bekam diesen Spruch unfreiwilliger Weise mit und zwickte mich in den Po.

„Bin ich irgendjemand?", fragte er mich entsetzt.

Grinsend drückte ich ihm einen Kuss auf die Wange.

„Werde ich weiterhin als Kindermädchen benötigt?", wollte Kathy wissen.

„Ja, selbstverständlich. Ich werde weiterhin meinen Job ausüben und du bist eine wichtige Hilfe, Kathy. Außerdem lieben Zoe und Wesley dich abgöttisch", erklärte ich ihr.

Sie atmete erleichtert auf und bedankte sich. Mir kam die Idee, dass sie ins Kavaliershaus ziehen und somit immer in unserer Nähe sein konnte. Miles war damit einverstanden und begrüßte das neue Familienmitglied in unserer Runde. Das Abendessen verlief harmonisch und dann verabschiedeten sich unsere Gäste. Kathy fuhr in die Stadt, um dort ihre Wohnung aufzulösen und das weitere zu veranlassen. Miles und ich brachten die Zwillinge ins Bett und setzten uns noch gemütlich ins Wohnzimmer. Entspannt lehnte ich mich an Miles Schulter zurück. Ich schloss meine Augen und genoss die Stille um uns herum.

„Kim, mir ist gerade eine verrückte Idee durch den Kopf geschossen. Was hältst du davon, wenn wir die obere Etage komplett umbauen lassen, dass sie nur unser Domizil ist. Genug Zimmer sind vorhanden und so könnten wir ungestört das Familienidyll genießen", machte mir Miles den Vorschlag.

„Kein schlechter Gedankengang von dir. Superidee", gab ich zurück.

„Ich werde dir die Umgestaltung der Räumlichkeiten überlassen, Kim. Der untere Bereich wird dann nur noch für Gäste, die zu Besuch kommen zur Verfügung stehen", erklärte er mir.

Ich war so begeistert, dass ich gleich morgen mit den Vorbereitungen beginnen wollte. Miles drückte mich ganz fest an sich und bedankte sich für meine Geduld und meine Liebe zu ihm. Die Strapazen des Tages fielen nun endgültig von mir ab und ich kuschelte mich in seine Arme.

Ich wurde von einem undefinierbaren Geräusch wach. Erschrocken schoss ich hoch und schaute mich etwas desorientiert und suchend um. Da fiel mir ein, dass ich mich im Wohnzimmer von Miles befand.
Anscheinend war ich wieder einmal weggedöst und er hatte mich weiterschlafen lassen. Nur, wo war Miles? Er befand sich nicht an meiner Seite. Ich fühlte mich in der Dunkelheit des Schlosses nicht gerade wohl, stand auf, vermied das Licht anzumachen und tastete mich langsam durch den Raum. Ich stieß mir den Zeh irgendwo an und fluchte leise. An der Tür machte ich halt und zog sie ganz vorsichtig auf. Inzwischen hatte sich mein Körper vor lauter Angst und Anspannung mit Gänsehaut überzogen. Ich überlegte kurz, wie ich weiter vorgehen sollte. Wo zum Teufel war Miles? Ein Klirren aus der Küche ließ mich zusammenzucken. Sollten sich etwa Einbrecher im Hause befinden und Miles war gerade dabei sie zu stellen? Jedes Geräusch vermeidend schlich ich auf Zehenspitzen in Richtung Küche, sah einen Lichtschein und das die Tür nur leicht angelehnt war. In der Hoffnung dass Miles sich nur etwas zum Trinken holte, drückte ich die Tür langsam auf. Da stand er vor dem Kühlschrank und drehte mir den Rücken zu. Erleichtert atmete ich auf und wollte mich gerade bemerkbar machen, als Miles sich plötzlich und unerhofft in meine Richtung drehte. Erschrocken blickte er mich an und ich schaute völlig

entsetzt zurück. Miles hielt eine Blutkonserve in der linken Hand und seine Lippen waren blutverschmiert. Sekundenlang blickten wir uns in die Augen, mir schossen tausend Gedanken durch den Kopf und ich sackte angeekelt in die Knie. Dann wurde mir speiübel und ich erbrach mich mitten in die Küche. Mein Magen gab wieder alles von sich, was ich tagsüber zu mir genommen hatte und ich konnte überhaupt nicht mehr aufhören. Irgendwann kam nur noch Luft. Ich rang würgend um Fassung, blickte hoch in Miles Richtung und sah, dass er immer noch wie versteinert an derselben Stelle stand, an der ich ihn vorgefunden hatte. Unsere Blicke kreuzten sich und ich verstand die Welt nicht mehr. Miles schien sich gefangen zu haben, und legte die Blutkonserve im Zeitlupentempo und ohne mich aus den Augen zu lassen auf die Ablage des Küchenschrankes. Dann machte er Anstalten auf mich zuzukommen. Ich erschrak und streckte abwehrend meine Hände gegen ihn.

„Nein! Miles! Bleib mir bloß von der Pelle!", fing ich an zu schreien.

Miles stoppte und rührte sich nicht mehr von der Stelle. Er setzte zum Sprechen an, ich schüttelte nur den Kopf und hielt mir die Ohren zu. Mein Gott, in was war ich da wieder hineingeraten, dass war ja völlig abartig. Miles schien die Phobie aus den vergangenen Tagen doch noch nicht aufgearbeitet zu haben und die Erzählung von Owen kristallisierte sich wieder in meinem Gedächtnis. Ich stand keuchend auf und hatte das Gefühl ohnmächtig werden zu müssen. Nur das nicht jetzt auch noch, sonst war ich Miles ausgeliefert und ich wusste nicht, wie er im Moment reagieren würde. Langsam wich ich zurück und behielt ihn im Auge.

„Kim! Bitte lasse dir alles erklären. Du verstehst das falsch", sprach er beruhigend auf mich ein.

Halb wahnsinnig vor Angst spürte ich die halb offene Küchentür in meinem Rücken. Ich riss sie vollends auf und spurtete los in Richtung Halle, um von da aus ins Wohnzimmer zu gelangen. Es war fast wie in einem Alptraum, wo man nicht von der Stelle kam und wie durch dicken Nebel zu waten schien. Ich rettete mich in das angrenzende Kinderzimmer, knallte erleichtert die Tür hinter mir zu, schloss ab und lehnte mich keuchend dagegen. Das eben erlebte erschien mir wieder vor Augen und ich hatte das Gefühl, jeden Moment verrückt zu werden. Miles schien mir gefolgt zu sein und klopfte an die Kinderzimmertür. Das Geräusch und das Gefühl durch Miles klopfen, was sich daraufhin in meinem Rücken fortsetzte, ließ mich mit einem erstickten Schrei zur Seite hüpfen. Mein Herz begann zu rasen, ich hyperventilierte, vor mir drehte sich alles und dann sackte ich einfach weg.

Irgendwann kam ich wieder zu mir, hörte lautes Kindergeplapper und realisierte, dass es bereits hell war. Sofort schossen mir die Bilder der vergangenen Nacht in den Kopf und ich hielt diesen aufstöhnend fest. Miles flößte mir Angst ein und ich überlegte, ob es doch besser war, schon zum Schutze der Kinder, wieder in mein Appartement zu ziehen. Mit einem Aufschrei zuckte ich zusammen, als jemand zaghaft an der Zimmertür klopfte. Miles machte sich bemerkbar und ich geriet erneut in Panik.

„Kim, bitte öffne endlich, damit ich dir wegen letzter Nacht eine Erklärung abgeben kann", flehte er.

In mir sträubte sich alles, wenn ich nur daran dachte in Miles Nähe zu kommen. Nur blieb mir im Moment nichts anderes übrig, denn früher oder später musste ich das Zimmer verlassen.

„Okay Miles, ich komme sofort nach. Ich ziehe nur noch die Kids und mich an und komme dann hinüber. Warte bitte in der Küche.", antwortete ich ihm. Miles dankte mir erleichtert und ich hörte, wie er das angrenzende Wohnzimmer verließ. Mir wurde schon wieder übel, wenn ich nur daran dachte, Miles geküsst zu haben. Ich sah diese Blutkonserve vor mir und schüttelte mich vor Ekel. Völlig unkonzentriert und immer wieder gedanklich abschweifend, zog ich die Zwillinge und mich um. Mit langsamen Schritten ging ich zur Kinderzimmertür, schloss diese ganz vorsichtig auf und machte mich darauf gefasst, dass Miles doch plötzlich vor mir stehen würde. Nichts geschah und ich atmete erleichtert auf. Völlig unter Anspannung erreichte ich die Küche und betrat diese. Miles saß mit gesenktem Kopf am Tisch, blickte hoch und schaute mich völlig verstört und verunsichert an. Ich vermied ihn anzusehen und bemerkte an seinem gestressten Gesichtsausdruck, dass auch er eine schlimme Nacht hinter sich hatte. Miles schien mein Erbrochenes entfernt zu haben und von der Blutkonserve war auch nichts mehr zu sehen. Zoe und Wesley zogen mich in seine Richtung, ich erschrak und hob beide hoch, um diesen Umstand zu vermeiden. Ich setzte mich an das andere Ende des Tisches und war froh einen enorm immensen Abstand zu Miles zu haben, vor dem ich mich urplötzlich ekelte. Miles stand auf. Ich rutschte erschrocken mit meinem Stuhl zurück, beide Kinder immer noch schützend auf meinen Armen haltend.

„Kim, du brauchst keine Angst zu haben. Ich werde euch nicht berühren. Deine Reaktion gerade eben hat mir signalisiert, dass du im Moment nichts von mir wissen willst", entgegnete er geknickt.

Er holte Geschirr aus dem Schrank und stellte es auf den Tisch.

„Miles was soll das?", fragte ich keuchend.

„Ich denke doch, dass du mit den Kinder frühstücken willst?", bekam ich zur Antwort.

„Du wirst jetzt nicht ernsthaft glauben, dass ich die Gegenstände, die du gerade angefasst hast, benutzen werde!", warf ich ihm angeekelt an den Kopf.

Miles zuckte unter meinen Worten zusammen, räumte alles unbenutzt in die Spülmaschine und ließ sich auf seinen Stuhl fallen. Gerade als Miles zum Sprechen anfangen wollte, erschienen Milly und Kathy in der Küche. Erleichtert atmete ich auf und fühlte mich sofort sicherer. Ich begrüßte beide und wünschte ihnen einen guten Morgen. Beide wünschten uns dasselbe und ich bat Kathy sich doch bitte um die Kleinen zu kümmern, sie zu füttern, da ich noch etwas mit Miles zu besprechen hatte. Kathy nahm mir beide ab und Milly machte sich daran für uns ein Frühstück vorzubereiten. Ich atmete tief ein, sprang über meinen Schatten und forderte Miles auf mit ins Wohnzimmer zu kommen. Dieser zuckte sichtlich zusammen als ich ihn ansprach und erhob sich wie in Trance, um mir zu folgen. Jede Berührung mit Miles vermeidend, eilte ich in das Wohnzimmer und setzte mich ich einen der Sessel. In mir stand alles unter Anspannung und mir wurde wieder kotzübel. Er setzte sich auf die Couch gegenüber, starrte mir völlig erschöpft in die Augen und schien um Jahre gealtert zu sein.

Minutenlang beherrschten eiskalte Blicke und eisiges Schweigen die Situation, dann fing Miles ganz leise das Sprechen an und bat mich, ihn ausreden und sich erklären zu lassen. Emotionslos schaute ich in sein

Gesicht und stellte fest, dass ich im Moment rein gar nichts für ihn empfand. Dieser Gedanke erschreckte mich etwas, schien aber wiederum mit der erlebten Situation von heute Nacht in Verbindung zu stehen.

Ich nickte und Miles legte los.

„Okay, ich werde dir jetzt meine Geschichte erzählen, damit du den Umstand meines Verhaltens verstehen kannst."

Ich lachte auf und unterbrach Miles kurz.

„Entschuldige bitte die Unterbrechung. Aber weißt du was, Miles? Ich will dein Verhalten und die damit verbundenen Umstände überhaupt nicht verstehen. Du belügst mich dauerhaft und verkaufst mich für blöd, anstatt mich endlich in dein Vertrauen zu ziehen. Langsam musst du doch mitbekommen haben, wie ich zu dir stehe. So kann es nicht mehr weitergehen. Unter diesen Voraussetzungen kannst du eine Hochzeit vergessen."

„Kim darf ich jetzt weitersprechen?", bat er und ich zuckte mit den Schultern. „Du erinnerst dich doch sicher noch an die Geschichte mit Wesley und das ich miterleben musste, wie er vollständig ausgeblutet ist. Wesleys Halsschlagader war durch das Herumfliegen von grobflächigen Splitterteilen aus der Frontscheibe verletzt worden und das Blut ist mir, nachdem sich das Auto in Fahrerrichtung aufgestellt hatte, über den Kopf und ins Gesicht gelaufen. Da ich ungünstig von den Armen nach oben eingeklemmt war, konnte ich mich nicht befreien, geschweige den Kopf zur Seite drehen. So musste ich das herabtropfende Blut von Wesley, was mir die Nase verklebte, schlucken, um nicht zu ersticken. Ich habe mich verzweifelt geweigert und versucht dieser Situation zu entfliehen, aber ich musste feststellen, dass mir nur diese Option blieb.

Das schlimmste waren die aufgerissenen Augen von Wesley gewesen, die mich angeblickt hatten. Wesley ist durch einen Genickbruch bereits tot gewesen, was ich in meiner Panik aber nicht realisieren konnte. Leider ist mir eine erlösende Ohnmacht, die allerdings auch den Tod durch Ersticken gebracht hätte, verwehrt geblieben. So musste ich unweigerlich alles bei vollem Bewusstsein miterleben. Die Zeit bis zum Eintreffen von Krankenwagen und Feuerwehr dauerte ewig. Die Rettungskräfte haben mich dann halb wahnsinnig und schreiend aus dem Wrack geborgen. Weil ich wie ein Irrer um mich geschlagen habe und meine Wirbelsäule bei dem Unfall in Mitleidenschaft gezogen worden war, musste man mich sofort an Ort und Stelle in künstliches Koma versetzen. Den Rest kennst du ja und es wäre vielleicht besser gewesen, wenn ich den Unfall nicht überlebt hätte."

Betroffen senkte ich meinen Blick und schluckte meine aufsteigenden Tränen hinunter. Miles schien diese Geschichte wirklich noch nicht aufgearbeitet zu haben.

„Miles! Was willst du gegen diese Phobie eigentlich unternehmen? Hast du dir eigentlich schon einmal vor Augen gehalten, was für einen Schrecken du mir gestern Nacht eingejagt hast und ich mich im Moment vor dir fast zu Tode ekle?", warf ich ihm entgegen.

„Ich habe bereits damit angefangen diese ganze Sache aufzuarbeiten. Helen hat mich in Therapiegesprächen und einer Hypnose dazu ermuntert, kleine Mengen Blut zu trinken, egal ob Rinder- oder Schweineblut, um diese Sache in den Griff zu bekommen. So etwas wie ein Gegenschock. Seitdem komme ich davon nicht mehr los, bin auf den Geschmack gekommen und es ist wie eine Droge für mich", erzählte er weiter.

„Ja, alles klar Miles", lachte ich auf. „Wie naiv und krank bist du eigentlich, dass du nicht bemerkt hast, dass Helen dich nur verspottet. Sie macht dich nur abhängig, um an dein Geld zu kommen und sie wird es auch weiter versuchen. Wer weiß, was sie dir in dieser Hypnose suggeriert hat."

Miles schluckte.

„Ja, ich habe diesen Gedanken in Erwägung gezogen, aber vertraue Helen blind und kann es nicht glauben."

„Helen! Helen! Helen!", schrie ich ihn an. „Miles, es gibt auch noch eine Kim, die dich bedingungslos liebt und nicht zum Narren hält. Die dieses Scheißspiel aber sicher nicht lange mitmachen und irgendwann einmal resigniert aufgeben wird. Anscheinend dreht sich in deinem verqueren Kopf, wirklich immer noch alles um Helen. Es wäre für dich wahrscheinlich eine bessere Therapie, wenn du endlich das Familiengrab besuchen und mit der Geschichte abschließen würdest."

Ich schleuderte Miles wütend ein Kissen ins Gesicht. Er zuckte zusammen und sah mich entgeistert an.

„Miles, werde dir endlich über deine Gefühle zu mir klar, sonst bin ich irgendwann einmal mit den Kids verschwunden. Und ich schwöre dir, die Suche nach uns wird sich schwieriger gestalten, als du dir denken kannst", erklärte ich ihm. „Wenn du mir also noch etwas aus deiner Vergangenheit zu erzählen und es mir bis jetzt verschwiegen hast, ist das jetzt deine letzte Chance."

„Nein Kim, das ist mein letztes Geheimnis gewesen", beteuerte Miles, schaute mich an und fragte etwas verstört nach, „warum weißt du eigentlich von dem Familiengrab? Ich habe darüber in keiner Weise ein Wort verloren."

„So blöd, wie ich vielleicht ausschaue und wie du

denkst, bin ich sicher nicht, Miles. Während meiner Spaziergänge durch den Schlosspark bin ich längst auf die Gruft gestoßen und habe täglich Blumen dorthin gebracht. Ich habe dir deshalb nichts davon erzählt, um deine Emotionen nicht noch mehr zu verletzen", erwiderte ich ihm.

Miles wurde nach meiner Offenbarung kreidebleich, schlug die Hände vor sein Gesicht, sackte in sich und blieb wie ein Häufchen Unglück regungslos sitzen. Verflucht dachte ich, was hatte ich nun schon wieder mit meinem losen Mundwerk angestellt. Verzweifelt mit den Gefühlen und dem vorhandenen Ekel in mir ringend, erhob ich mich. Ich schritt langsam auf Miles zu und setzte mich neben ihn. Dann zog ich sanft seine Hände vom Gesicht und küsste ihn auf den Mund. Er blickte mich hilflos an, ich nahm ihn in die Arme und drückte ihn ganz fest an mich. An Miles Körperreaktion konnte ich erkennen, dass er lautlos vor sich hinweinte. Mir wurde klar, dass es an der Zeit war, gemeinsam seine Vergangenheit aufzuarbeiten, sonst würden wir alle nie richtig zur Ruhe kommen. Sein seelischer Schmerz musste sehr tief sitzen. Nach endlosen Minuten hatte Miles sich beruhigt, löste sich von mir und versprach, gleich jetzt damit anzufangen diesen Fluch namens Vergangenheit in den Griff zu bekommen.

„Kim, würdest du dich bereit erklären, mit mir morgen gemeinsam das Familiengrab zu besuchen", fragte er mich zögernd.

Ich drückte Miles erneut an mich.

„Ja, das mache ich gerne für dich, Miles", versprach ich ihm.

Es klopfte mit Nachdruck an der Wohnzimmertür. Ich stand auf. Miles wandte sein Gesicht ab, damit ihn in diesem Zustand keiner sehen konnte.

„Kim, der Frühstückstisch ist gedeckt", teilte mir Milly mit.

„Danke. Ich habe noch etwas Wichtiges mit Miles zu besprechen und das dauert mit Sicherheit länger. Wir frühstücken heute beide ausnahmsweise einmal hier im Wohnzimmer", sagte ich.

Ich zog die Tür hinter mir zu und folgte Milly in die Küche. Dort stapelte ich alles auf ein Tablett und machte mich auf den Rückweg.

„Würdest du heute bitte keinen für uns empfangen. Wir haben über eine ziemlich ernsthafte Angelegenheit zu diskutieren, die sicher den ganzen Tag in Anspruch nimmt", erklärte ich ihr.

Milly folgte mir.

„Kim, ich muss dir etwas gestehen. Nach dem Blick in den Mülleimer, weiß ich genau um was es geht. Ich bin froh, dass du dahintergekommen bist", gab Milly leise von sich.

Nach dieser Eröffnung fiel mir fast das Tablett aus der Hand und ich schaute sie entgeistert an.

„Ich werde dir jederzeit Rede und Antwort stehen. Mir ist endlich ein Stein vom Herzen gefallen und es ist gut, dass du dahintergekommen bist. Ich werde mit Kathy und den Kids nachher das Kavaliershaus in Schwung bringen, danach noch mit allen in die Stadt fahren und anschließend im Haus mit Kathy und den Zwillingen übernachten. Es ist besser, wenn du dich mit Miles ganz frei und ungezwungen hier im Schloss aufhalten kannst. Ich hoffe im innersten, dass eure Beziehung nicht auseinanderbricht. Das wäre schade, denn Miles hat einen guten Kern, auch wenn man ihn nicht sehen kann", erklärte sie.

Ich stellte das Tablett in der Halle auf den Boden und

drückte sie an mich.

„Danke, Milly. Ich wünsche dir einen schönen Tag und bitte kläre Kathy auf, denn irgendwann bekommt sie es sowieso heraus."

Milly nickte, ich nahm mein Tablett wieder hoch und verschwand damit im Wohnzimmer. Miles hatte sich bereits wieder unter Kontrolle und lächelte mir zu. Ich stellte das Tablett auf den Tisch und ermunterte ihn mir zur Hand zu gehen. Miles grinste anzüglich und hakte nach, wie ich das denn meinte, mit dem zur Hand gehen. Verdutzt schaute ich Miles an, brach dann in schallendes Gelächter aus und freute mich, dass ich meinen alten Miles wieder vor mir stehen hatte. Wir frühstückten gemütlich miteinander und schmiedeten für morgen ein paar Pläne. Nach dem Frühstück half Miles mir die Reste in die Küche zu tragen und wegzuräumen. Milly, Kathy und die Kids hatten bereits das Schloss für Besorgungen verlassen. So konnte ich ungestört mit Miles die oberen Räume ausmessen und gestalten. Ich wollte eine gemütliche Atmosphäre für uns schaffen. Miles schleppte meine Zeichenutensilien aus der Küche mit und ich machte mir ein Bild von den oberen Räumlichkeiten. Schnell war alles zu Papier gebracht und notiert, als es an der Tür klingelte. Das Geräusch zog sich durch die Hallen und ließ mich zusammenfahren. Ich schaute Miles an und er zuckte mit den Schultern. Er machte sich auf den Weg nach unten und ich stellte mich lauschend in den Flur der Oberetage. Da hörte ich es wieder, dieses aufreizende Lachen und mir lief es eiskalt über den Rücken. Helen, schoss es mir durch den Kopf. Was wollte dieses Miststück schon wieder hier und hatte Miles nicht versprochen, endlich reinen Tisch mit ihr zu machen? Ich hörte wie sie unaufhörlich redend mit

Miles in die große Vorhalle kam. Mir reichte es nun sichtlich und ich schwor mir, diesem Biest den offenen Kampf anzusagen. Langsam schritt ich in Richtung Treppe, blieb auf dem oberen Absatz stehen und beobachtete die Szenerie unter mir. Helen redete und redete. Miles stand völlig verstört neben ihr und gab keinen Ton von sich. Helen zog etwas Längliches aus ihrer Tasche und ich erkannte, dass sie Blutkonserven an Miles weiterreichen wollte. Nun reichte es entgültig und ich schritt langsam Stufe für Stufe nach unten. Miles schaute erschrocken, verzweifelt und bittend zu mir hoch. Helen folgte seinem Blick und erstarrte. Entgeistert blickte sie mir in die Augen und ich sah ein unverständliches Aufflackern darin, denn sicher hatte sie nicht damit gerechnet, dass ich Laufen konnte. Langsamen Schrittes ging ich auf sie zu, fixierte sie an, entriss Miles die Blutkonserven und reichte sie ihr zurück.

„Helen! Miles braucht diesen Unsinn nicht mehr! Wir haben uns ausgesprochen, ich weiß Bescheid und du bist hier nicht mehr erwünscht. Ab heute bin ich hier die Herrin im Hause und sorge dafür, dass Miles niemals mehr durch andere abhängig wird. Also nimm dieses verdammte Zeug und verschwinde", schrie ich sie an.

Helen schaute erst Miles und dann mich an. Plötzlich holte sie aus und schlug mir ins Gesicht.

„Du mieses Dreckstück wirst es noch schwer bereuen, dass du dich zwischen uns gedrängt hast. Eines Tages werde ich ihn doch bekommen, egal wie, darüber ist das letzte Wort hier noch nicht gesprochen", gab sie wütend von sich.

Nach dem Schlag ins Gesicht stand ich wie versteinert und merkte, dass meine Nase blutete und wahnsinnig brannte. Ich hatte Helens Vortrag völlig emotionslos zugehört und blickte nun Miles mehr als hilfesuchend an. Dieser sah mich immer noch mit aufgerissenen Augen erschrocken an, bemerkte meine Verletzung und erwachte aus seiner Erstarrung. Er schnappte sich Helens Arm, zog sie brutal Richtung Haustür und machte ihr klar, dass sie sich hier nie mehr blicken lassen sollte. Wütend riss sich Helen los und Miles schob sie mit Nachdruck zur Tür hinaus. Krachend fiel diese anschließend ins Schloss. Dieses Geräusch brachte mich in die Wirklichkeit zurück und Miles stand mittlerweile neben mir. Sanft berührte er mich am Arm, zog mich an sich und hielt schützend seine Arme um mich. Ich lehnte meinen Kopf an seine Schulter, schloss meine Augen und atmete erst einmal tief durch. Sekundenlang blieben wir so stehen und dann löste ich mich von Miles. Ich sah, dass meine blutige Nase, Miles Hemd total eingefärbt hatte. Ich zog ihn in sein Schlafzimmer, holte ein sauberes aus dem Schrank und reichte es ihm. Miles zog sich das verschmutzte Hemd aus und ich nahm es entgegen. Nachdenklich schritt ich damit ins Badezimmer und Helens Sätze schossen mir wieder durch den Kopf. Mit Sicherheit würde sie sich trotz Miles Warnung nicht abschrecken lassen und versuchen, ihn in ihre Fänge zu bekommen. Wir mussten vorsichtig sein, ich traute ihr alles zu, genau wie damals Trixi. Nachdem ich das Hemd in den Wäschekorb entsorgt hatte, schaute ich mich auf dem Rückweg im Spiegel an und erschrak. Meine Nase war an der Seite eingerissen und das konnte nur durch Helens Ring passiert sein. Vorsichtig tupfte ich das Blut mit kaltem Wasser weg und stöhnte vor Schmerz auf. Verdammte Schlange, dachte ich und schwor es ihr bei nächster Gelegenheit kräftig heimzuzahlen. Miles war mir gefolgt und hatte mich in der Badezimmertür stehend, beobachtet. Ich drehte mich um und schritt auf ihn zu.

„Miles ich danke dir, dass du mich bei Helen nicht hast auflaufen lassen", erklärte ich ihm.

„Kim, ich war über Helens Auftritt ziemlich geschockt und habe wirklich nur an dich gedacht. Ich bin froh, dass du keine Szene vor Helen gemacht hast. Sicher wäre dies ein gefundenes Fressen für sie gewesen und sie hätte dann doch noch gezielt einen Keil zwischen uns treiben können."

Erschöpft setzte ich mich auf das Bett von Miles.

„Ich kann einfach nicht mehr. Meine Energie wird langsam, aber sicher aufgebraucht und meine Nerven machen das nicht mehr lange mit", erklärte ich ihm

Miles nahm neben mir Platz.

„Ich werde dich in Zukunft noch mehr unterstützen", schwor er mir. „Kim ich liebe dich. Zweifle nie daran egal was noch passiert."

Das erlebte von gestern Nacht und gerade eben, hatte mich ermüdet, dass ich Miles bat mir ein paar Stunden Schlaf zu gönnen. Er erhob sich und versprach mir ein leckeres Abendessen vorzubereiten. Er beugte sich zu mir herunter und drückte mir einen Kuss auf die Stirn. Ich lächelte, schloss meine Augen und entschwand ins Reich der Träume.

Miles war inzwischen in die Küche zurückgekehrt und machte es sich mit einem Kaffee am Tisch gemütlich. Langsam ließ er die Vorkommnisse noch mal Revue passieren und schlug nachdenklich die Hände vor die Augen. Kim liebte ihn ohne Kompromisse, dass hatte er verstanden und er verfluchte seine Unbeständigkeit, die ständig wieder durchbrach. Auch vorhin, als er

Helen mit Nachdruck aus dem Haus verwiesen hatte konnte er es nicht lassen, ihr zuzuflüstern, dass sie in einer Stunde nochmals vorbeikommen sollte. Er war von dem Zeug abhängig und hatte sie beschworen den Stoff wieder mitzubringen, da er ohne ihn nicht leben konnte. Schrecklich, wenn Kim ihm wieder hinter dieses Geheimnis kam. Was würde diesmal geschehen und was würde sie dann tun. Sie hatte in den letzten Monaten wirklich viel durchgemacht und es verdient, dass man sie endlich mit Respekt behandelte. Miles war verzweifelt und verfluchte sich selbst, dass er Kim so schändlich betrog. Dann stand er auf und bereitete alles für das versprochene Abendessen vor.

Ich war nach einem Alptraum in dem Helen vorkam, wieder aufgewacht und saß nun nachdenklich auf dem Bett. Dieses verfluchte Weib ging mir selbst im Schlaf nicht aus dem Sinn. Ich hatte es mir zur Gewohnheit gemacht auf meine Träume zu achten und diese für ernst zu nehmen. Wenn ich das jemanden erzählen würde, hielt man mich sicher für etwas bescheuert. Seit meinem Herzstillstand sah ich manche Dinge mit anderen Augen und hatte manchmal das Gefühl, als wenn mich etwas aus der Dunkelheit warnen und somit schützen wollte. Langsam stand ich auf, um in die Küche zu gehen, als ich von dort zwei Stimmen vernahm. Ich runzelte die Stirn und dachte mir, dass vielleicht Milly noch einmal zurückgekommen war, um Vorräte fürs Kavaliershaus zu holen. Da hörte ich es wieder, dieses Lachen. Helen! Ich öffnete leise die Tür und schlüpfte ganz vorsichtig hinaus. Mein Glück war, dass gleich dieser riesige Getränkekühlschrank neben der Tür stand und mich verdeckte. Miles und Helen unterhielten sich ausgiebig und ich bekam mit, dass sie erneut Blutkonserven an ihn weitergereicht hatte. Er gab in einem Gespräch an Helen das Versteck der Konserven bekannt und war froh, dass ich sie nicht finden konnte. Nun machte er sich auch noch hinter meinem Rücken und auf meine Kosten, über meine Unwissenheit lustig. Ich schloss erschrocken und schwer enttäuscht über Miles meine Augen und lehnte mich an den Kühlschrank. Warum log er mich ständig an und missbrauchte meine Gutgläubigkeit, um sich wieder mit Helen zu treffen. In mir stürzte eine Welt zusammen und ich schwor von nun an rein gar nichts mehr zu glauben, was Miles mir erzählte. Gleich nach dem Abendessen wollte ich ihn zur Rede stellen. Ich hatte genug von beiden gehört. Zitternd verschwand ich wieder in das Schlafzimmer und setzte mich wütend und verzweifelt auf das Bett. Mein Traum mit Miles endlich in Glück und Geborgenheit zu leben, war gerade den Bach hinuntergeschwommen. Morgen würde ich mir die Kinder schnappen und zurück in mein Appartement ziehen. Dieser Entschluss würde für mich entgültig sein. Sollte Miles sich doch Helen ins Haus holen, sie heiraten und sich weiter von ihr abhängig machen. In mir stieg Ekel und unbändiger Hass auf und ich heulte vor Wut über meine Naivität, in die ich immer wieder verfiel und die alle Vorsätze immer und immer wieder verdrängte. Verzweifelt versuchte ich Bill mehrmals über Handy zu erreichen. Schniefend hinterließ ich ihm eine Nachricht, mit der Bitte zurückzurufen.

Fast eine Stunde verging bis Miles sich blicken ließ. Ich stellte mich schlafend und er versuchte mich mit einem langen Kuss zu wecken, wobei ich mich extrem beherrschen musste, um ihn nicht anzuschreien. Miles widerte mich gerade nur noch an. Was er konnte, dass stand auch mir zu. Ich gähnte, blickte ihn an und stellte mich recht dumm.

„Oh Miles, wie spät ist es denn und wie lange habe ich überhaupt geschlafen?", fragte ich.

„Keine Ahnung. Ich habe nicht auf die Uhr gesehen aber der Tisch für das gemeinsame Essen ist gedeckt", gab Miles Auskunft.

Beim Betreten der Küche sprang mich ein wirklich perfekt gedeckter Tisch an. Helen, schoss es mir wieder durch den Kopf. Hier hatte doch diese falsche Schlange auch noch Hand mit angelegt.

„Wow! Miles, wie hast du das denn hinbekommen? Nicht schlecht für einen Mann", gab ich von mir.

„Ach, ich habe mir aus dem Kochbuch von Milly die Ideen geholt. Das war ganz einfach", redete sich Miles nervös heraus.

Ich schaute ihn forschend an. Da war es wieder, dieses unsichere Flackern, wenn er log. Enttäuscht über die erneute Lüge von ihm senkte ich meinen Blick, setzte mich seufzend an den Tisch und hätte am liebsten losgeheult. Völlig verzweifelt versuchte ich mich unter Kontrolle zu halten, was mir nicht gelang, da ich kurz vor dem Explodieren stand und ziemlich aufgewühlt war. Ich blickte Miles ganz tief in die Augen, der mich wiederum fixierte.

„Herzlichen Glückwunsch. Nur etwas dumm gelaufen, Miles. Helen ist wirklich eine vortreffliche Hausfrau, was man an diesem Tisch sehen kann", sagte ich im ruhigen Ton.

Miles zuckte mit einem Aufschrei zusammen und starrte mich entgeistert an. Ich stand langsam auf, lief dann zielstrebig zu dem Vorratschrank, lockerte an der linken Seite eine der Holzbretterverkleidungen und holte die Blutkonserven heraus. Miles schnappte nach

Luft und wurde kreidebleich. Langsam ging ich wieder an den Tisch zurück und legte die Konserven in die Mitte des Tisches. Miles rang um Fassung und schaute mich ungläubig an. Bevor er das Sprechen anfangen konnte, machte ich ihm eines unmissverständlich klar.

„So! Mein Freund, du hast mich dieses Mal, endgültig das allerletzte Mal angelogen. Jetzt ist Schluss und ich werde morgen wieder in die Stadtwohnung ziehen. Die Kinder kannst du nur noch nach Absprache mit mir sehen und somit hast du jetzt freie Bahn für deine geliebte Helen. Zwischen uns geht es so einfach nicht mehr weiter."

Miles schrie auf und sprang von seinem Stuhl hoch.

„Nein! Bitte Kim", flehte er mich an, „das kannst du mir nicht antun. Ich liebe dich und ich mache alles was du verlangst."

Ich lachte schallend auf.

„Sag mal, für wie blöd hältst du mich eigentlich? Du bist doch vollkommen bescheuert geworden, wenn du denkst, dass ich dieses beknackte Spiel auch nur eine Sekunde weiter mitmache. Miles, du warst gewarnt und ich habe einfach nicht die Nerven mehr für solche Spielchen", warf ich ihm an den Kopf.

Damit ich meiner Ernsthaftigkeit Nachdruck verlieh, nahm ich meine Gabel, sah Miles eiskalt an und stach, ohne mit der Wimper zu zucken in die prall gefüllten Blutbeutel. Diese platzten unter dem Druck auf und alles spritzte in Fontänen heraus. Das Rot ergoss sich auf die weiße Tischdecke und hinterließ eigenartige Muster. Miles starrte mich mit offenem Mund an und ging mit einem Aufschrei auf mich los. Erschrocken ließ ich die Gabel fallen und wich zurück, da ich mit dieser Reaktion überhaupt nicht gerechnet hatte. Miles griff mich und drückte brutal meine Arme. Ich schrie vor Schmerz auf, hatte das Gefühl im falschen Film zu sein, wusste was nun kam und sah Miles starr in die Augen. Er holte aus, schaute mich lange an, stöhnte erneut auf und ließ mich dann einfach los. Erstaunt guckte ich ihn an, denn ich hatte bereits mit dem schlimmsten gerechnet. In diesem Moment klingelte mein Handy, wir erschraken und zuckten zusammen. Das Display im Handy zeigte mir, dass Bill zurückrief. Mit einem Blick auf Miles, nahm ich das Gespräch an und eilte in Richtung Wohnzimmer.

„Kim, was ist denn schon wieder vorgefallen, dass du mich völlig aufgelöst und hysterisch angerufen hast", fragte Bill erschrocken nach.

Ich erzählte ihm alles im Telegramstil. Die Reaktion über Miles Verhalten ließ Bill aufstöhnen und er versprach mir sofort zu kommen, um zu retten, was noch zu retten war. Ich bedankte mich, drückte das Gespräch weg, drehte mich um und wäre fast mit Miles zusammengestoßen. Dieser schien das Gespräch mitbekommen zu haben und starrte mich wieder verzweifelt mit seinen unwiderstehlichen Augen an. Ich stöhnte auf und kam mir wie in dieser verflixten Endlosschleife vor, in der sich alles zu wiederholen schien.

„Miles, mache dir mit dem jetzigen Augenblick klar, dass unsere Beziehung beendet ist. Noch vor ein paar Stunden haben wir uns geeinigt, keine Lügen mehr in unsere Beziehung zu lassen. Du hast wieder dagegen verstoßen. Wie soll ich dir da ein ganzes Leben lang vertrauen. Außerdem treibt mich deine Zwiespältigkeit früher oder später in den Wahnsinn."

Ich drehte mich um, lief Richtung Vorhalle, um auf Bill zu warten. Erschöpft ließ ich mich wieder einmal auf eine der Fensterbänke fallen und zog meine Beine an, damit Miles erst gar nicht auf den Gedanken kam sich neben mich zu setzen. Ich lehnte mich ans Fenster und schaute in den Park. Die alten Zeiten zogen im Zeitraffer an mir vorbei und ich fragte mich wieder, warum es in dieser Beziehung nicht klappen wollte. Was machte ich nur falsch? Quälende Fragen stiegen wieder hoch, die mir keiner beantworten konnte. Miles stand verstört am anderen Fenster, starrte ebenfalls hinaus und beobachtete mich ab und zu mit einem Seitenblick. Ich schien kurz eingenickt zu sein, denn das schrille Geräusch der Türglocke schreckte mich auf. Der Gedanke, dass ich mich für kurze Zeit im schlafenden Zustand in Miles Nähe befunden hatte, ließ eine Gänsehaut auf meinem Körper entstehen. Er verweilte immer noch am gleichen Platz und rührte sich nicht. Ich stand auf, eilte zur Tür, um Bill hereinzulassen. Dieser stürmte in die Halle, drückte mich, sah Miles und lief direkt auf ihn zu. Miles grüßte, blickte Bill an und bat ihn ins Wohnzimmer. Ich signalisierte Bill, dass ich warten würde, sie alleine miteinander reden sollten und mich später dazu holen konnten. Bill nickte, zog Miles mit sich und kurze Zeit später waren sie im Wohnzimmer verschwunden. Ich setzte mich auf die Fensterbank zurück und ließ meinen Tränen freien Lauf. Ich war so ausgepowert, dass ich erneut vor Erschöpfung eingeschlafen sein musste. Mit einem nachhaltigen Rütteln wurde ich von Bill geweckt. Erschrocken schoss ich hoch.

„Kim? Bist du zu einem gemeinsamen Gespräch mit Miles und mir bereit?", wollte er wissen.

Ich nickte und erhob mich. Zögernd lief ich hinter Bill her, dachte mir nur, Klappe die dritte und ließ mich überraschen, was beide besprochen hatten. Bill öffnete die Wohnzimmertür. Ich stockte und er schob mich mit Nachdruck hinein. Miles blickte hoch und ich sah erneut in sein gequältes Gesicht. Dieser Anblick war zuviel, ich konnte es nicht mehr ertragen, drehte auf dem Absatz um und wollte das Zimmer verlassen. Ich rannte los und wollte nur noch weg. Bill holte mich in der Vorhalle ein und riss mich herum.

„Verdammt, Kim! Bleib stehen und reiß dich endlich zusammen! Du bist auch nicht ohne Schuld an dieser ganzen Situationen!", brüllte er mich an.

Entgeistert schaute ich Bill ins Gesicht und fragte mich, was Miles ihm da wohl aufgetischt hatte, um im rechten Licht zu stehen.

„Mein Gott, Bill! Versteht hier denn keiner, dass ich so nicht mehr kann!", schrie ich zurück. „Ich glaube ich verliere den Verstand. Jeder von euch verlangt mir alles ab, ohne Rücksicht auf mich und meine Gefühle. Miles lügt nur noch und selbst Milly hat von diesen Blutkonserven gewusst und gar nichts gesagt. Ich kann hier mittlerweile keinem mehr vertrauen. Am besten ist es, wenn ich diesem Leben, das mir ständig aus den Rudern läuft, ein Ende setze. Die einzigen die mich im Moment noch davon abhalten sind die Kinder. Und manchmal wünsche ich von ganzem Herzen, dass sie nie geboren worden wären, damit sie diese unhaltbare Situation nicht dauerhaft mitbekommen müssten."

Im Hintergrund hörte ich Miles, der uns gefolgt war aufstöhnen und sich selbst verfluchen, dass er mir ständig und ohne nachzudenken, Leid zufügte. Ich war von diesem ewigen hin und her, so geschwächt, dass ich mich nicht mehr auf den Beinen halten konnte und ins Schwanken geriet. Bill rief erschrocken nach Miles und dieser eilte auf uns zu. Mir war inzwischen alles egal. Willenlos ließ ich mich ins Wohnzimmer führen und schaute beide Männer teilnahmslos an. Auf Bills Nachfrage ob ich etwas trinken möchte, nickte ich nur kurz. Bill schickte Miles in die Küche.

„Miles! Am Besten ist, du bringst Kim Alkohol. Das ist ja das einzige Getränk, was sie in solchen Fällen wieder munter werden lässt", rief er ihm in einem sarkastischen Ton nach.

Bills Ansage traf mich wie ein Faustschlag. Ich schaute ihn spöttisch aus den Augenwinkeln an und lachte kurz auf. Na toll, dachte ich, nun hatte sogar er sich gegen mich verschworen. Männer eben und immer wenn es gegen Frauen ging eine geschlossene Einheit. Miles kam zurück und reichte mir ein Glas Whisky. Ich nahm es ihm ab, schaute beide lauernd an und fragte mich im Stillen, was sie gegen mich ausgeheckt und mit mir vorhatten. Dann schleuderte ich das Glas wütend und ohne Vorwarnung mitsamt Inhalt an die Wand, wo es zerschellte und in Stücken zu Boden fiel. Erschrocken zuckten beide Männer zusammen und sahen mich entsetzt an. Ich stand auf und schickte mich erneut an den Wohnraum zu verlassen, denn ich hatte keine Lust mich von beiden vorführen zu lassen. Da hatte ich bereits zuviel hinnehmen müssen. Bill versuchte mich wieder daran zu hindern, indem er mich fest an den Oberarmen packte. In mir kam die absolute Panik auf, ich hasste es, wenn man mich so anfasste und wand mich energisch aus seinem Griff.

„Verdammt! Bill! Nimm deine dreckigen Pfoten von mir und wage es nie wieder, mich in dieser Art und Weise anzupacken! Ich schwöre dir, sonst lernst du mich richtig kennen", warnte ich ihn. „Es reicht, dass du mir in den Rücken fällst."

Um meiner Rede Nachdruck zu verleihen, schubste ich Bill so heftig von mir, dass er den Halt verlor, auf den hinter ihm stehenden Sessel fiel und sich gerade noch abfangen konnte. Bill zuckte über meine enorme Aggressivität, die er so nicht kannte, zurück und blieb sitzen. Nach dieser Aktion setzte ich mich auch hin und schaue beide provozierend an. Miles beobachtete mich durchdringend und knurrte missmutig auf.

„Kim? Weißt du was? Ich habe langsam aber sicher, wirklich die Schnauze voll mit dir. Ich kann auch nicht mehr und werde dich jetzt mit meinen eigenen Mitteln zur Vernunft bringen", drohte er mir.

Ich lachte laut und grinste ihn frech an.

„Ja, klar Miles. Ich habe gerade fürchterliche Angst und zittere wie toll. Ich glaube kaum, dass du dir das getraust und außerdem würde ich es dir nicht raten", knallte ich ihm provozierend an den Kopf.

Miles erhob sich, kam mit gezielten Schritten auf mich zu und bat Bill einen Moment zu warten. Ich erschrak, als er mich mehr als energisch aus dem Sessel hochriss und hinter sich herzog. Hilfesuchend schaute ich in Bills Richtung.

„Miles? Was soll das?! Was hast du vor? Nein! Ich will nicht!", schrie ich erschrocken über seine Reaktion.

„Hör auf dich so zu wehren, Kim. Du tust dir selbst unnötig weh", gab er gelassen zurück.

Verzweifelt versuchte ich mich seinem brutalen Griff zu entziehen, während er mich durch den Hauptsaal, Richtung Küche und dann ins Schlafzimmer schleifte. Mir schossen die Bilder der Vergangenheit durch den Kopf. Ich fing an, schreiend auf Miles einzuschlagen, wovon sich dieser überhaupt nicht beirren ließ. Ich trat, kratzte, bekam Miles Arm zu fassen und biss ihn blutig. Miles stöhnte schmerzerfüllt, stieß wütend die Schlafzimmertür auf und versetzte mir mit Nachdruck so einen heftigen Stoss, dass ich ins Zimmer sauste.

Ich verlor das Gleichgewicht, fiel zu Boden und schlitterte ein Stück über diesen hinweg. Miles kam auf mich zu. Fast wahnsinnig vor Angst, registrierte ich, dass ich ihm wieder unterlegen war. Er zog mich mit einem Ruck bestimmend hoch und schleifte mich ohne Gnade ins Badezimmer bis zur Dusche. Drehte diese auf und hielt meinen Kopf unter das eiskalte Wasser. Erschrocken schnappte ich nach Luft und hatte das Gefühl, dass mein Schädel jeden Moment platzte. Ich schlug verzweifelt um mich, konnte mich aber nicht befreien, da mich Miles ziemlich unsanft im Nacken festhielt und gezielt unter den Brausekopf drückte. Ich bekam keine Luft mehr, schluckte Wasser und hustete.

„Miles, lass mich verflucht noch einmal los, du tust mir weh!", schrie ich hustend.

„Das werde ich erst machen, wenn du mir versprichst, dass Bill und ich mit dir eine vernünftige Unterhaltung führen können", antwortete er mir.

„Ich verspreche es, Miles. Aber jetzt hole mich endlich unter diesem entsetzlichen Brausekopf hervor. Bitte ich flehe dich an", schnappte ich heulend nach Luft.

Miles zog mich ruckartig zurück und lockerte den Griff. Ich rutschte auf dem nassen Bodenfließen aus, stürzte, tat mir fürchterlich weh und war erschrocken über diese Maßnahme.

„Miles, was bezweckst du eigentlich damit? Warum tust du das? Du weißt ganz genau, wenn du Druck auf mich ausübst, stößt du nur auf Gegenwehr bei mir", erklärte ich ihm heulend.

Er blieb eine Antwort schuldig, griff wortlos nach mir und zog mich mit Nachdruck am Pulli in Sitzstellung hoch. Ich war klatschnass, mir war schlecht und ich zitterte am ganzen Körper. Er ließ mich los, ging ins

Schlafzimmer und als er zurückkam, hatte er frische Kleidung dabei. Miles schmiss sie mir ins Gesicht. „Zieh das an ohne Widerrede", forderte er mich auf und verließ das Bad.

Heulend saß ich auf den Fließen und konnte mich nicht mehr beruhigen. Ich fragte mich, warum Miles mir gegenüber, ständig so brutal ausrastete. Wieso ließ ich mir dieses Verhalten immer und immer wieder gefallen. Völlig entnervt kleidete ich mich um. Mit klatschnassen Haaren verließ ich das Badezimmer. Er wartete bereits im Schlafzimmer auf mich. Miles kam auf mich zu und ich wich mit abwehrenden Händen zurück, was mir nur nichts half. Wortlos schnappte er meine Hand und zog mich wieder unsanft in Richtung Wohnzimmer, wo Bill immer noch unbeweglich im Sessel saß. Ich warf ihm einen vernichtenden Blick zu. Miles drückte mich bestimmend in den anderen Sessel und fixierte mich. Regungslos blieb ich sitzen, gab für den Moment auf, starrte nur vor mich hin und sah zu wie das Wasser aus meinen klatschnassen Haaren auf den Sessel tropfte. Um dieser ganzen Komödie noch eines draufzusetzen, schnappte ich mir meine Haare, wand sie aus, grinste schadenfroh vor mich hin und blickte Miles dann provozierend an. Dieser sah starr in meine Augen. Er stand plötzlich auf, was mich erschrocken zurückweichen ließ, fluchte unflätig und verschwand noch einmal nach draußen. Bill versuchte inzwischen ein Gespräch mit mir anzufangen, was ich ignorierte und blickte ihm nur stumm in die Augen.

„Bill, du bist ein Verräter und hast mich schändlich Miles überlassen. Lass mich einfach in Ruhe und halte deine Klappe", gab ich dann von mir.

Danach sperrte ich mich für weitere Fragen. Miles kam mit einem Handtuch zurück und warf es mir entgegen. Er befahl mir sofort meine Haare trocken zu reiben. Das Handtuch traf mich genau im Gesicht, erwischte meine bereits lädierte Nase, die daraufhin wieder leicht das Bluten anfing. Ich zuckte erschrocken zurück, blickte Miles eiskalt an und rührte mich dann keinen Zentimeter mehr. Dieser hielt meinem Blick stand und forderte mich mehrmals auf die Haare zu trocknen. Ich ignorierte ihn völlig. Er sprang auf, zog mich erneut hoch und zerrte mich wieder in Richtung Badezimmer. Ich wehrte mich erst gar nicht, da es zwecklos erschien und ich nur unnötig meine Energie verbrauchte. Willenlos ließ ich alles noch einmal über mich ergehen. Im Bad konzentrierte ich mich auf meine Gedanken, entführte mich in meine eigene, andere Welt und schaltete das Geschehen um mich herum aus. Miles schleifte mich in den Wohnraum zurück und drückte mich mit Nachdruck in den Sessel.

„So und nun trockne endlich deine Haare!", brüllte er mich an.

Ich verweigerte mich wieder und grinste ihm frech ins Gesicht. Die Prozedur wiederholte sich noch einmal, dann gab Miles entnervt auf und fluchte über meine sichtlich unbezwingbare Sturheit. Meine Kleidung war inzwischen wieder klatschnass geworden. Ich schaute ihn an und lachte trocken auf.

„Na du großer Superheld? Jetzt hast du deine Rache in Bezug auf deine zerstörten Blutkonserven voll an mir auskosten können. Und? Fühlst du dich jetzt besser mich wieder gedemütigt zu haben? Du hättest dir diese mehrmalige Prozedur eigentlich ersparen können, da du mit mir nur sprechen wolltest und es nicht darum ging, wann ich meine Haare trocknen würde. Miles, was willst du dir vor Bill eigentlich beweisen? Was ist

Sinn dieser bescheuerten Strafe?", wollte ich wissen. In Zeitlupe nahm ich das Handtuch vom Tisch, schaute ihm frech in die Augen und fing an meine Haare ganz langsam, Strähne für Strähne trocken zu reiben. Miles schnaufte empört auf und Bill, der das Schauspiel die ganze Zeit schweigend verfolgt hatte, fing schallend das Lachen an. Er wandte sich zu Miles. „Kim ist tatsächlich das passende Gegenstück zu dir. Genauso stur und unnachgiebig", entgegnete er.

Ohne Vorwarnung fetzte ich Bill das nasse Handtuch ins Gesicht.

„Halt bloß deine Klappe du Verräter und vergleiche mich niemals mehr mit Miles", brüllte ich ihn an.

Bill erschrak über meinen unerwarteten Angriff und riss seine Augen auf. Miles sprang schon wieder auf, ich bekam die volle Panik und trat ihm dieses Mal äußerst heftig gegen das Schienbein, so dass ich sein Vorhaben mich erneut unter die Dusche zu schleifen, im Keim erstickte. Die Schrecksekunde beider Männer nutzte ich aus und spurtete los. Ich rannte wie vom Teufel verfolgt aus dem Raum, durch sämtliche Hallen in Richtung Haustür. Beide Männer hatten sich schnell gefangen und waren hinter mir hergeeilt. Miles holte mich trotz der Attacke gegen ihn, zuerst ein und riss mich herum. Mir brannten alle Sicherungen durch, ich schrie vor Angst auf, holte zitternd aus und schlug ihm gezielt in den Magen, wie schon einmal. Miles knickte nach vorne, schnappte nach Luft und ging in die Knie. Ich drehte mich auf dem Absatz um und rannte weiter, erreichte die Haustür, öffnete sie und machte, dass ich hier wegkam. Ich schlug einfach den Weg in den Park ein und wusste bereits, wo ich mich verstecken konnte. Hinter mir hörte ich Bill und Miles nach mir rufen. Sie forderten mich auf, dass ich doch stehen bleiben sollte und sie mir nichts tun würden. Ich drehte mich kurz um, sah den großen Abstand zu ihnen und damit sie diesen nicht mehr aufholen konnten, rannte ich schnell weiter. Endlich erreichte ich zitternd und immer noch in klatschnasser Kleidung genügend Buschwerk, um meine Richtung zu ändern und den Weg zur Familiengruft zu nehmen. Ich war mir todsicher, dass Miles sich davor scheute diese zu besuchen und Bill würde sicher nicht auf diese Idee kommen, dass ich mich dorthin flüchten würde. Ich hatte meine Verfolger abgehängt und verschnaufte keuchend und mit Seitenstechen ein paar Sekunden im Gebüsch. Ich hörte Beide in der entgegengesetzten Richtung verzweifelt rufen. Nicht mit mir Jungs, dachte ich und machte mich auf den Weg zum Familiengrab, denn dort würde ich mich erst einmal heute Nacht verstecken und dann morgen versuchen meine beiden Kids aus diesem Irrenhaus zu holen. Der Plan wieder nach Deutschland zu gehen, reifte in mir, nahm immer mehr Formen an und ich war mich sicher, dass Tante Claire mich unterstützen würde. Völlig erschöpft erreichte ich die Gruft, öffnete das Tor, verfing mich unglücklicherweise darin, stolperte und stürzte die Stufen hinunter. Erschrocken und fluchend erhob ich mich wieder, sah dass meine Hose zerrissen war und mir das Blut am Knie herunterlief. Auch das noch. Mir bleibt wirklich nichts erspart, dachte ich und hinkte mit gemischten Gefühlen in die Grabkammer. Dort setzte ich mich zitternd auf eine der Steinbänke. Ich fror und mir war zum Heulen zumute. Meine Umgebung trug dazu bei, dass ich mich fürchterlich vor der bevorstehenden Nacht gruselte. Ich war so extrem erschöpft, dass ich mich unverzüglich auf die unbequeme Bank legte und einschlief.

Vogelgezwitscher und ein heftig schmerzendes Knie weckten mich. Ich setzte mich laut stöhnend auf, begutachtete das Malheur vom Vortag, erhob mich noch etwas verschlafen und starrte direkt in die Augen von Miles. Da ich nicht damit gerechnet hatte, dass sich noch jemand in der Gruft befand, war ich über dessen Anblick so geschockt, dass ich anfing wie eine Irre zu schreien und um mich zu schlagen. Mein Herz setzte stellenweise aus und ich dachte verrückt werden zu müssen. Miles war über meine Reaktion ebenso erschrocken, zuckte heftig zusammen, nahm mich in die Arme und versuchte mich zu beruhigen. Ich hatte Probleme Luft zu bekommen, hyperventilierte, schrie und schlug weiter um mich. Miles hob mich hoch, trug mich nach draußen und stellte mich ab. Das Gefühl ersticken zu müssen, ließ nach kurzer Zeit nach. Ich schnappte keuchend nach Luft, atmete tief durch und schubste Miles ein Stück von mir weg. Zitternd stand ich vor ihm.

„Wie zum Teufel noch einmal hast du mich so schnell gefunden und was hast du dir dabei gedacht, mich zu erschrecken! Ich hatte gerade das Gefühl, mein Herz bleibt stehen!", brüllte ich ihn an.

„Wir haben gestern das ganze rechte Gelände nach dir abgesucht und konnten dich nirgends auffinden. Blieb nur das Gelände mit dem Familiengrab", erklärte mir Miles. „Mir ist der Gedanke gekommen, dort nach dir zu suchen. Ich dachte mir schon, dass du die Gruft als sicheren Zufluchtsort wählen würdest. Sicher dachtest du, dass ich mich nie dorthin begeben würde. Bill und ich sind dann auch noch auf das offene Tor gestoßen, haben Blut am Ende der Treppe entdeckt und es war

klar, dass du dich in die Gruft geflüchtet hast."
Ich fluchte über meine eigene Dummheit, dass ich vergessen hatte, das Tor zu schließen. Miles grinste wieder einmal überlegen vor sich hin. Ich warf ihm einen wütenden Blick zu.

„Mich wundert es überhaupt, dass du so viel Mumm hattest, um ins Familiengrab zu steigen", schnauzte ich ihn an.

„Nun, Kim. Es ist wohl an der Zeit gewesen, diesen Schritt zu tun. Ich habe die ganze Nacht dazu Zeit gehabt meinen Eltern und meinem Zwillingsbruder in einem Zwiegespräch, Abbitte zu leisten. In gewisser Hinsicht warst du mir ja unbewusst eine große Hilfe dabei. Du hast mir Sicherheit verliehen, indem du auf einer der Steinbänke geschlafen hast. Ich habe mich dann zu deinen Füßen gesetzt und deine Hand fast die ganze Nacht gehalten, was du in deiner Erschöpfung nicht bemerkt hast", gestand er mir.

Ich setzte mich ins Gras, hielt mir die Hände vor die Augen und überlegte, wie ich Miles beibringen sollte, dass ich mich entschieden hatte nach Deutschland zurückzugehen. Er setzte sich vor mich und schaute mich abwartend an.

„Kim, was geschieht nun weiter mit uns?", fragte er.

„Miles? Ganz ehrlich? Was mit dir geschieht, ist mir für den Moment völlig egal. Ich für meinen Teil habe mich, nachdem was gestern zwischen uns vorgefallen ist, dafür entschieden, hier die Zelte abzubrechen und wieder nach Deutschland zu gehen. Deine eigenartigen Erziehungsmaßnahmen, die mir bis zum Hals stehen, kannst du dir dann sparen. Teste sie doch an deiner unwiderstehlichen Helen aus. Ich bin inzwischen aus dem Alter raus, wo man mich gängeln muss. Vielleicht hast du bei Helen mehr Erfolg, was ich allerdings bezweifle", blaffte ich ihn an.

Miles zuckte nach dieser Ausführung zusammen und stand auf.

„Okay Kim, ich habe verstanden und werde diese Entscheidung wohl oder übel, so hinnehmen müssen", sagte er ganz ruhig.

Er drehte sich auf dem Absatz um und schritt mit gesenktem Kopf Richtung Schloss. Verwirrt saß ich im Gras, konnte die Reaktion von Miles erst einmal gar nicht fassen und machte mich nach endlosen Minuten und mit schmerzendem Knie ebenfalls auf den Weg zurück. In der Schlossküche traf ich auf Miles, der völlig verstört am Tisch saß und seinen Kaffee trank. Ich holte mir ebenfalls eine Tasse aus dem Schrank, schenkte mir einen Kaffee ein, setzte mich zögernd dazu und schaute ihn lange an. Ich fühlte mich plötzlich überhaupt nicht mehr gut. Meine Gedanken drehten sich nur noch um ihn und die Kinder, als mein Kreislauf auch schon versagte. Urplötzlich und ohne Vorwarnung kippte ich vom Stuhl. Miles sprang erschrocken auf, kniete sich zu mir und wollte mir beim Aufstehen behilflich sein. Desorientiert schaute ich ihn an, schlug ihm die Hände weg, erhob mich langsam und erklärte, dass ich mich noch ein paar Stunden hinlegen würde, bevor ich eine endgültige Entscheidung traf. Schwankend und an der Wand abstützend, versuchte ich Richtung Schlafzimmer zu kommen, ließ mich auf das Bett fallen und war kurz darauf eingeschlafen.

Miles saß inzwischen wieder am Tisch und zerbrach sich den Kopf, wie er mich daran hindern konnte, hier die Zelte abzubrechen. Ihm wurde klar, dass er mit seiner gestrigen Aktion alles versaut hatte, als er meinte mich wie ein Kleinkind behandeln zu müssen. In seinem egozentrischen Handeln hatte er versucht mit Gewalt meinen Willen zu brechen und musste feststellen, dass ich eine ziemlich starke Persönlichkeit hatte, die darauf mit enormem Gegendruck reagierte. Innerlich zog er seinen Hut vor mir und ihm wurde gerade klar, dass er meinen stark ausgeprägten Willen, nie brechen konnte und er sich mit mir arrangieren musste oder es bleiben ließ. Milly betrat kurz darauf die Küche und merkte, dass der gestrige Tag doch nicht so verlaufen war, wie erhofft. Sie setzte sich zu Miles und ließ sich die Geschichte erzählen. Nachdem er geendet hatte, machte sie ihm die fürchterlichsten Vorwürfe, dass er mich ständig behandeln würde, als wäre ich ein Stück Dreck. Milly erklärte Miles, dass sie meine Entscheidung Irland verlassen zu wollen, völlig verstehen und akzeptieren könnte. Unter solchen Umständen würde sie auch nicht länger hier verweilen wollen. Die Leidtragenden würden mal wieder die Kinder sein, setzte sie hinzu. Miles zuckte zusammen und ihm wurde klar, dass er bei einer Entscheidung von mir hier zu verschwinden, seine Kids nie mehr sehen würde. Er hakte bei Milly nach, ob sie eventuell die Adresse meiner Eltern wissen würde, damit er vielleicht einmal mit diesen unter vier Augen reden konnte und diese mich zur Vernunft bringen sollten. Milly blickte Miles erstaunt an und erklärte, dass sie sich wirklich langsam über ihn wundern müsste. Er über mich ja überhaupt nichts wisse und meine Eltern schon lange verstorben waren. Geschwister hatte ich keine und hier würde irgendwo in der Gegend nur die Schwester meines Vaters wohnen. Miles schaute Milly entgeistert ins Gesicht und nun wurde ihm erst sehr deutlich klar, warum ich so eine starke Persönlichkeit entwickelt hatte. Mein Leben schien nur daraus bestanden zu haben ums Überleben zu kämpfen. Er stand auf, lief wie ein Raubtier in der Küche auf und ab und überlegte verzweifelt, wie er mich wieder für sich gewinnen konnte. Milly räumte ihm keine guten Chancen bei mir ein, so wie er mich gestern und in vergangener Zeit behandelt hatte und riet ihm, mich erst mal zur Besinnung kommen zu lassen und nicht zu drängen. Sie versprach, mit mir noch einmal zu reden. Wenn es nicht anders ginge, musste er eben akzeptieren, dass ich vielleicht wieder ins Appartement ziehen würde. Dies wäre dann ein positiver Schritt, damit ich Irland mit den Kindern nicht verlassen würde. Miles setzte sich auf den Stuhl zurück und verbarg sein Gesicht in seinen Händen. Kathy erschien einen kurzen Augenblick später mit den Zwillingen. Miles stand auf, kniete sich vor Zoe und Wesley und drückte sie ganz fest an sich. Der Gedanke, die beiden nicht wieder zu sehen, ließen ihm Tränen in die Augen steigen. Kathy schaute verstört in Millys Richtung, diese schüttelte unmerklich mit dem Kopf und winkte sie mit nach draußen. Vor der Küchentüre informierte sie Kathy, was im Laufe des Vortages passiert war und Kathy schüttelte nur noch mit dem Kopf. Sie konnte Miles absolut nicht verstehen, dass er sein Glück so mit Füßen trat und ich nun schon genug mitgemacht hatte. Miles erschien kurze Zeit später mit den Kids und bat Kathy sich noch mit ihnen bis zum Abend zu beschäftigen. Inzwischen wollte er versuchen, mich mit Hilfe von Milly umzustimmen, damit ich das Land nicht verlassen würde. Kathy bestätigte auch ihm, dass er wohl sehr viel verpatzt hatte in letzter Zeit und sie es ehrlich bedauerte, wenn ich mit den Zwillingen wieder nach Deutschland zurückkehrte.

Ich wachte auf, fühlte mich erfrischt und ausgeruht und registrierte, dass es immer noch hell draußen war. Die wenigen Stunden Schlaf schienen mir besonders gut getan zu haben und ich spürte, dass meine Kraftreserven wieder einigermaßen aufgetankt waren. Langsam stand ich auf, verließ das Schlafzimmer und lief Richtung Küche. Erstaunt blickte ich in Miles Gesicht, der immer noch am Tisch saß und seinen Kaffee trank.

„Hast du gut geschlafen Kim? Und möchtest du jetzt frühstücken?", fragte er nach.

Stirnrunzelnd schaute ich Miles an, bis mir bewusst wurde, dass bereits ein neuer Tag angebrochen und ich vierundzwanzig Stunden am Stück durchgeschlafen hatte. Ich bedankte mich bei ihm.

„Wieso hat mich keiner von euch geweckt?", fragte ich nach.

„Du hast tief und fest geschlafen und es wäre eine Sünde gewesen dich zu wecken. Diesen Schlaf hast du mit Sicherheit dringend gebraucht, um wieder klar zu werden", erklärte er mir.

Miles stand auf, bereitete mir ungefragt ein Frühstück und stellte es vor mich auf den Tisch. Der Geruch von gebratenen Eiern und Speck ließ mir das Wasser im Munde zusammenlaufen und ich stellte fest, dass ich einen enormen Heißhunger hatte und begann zu essen. Miles beobachtete mich wie immer dabei und ich wich gezielt seinem Blick aus. Nachdem ich fertig war, bedankte ich mich bei ihm für das Frühstück, trank meinen Kaffee, erhob mich und wollte in Richtung Kavaliershaus, um die Zwillinge zu holen. Bevor ich aus der Hintertür der Küche schritt, rief mich Miles mit leiser Stimme zurück.

„Kim! Bitte nimm nochmals Platz. Ich muss mit dir noch etwas bereden."

Erstaunt blickte ich Miles an.

„Miles, was soll es denn zwischen uns zu besprechen geben? Gestern habe ich bereits mitgeteilt, dass ich meine Zelte hier abbrechen und nach Deutschland zurückkehren werde. Ich habe keine Kraft mehr, um weitere Demütigungen und Lügen von deiner Seite ertragen zu können. Mein ganzes Leben habe ich immer gekämpft, um nur ein kleines Stück Glück zu erhaschen. Ich habe langsam das Gefühl ein besonders glückliches Händchen dafür zu besitzen, mich nur an Männer zu verlieren, die gerne schlagen, um dann immer wieder mit geschundener Seele aus diesen Beziehungen zu scheiden. Dieses Mal ist es besonders schlimm, da aus deiner brutalen Vergewaltigung auch noch Kinder hervorgegangen sind. Weißt du Miles, du musst dir endlich im Klaren sein, dass manchmal rein gar nichts schieflaufen muss, damit der Rest gut läuft. Begreife endlich, dass das Schicksal so entschieden hat und wir nie ein Paar werden."

Miles schaute mich nach dieser Erklärung entsetzt an.

„Kim, würdest du mir eine letzte Bitte erfüllen und noch einmal mit an das Grab meiner Familie gehen?", fragte er.

Ich überlegte kurz und da ich versprochen hatte, dass gemeinsam mit ihm zu tun, nickte ich zustimmend. Miles dankte mir und verabredete sich mit mir in fünfzehn Minuten hier in der Küche. Nachdenklich machte ich mich auf den Weg in den Park, um ein paar frische Blumen für die Gruft zu schneiden. Ich war wieder in eine vertrackte Situation geraten und wusste nicht, wie ich mich Miles gegenüber verhalten sollte. Mein Gefühl sagte mir unmissverständlich, dass ich hierbleiben sollte. Mein Verstand signalisierte jedoch, schnellstens von hier zu verschwinden. In Gedanken versunken und mit meinem Innersten kämpfend vergaß ich die Zeit und schrak zusammen, als Miles hinter mir erschien und mich ansprach.

„Ich wundere mich, wo du die ganze Zeit bleibst?", sagte er.

Erschrocken schaute ich auf die Uhr und hatte mich glatt um eine halbe Stunde verspätet. Ich reichte Miles die Blumen, drehte mich herum und lief Richtung Familiengruft. Miles folgte mir und ich merkte, dass es ihm erheblich schwer fiel über seinen Schatten zu springen. Irgendwie konnte er einem Leid tun und ich musste an mein eigenes Schicksal denken. Meine Eltern waren bei einem Flugzeugabsturz verstorben. Es verband uns etwas Gemeinsames und trotzdem kamen wir uns nicht näher. Ich war so in Gedanken versunken, dass ich nicht merkte, wie wir am Grab ankamen und prallte auf Miles auf, der mich überholt hatte. Erschrocken sah ich hoch und wieder einmal genau in seine blauen Augen. Sein Blick blieb an mir haften und ich hatte das Gefühl, dass er Angst hatte den ersten Schritt Richtung Gruft zu tun. Ich seufzte auf und reichte ihm meine Hand. Miles schaute mich an, ergriff sie dankbar, hielt sie ganz fest und öffnete das Eisentor. Gemeinsam schritten wir die Stufen hinunter. Sein Druck auf meine Hand wurde immer stärker und ich merkte, dass er zitterte, wie ein verängstigtes Kind. Kurz darauf betraten wir den Innenraum der Gruft und ich schaute mich, wie auch bei meinen früheren Besuchen um. Der ganze Raum war aus feinstem, weißen Marmor. Diesmal waren die Grabplatten in den Wänden mit den Bildern der Verstorbenen geschmückt, was mich faszinierte. Ich blickte Miles erstaunt an und er bestätigte, dass er gestern Nacht diese Bilder dort angebracht hatte. Langsam schritt ich auf das erste zu und erkannte Miles Vater. Er schien zu Lebenszeiten ein stattlicher, gutaussehender Mann gewesen zu sein und Miles hatte seine Statur geerbt. Das nächste Bild stellte Miles Mutter dar und auch sie war eine hübsche Frau gewesen. Zumindest wusste ich jetzt, weshalb er so umwerfend aussah. Dann kam ich an das letzte Grab, erkannte auf dem Bild Wesley und er war Miles wie aus dem Gesicht geschnitten. Ich war so erstaunt über diese verblüffende Ähnlichkeit, dass ich die Luft einsog. Mit Sicherheit hätte ich beide, bei einem Aufeinandertreffen, nicht auseinanderhalten können. Ich verharrte kurze Zeit still vor dem Foto, bedauerte, dass ich Wesley nicht kennen lernen durfte, als Miles sich plötzlich hinter mich stellte und seine Hände behutsam auf meine Schultern legte. Schweigend ließ ich es geschehen und lehnte mich zögernd an Miles Brustkorb. Ich schloss meine Augen, versank völlig in Gedanken und dachte an meine Eltern, deren Grab ich nicht besuchen konnte, da die Leichen damals im Meer nie gefunden wurden. Miles hatte wenigstens einen Anlaufpunkt und konnte stille Zwiegespräche führen. Als ich mir dieser Tatsache so richtig bewusst wurde, dass ich auf diesem Planeten wirklich allein war, schluckte ich und heulte still vor mich hin. Miles schien zu bemerken, dass mit mir etwas nicht stimmte, drehte mich zu sich herum und erschrak, als er in mein Gesicht blickte. Ich schluckte und die Angelegenheit wurde mir äußerst peinlich. Ich wollte mich gerade zum Gehen wenden, als er meinen Kopf behutsam in seine Hände nahm.

„Kim, was ist denn los? Ich glaube kaum, dass der

Grund deines emotionalen Ausbruchs an meiner verstorbenen Familie liegen kann?", fragte er mich.

„Nein, mir sind gerade meine Eltern in den Sinn gekommen, Miles ", erklärte ich mit tränenerstickter Stimme.

Vorsichtig nahm er mich in den Arm.

„Möchtest du darüber reden Kim?", fragte er und ich nickte.

Er ergriff meine Hand, zog mich auf die Steinbank im Inneren der Gruft und forderte mich auf meine Geschichte zu erzählen. Stockend begann ich.

„Meine Eltern sind in den Sommerferien auf einer Studienreise nach Australien kurz vor der Landung mit dem Passagierflugzeug ins Meer abgestürzt und keiner hat dieses Unglück überlebt. Ihre Leichen wurden nie gefunden. Ich habe keinen Anlaufpunkt wie du, um das Grab zu besuchen. Mein Glück damals war, dass ich eine starke Erkältung hatte, den Flug dadurch absagen musste und deshalb noch am Leben bin. Meine Eltern hatten zum Glück finanziell vorgesorgt und so blieb mir die Abschiebung in ein Kinderheim für Vollwaise erspart. Mein Onkel unterstützte mich immer wieder so gut er konnte und ließ mich später studieren. Leider ist er vor etlichen Jahren ebenfalls verstorben und ich bin seitdem auf mich ganz alleine gestellt. Nicht immer einfach, da sich mir viele Stolpersteine in den Weg legten, aber da musste ich durch, um überleben zu können. Kurz nachdem ich Jack kennen lernte, der mich scheinbar auf Händen trug, dachte ich mein Leben sei nun perfekt. Später musste ich erkennen, dass Jack nur auf meine Kohle aus war, die ich mir hart erarbeitet hatte. Er machte mich völlig von sich abhängig. Nutzte es, da ich keinen Familienanhang besaß und betrog mich später mit seiner Sekretärin. Ich kam durch einen dummen Zufall auf die Schliche, verließ ihn, er schlug mich dafür grün und blau und suggerierte mir, dass ich noch schuld sei an der gescheiterten Beziehung. Mir hat es gereicht und ich habe daraufhin alle Zelte in Deutschland abgebrochen, um hier in Irland auf die Füße zu kommen. Den Rest kennst du ja selbst bis zu diesem Zeitpunkt."

Miles stöhnte auf.

„Mein Gott, was bin ich für ein verdammter Idiot. Wir haben das gleiche Schicksal und es sind gemeinsame Parallelen zu erkennen."

Er zog mich näher an sich und bat mich um eine Unterredung wegen meines festen Entschlusses ihn zu verlassen. Ich versprach ihm, alles noch einmal zu überdenken, schnappte die Blumen, verteilte sie in die dafür vorgesehenen Vasen und verließ die Gruft. Miles folgte mir, ergriff zaghaft meine Hand, die ich ihm bewusst wieder entwand und wir liefen schweigend in Richtung Schloss. Kathy und die Kids erwarteten uns schon und Milly zog mich rasch zur Seite.

„Kim, ich müsste dich um ein Gespräch unter vier Augen bitten", flüsterte sie.

„Milly, falls es um Miles geht, hat er eine Schonfrist bekommen. Das weiß er aber noch nicht und du darfst ihm auch noch nichts sagen", beschwor ich sie.

Ich klärte sie auf, was nach dem Frühstück vorgefallen war und eilte danach ins Wohnzimmer, um noch etwas mit Zoe und Wesley zu spielen. Miles setzte sich dazu und wir hatten bis zum Mittagessen eine Menge Spaß. Miles schaute immer wieder in meine Richtung und stand erkennbar unter Spannung. Ich lächelte ihm zu.

„Miles, gib mir noch Zeit bis nach dem Abendessen,

um mich zu entscheiden."

Er nickte und erhob sich.

„Ich werde noch einmal in die Gruft gehen, Kim", teilte er mir mit.

Sanft drückte er mir einen Kuss auf die Stirn und verließ dann das Wohnzimmer. Nachdenklich blieb ich zurück und kämpfte wieder mit meinen Gefühlen. Milly kam kurze Zeit später herein und gab Bescheid, dass man zum Essen kommen konnte. Ich erhob mich und nahm Wes und Zoe mit, setzte sie an den Tisch und half beim Verteilen der Teller.

„Wo ist Miles verblieben, Kim?", fragte Milly nach.

„Miles ist noch einmal zur Gruft gegangen", erklärte ich ihr.

„Hast du eine Entscheidung getroffen?", schaute mich Milly fragend an.

Ich schüttelte den Kopf.

„Nein Milly, ich muss dir gestehen, dass ich nicht weiß wie ich es bewerkstelligen soll. Einerseits will ich Miles die Kinder nicht entziehen, andererseits kann ich diesen Nervenkrieg dauerhaft nicht mehr verkraften."

Sie hatte eine einfache Lösung parat auf die ich wieder selbst hätte kommen müssen. Sie schlug mir vor unter der Woche in meinem Appartement zu wohnen und die Wochenenden mit den Kids hier zu verbringen. Schlafräume standen genügend zur Verfügung und ich konnte Miles somit aus dem Weg gehen, wenn es sein musste. Kathy würde sich um die Zwillinge kümmern und ich konnte ungestört zur Arbeit. Diese Lösung schien mir gerecht. Nachdenklich schaute ich Milly an.

„Ich verspreche, bis heute nach dem Abendessen eine Entscheidung zu Gunsten für alle zu treffen", erklärte ich.

Milly drückte mich fest an sich.

„Ach, Kim. Ich hoffe, dass du richtig handeln wirst. Ich möchte dich und die Kids nicht verlieren. Solltest du dich gegen Miles entscheiden, werde ich hier meine Zelte ebenfalls abbrechen. Ich kann nicht mit ansehen, wie er sich langsam aber sicher völlig zugrunde richtet. Dies wird im Falle deines Verschwindens sicherlich geschehen. Er hat es schon einmal versucht."

Ich starrte sie entsetzt an und hakte nach.

„Wie? Er hat es schon einmal versucht?", wollte ich wissen.

„Eigentlich darf ich nichts sagen, denn Miles hat mich zur Verschwiegenheit verdonnert, aber unter diesen Umständen, gebe ich es nun preis. Miles hat nach der Vergewaltigung an dir und deinem Auszug aus dem Kavaliershaus einen Selbstmordversuch hinter sich. Ich bin eines Morgens durch Zufall auf ihn gestoßen und habe ihn regungslos vorgefunden. Er hatte sich die Pulsadern mit einer Rasierklinge aufgeschnitten und eine Überdosis Schlaftabletten genommen. Das Röhrchen lag vollkommen leer auf dem Nachttisch und er selbst leblos in Bett. Der Herzschlag war fast nicht mehr zu spüren und Doc Morris hatte ihn gerade noch so retten können. Miles hatte nach seiner Genesung die Order erteilt, dass keiner etwas davon erfahren durfte. Schon gar nicht du", offenbarte sie mir.

Erneut brach eine Welt für mich zusammen.

„Wie viele Lügen warten denn noch auf mich? Was muss ich denn noch alles ertragen?", fragte ich nach.

„Kim, dass war nun wirklich das letzte Geheimnis aus Miles Vergangenheit", erklärte sie.

Ich entschuldigte mich bei ihr, bat sie die Zwillinge mit Kathy zusammen zu füttern und verließ die Küche durch die Hintertür. Mit gezielten Schritten, wütend über Miles und vor mich hin heulend, schritt ich Richtung Gruft. Ich wollte nun alles wissen und würde ihn nicht eher zufriedenlassen, bis er mir Rede und Antwort stand. Zur Not würde ich ihn sogar in die Gruft sperren, damit er endlich zur Besinnung kam. Ich hatte das Familiengrab erreicht, schritt langsam die Stufen hinab und betrat vorsichtig die Grabkammer. Miles drehte sich um, war erstaunt mich zu sehen und machte einen Schritt auf mich zu. Erschrocken hielt er inne, als er mein verheultes Gesicht sah. Ich schritt zielstrebig auf ihn zu, riss sein linkes Handgelenk hoch, in der Hoffnung, dass es nicht der Wahrheit entsprach, was mir Milly gerade erzählt hatte. Und dann sah ich eine gut verheilte Narbe. Miles stand wie erstarrt. Wir schauten uns stillschweigend an. Ich ließ seinen Arm los, hob abwehrend meine Hände, drehte mich nur noch um und rannte schluchzend aus dem Familiengrab. Miles eilte hinterher und rief verzweifelt meinen Namen. Er erreichte mich und hielt mich bestimmend am Arm zurück. Ich drehte mich um und riss seine Hand von meinem Arm weg. Nun verlor ich entgültig meine Nerven und schlug auf ihn ein wie eine Irre.

„Warum! Miles! Wieso lügst du mich dauerhaft an! Unsere Beziehung bedeutet dir doch überhaupt nichts! Was stimmt mit mir nicht Miles, dass du mich ständig vor den Kopf stößt!", schrie ich.

Er versuchte verzweifelt mich zu beruhigen, was ihm nicht gelang. Ich war vollkommen hysterisch, schrie nur noch und starrte ihn vorwurfsvoll an.

„Kim, hör bitte mit dem Schreien auf. Hast du nicht gehört? Du sollst aufhören zu schreien", bat er mich.

Miles reagierte ziemlich hilflos und schüttelte mich. Als das nichts half, versetze er mir eine Ohrfeige. Ich erschrak, kam wieder in die Wirklichkeit zurück und sackte schluchzend in mich zusammen. Miles kniete sich zu mir und entschuldigte sich mehrmals, dass er diese Maßnahme ergreifen musste, da er nicht wusste, wie er mich sonst ruhigstellen konnte. Ich nahm alles nur noch wie aus weiter Ferne wahr, wollte auch nichts mehr hören und hielt mir sitzend und zitternd die Ohren zu. Er setzte sich hinter mich und umschlang mich mit seinen Armen. Er hielt mich fest an sich gedrückt und redete beruhigend auf mich ein. Miles hätte in diesem Moment alles mit mir anstellen können. Ich stand vor dem Nervenzusammenbruch und konnte keinen klaren Gedanken mehr fassen. Mein Kopf war völlig leer und ich wollte nur noch, dass dies alles endlich aufhörte. Nach langer Zeit kam ich wieder in die normale Phase zurück, löste mich ohne Worte aus seiner Umarmung, stand auf und schritt, ohne mich umzusehen in Richtung Schloss zurück. Miles folgte mir und vermied es mich anzusprechen, was ich sehr begrüßte. Ich betrat die Küche, stellte mit einem Blick auf die Uhr fest, dass es bereits nach fünfzehn Uhr war und mir wurde bewusst, dass ich langsam, aber sicher jeden Sinn für Zeit und Raum verlor.

„Kim? Möchtest du gerne einen Kaffee oder Tee trinken?", fragte Miles vorsichtig nach.

Mein Kopf sauste in seine Richtung. Durchdringend und mit zusammengekniffenen Augen schaute ich ihn an. Miles erschrak über meinen eiskalten Blick und trat einen Schritt zurück.

„Ja, ich hätte gerne Kaffee. Danach klärst du mich vollständig über dich auf. Es liegt nun ganz alleine an dir, wie meine Entscheidung heute abends ausfallen wird."

Miles sank völlig in sich zusammen, schickte mich ins Wohnzimmer und versprach mit dem Gewünschten zu erscheinen. Ich machte auf dem Absatz kehrt und verschwand, ohne ihn eines weiteren Blickes zu würdigen. Mit Nachdruck schlug ich die Küchentür zu und eilte in den Wohnraum. Genervt setzte ich mich vor die Couch, lehnte mich zurück, schloss meine Augen und es wurde mir klar, dass es auf keinen Fall mehr in dieser Art und Weise weitergehen konnte. Ich fragte mich im Stillen, ob ich überhaupt noch geistig zurechnungsfähig war. Warum ließ ich alles willenlos über mich ergehen? Eigentlich war ich doch eine Frau, die fest im Leben stand, unabhängig war und für zwei Kinder zu sorgen hatte. Nicht ich war diejenige die Hilfe brauchte, sondern Miles und das schnell wie möglich. Das schreckliche an der ganzen Situation war, dass ich Miles trotz seiner Ecken und Kanten immer noch über alles liebte, was mich diese ganzen Qualen erdulden ließ. Leider hatte ich einfach keine Energie mehr, mich Tag für Tag erneut den nervenden Herausforderungen mit Miles zu stellen und meine Batterie lief langsam leer. Außerdem brauchten mich Zoe und Wesley sicher mehr als er. Miles bekam sein Leben nicht in den Griff und drei Kleinkinder konnte ich nicht gebrauchen. Wenn ich ihn verlassen würde, musste ich wieder damit rechnen, dass er einen erneuten Selbstmordversuch beging. Irgendwie stand ich immer in seiner Schuld, obwohl es andersherum sein müsste. Er sah einfach nicht, dass ich an dieser Situation langsam aber sicher völlig kaputt ging. Selbst Bill hielt mich bereits für eine Alkoholikerin und nahm mich nicht mehr für voll. Ich schluckte, brach erneut in Tränen aus, zog meine Beine an meinen Körper und versenkte meinen Kopf. So bekam ich nicht mit, dass Miles kurze Zeit später mit dem Kaffeegeschirr im Raum erschienen war und es geräuschvoll auf den Tisch abstellte. Ich schrak heftig hoch, wischte mir verstohlen die Tränen aus dem Gesicht, während Miles betroffen seinen Blick auf mir ruhen ließ und Kaffee einschenkte. Er setzte sich an meine Seite und ich verwies ihn auf den Sessel gegenüber. Ich wollte einfach nur Abstand von ihm. Miles nickte, strich mir sanft über den Arm, was mich zusammenzucken ließ und dann setzte auch er sich. Ich nahm meine Kaffeetasse, zog meine Beine wieder an mich und starrte gedankenverloren vor mich hin. Es herrschte geraume Zeit völlige Stille im Raum. Miles brach das Schweigen.

„Kim, so kann es mit uns auf keinen Fall mehr weiter gehen", teilte er mir mit. „Ja, verdammt noch einmal, ich habe dir meinen Selbstmordversuch verschwiegen. Ich sehe ein, es war ein gravierender Fehler und Vertrauensbruch dir gegenüber. Aus tiefster Seele tut es mir leid, dass ich dich schon wieder enttäuscht habe. Nur weiß ich manchmal wirklich nicht, wie ich mit dir überhaupt dran bin und somit mache ich anscheinend doch alles falsch."

Ich lachte kurz auf.

„Sicher, Miles. Im Bett weißt du aber schon wie du mit mir dran bist und da machst du auch nichts falsch", warf ich ihm entgegen.

Miles wurde kreidebleich, setzte zu einer Antwort an und ließ es dann doch bleiben. Erschrocken schlug ich mir die Hand vor den Mund, stellte meine Kaffeetasse ab und meine Worte taten mir bereits wieder leid. Ich stand auf, setzte mich auf die Couch und entschuldigte mich bei ihm.

„Entschuldigung. Es tut mir leid, was ich gerade von

mir gegeben habe, Miles. Die ganzen Umstände und das Drumherum halte ich nervlich nicht mehr aus. Wir tun uns ständig verbal wie psychisch nur weh, ich kann nicht mehr und sage manchmal Dinge, die ich nicht so meine. Ich bin mir über deine Gefühle zu mir nicht mehr im Klaren. Du gehst manchmal kalt und berechnend vor und signalisierst mir damit, nur fürs Bett gut zu sein. Deine Liebe zu mir, wenn überhaupt, ist so gut wie nicht erkennbar. Denk nur an Silvester des vergangenen Jahres und an die liegende Acht, die du mir hast zukommen lassen. Deine Antwort auf meine damalige Frage, was du darunter verstehst, bist du mir ja bis heute schuldig geblieben. Jetzt erkläre ich dir genau, was diese magische Zahl für mich bedeutet. Für mich bedeutet diese Acht, dass ich dich unendlich liebe und mir sogar vorstellen kann, in Zukunft mit dir durch die Hölle zu gehen, selbst wenn es nicht anders geht, ohne wenn und aber."

Miles schaute mich erstaunt an.

„Kim? Bist du nach den vergangenen Vorkommnissen immer noch für diesen Höllengang mit mir bereit?", fragte er nach.

Ich nickte nur. Miles schluckte und sah mich lange an.

„Kim, wie hast du dich nun entschieden? Kann ich aus deiner gegebenen Antwort schließen, dass du nicht nach Deutschland zurückkehrst?", wollte er wissen.

„Nein! Ich werde in den nächsten Tagen wieder mit den Kindern ins Appartement ziehen und du kannst Milly danken, die mir diesen Vorschlag gemacht hat. Nimm es erst einmal so hin und das weitere ergibt sich auch noch. Über das Wochenende werde ich dann mit Zoe und Wes bis Montagmorgen bleiben. Die Woche über werde ich wieder arbeiten und Kathy kann die Kinder mit ins Kavaliershaus nehmen, damit du sie täglich sehen kannst. Am Abend werde ich sie dann wieder zum Schlafen holen. Eine bessere Lösung habe ich im Moment nicht parat. Nehme aber gerne einen Gegenvorschlag von dir an", offenbarte ich ihm.

„Danke, Kim. Mit dieser Lösung bin ich vollkommen einverstanden. Ich bin froh, dich mit den Kids hier halten zu können", gestand er mir.

Ich atmete erleichtert auf, da ich mit Schwierigkeiten gerechnet hatte, griff nach meiner Kaffeetasse, trank leer und stellte sie zurück. Miles stand auf, schenkte nach und hauchte mir zaghaft einen Kuss auf die Stirn. Ein warmes Gefühl wie immer durchströmte mich, ich konnte nicht widerstehen, griff trotz Bedenken nach ihm und zerrte ihn zu mir auf die Couch. Miles war so überrascht, dass er sein Gleichgewicht verlor und ungebremst auf mich fiel. Ich lachte amüsiert auf und schaute ihm wieder genau in diese unwiderstehlichen blauen Augen. Sehnsüchtig wurde mein Blick erwidert. Ich schloss bewusst meine Augen, um diesem wieder zu entgehen und mir wurde wieder einmal furchtbar heiß. Miles küsste mich zärtlich und intensiv, was ich sehr genoss, ließ dann von mir ab und setzte sich auf. Verwirrt schaute ich ihn an

„Kim, ich möchte die Situation nicht ausnutzen. Ich möchte nicht, dass du wieder denkst, dass ich dich ins Bett bekommen möchte. Diesmal werde ich dir den Part überlassen und warten bis du bereit dazu bist", erklärte er mir.

Ich blieb ihm eine Antwort schuldig, zog ihn zu mir herunter, griff ihm zärtlich ins Haar ohne den Blick von seinen Augen zu lassen und küsste ihn, bis mir die Luft ausging. Bei dieser Aktion überhörten wir das mehrmalige Klopfen an der Tür und plötzlich stand Milly im Raum. Ich schoss erschrocken hoch, knallte mit Miles Kopf zusammen, schrie auf und wurde knallrot im Gesicht. Miles sah mich an, rieb sich die betroffene Stelle an seiner Stirn und musste über meinen gehetzten Ausdruck schmunzeln.

„Was gibt es denn?", drehte er sich fragend in Millys Richtung, ohne seine Stellung zu verändern.

„Entschuldigung! Ich wollte nur Bescheid sagen, dass es in zwei Stunden Abendessen gibt", räusperte sich Milly.

Miles bedankte sich lachend. Milly drehte sich mit einer nochmaligen Entschuldigung um und schloss die Tür leise hinter sich. Ich lag noch immer stocksteif unter Miles und schnappte hörbar nach Luft. Am liebsten wäre ich im Erdboden versunken und erklärte Miles, dass ich nicht zum Abendessen erscheinen würde, da ich mich furchtbar vor Milly schämte. Miles grinste mich frech an, amüsierte sich über meine immer wiederkehrende Schamhaftigkeit in gewissen Situationen und fuhr fort mich zu küssen. Mir gefiel dieses Spielchen, ich knutschte mit Miles was das Zeug hielt und kam mir vor wie ein verliebter Teenager. Langsam öffnete ich Miles Hemd und machte mich an seinem muskulösen Brustkorb zu schaffen, was mich mehr und mehr in Wallung brachte. Miles schien dieses Spielchen ebenso zu genießen und so lagen wir beide auf der Couch und fummelten bis wir nicht mehr konnten und uns vom Dauerknutschen die Luft wegblieb. Erschöpft und verschwitzt setzten wir uns auf und griffen gleichzeitig zu unseren Kaffeetassen. Unsere Blicke trafen sich und wir mussten beide prustend auflachen. Miles stellte beide Tassen zurück auf den Tisch, zog mich wieder auf die Couch und machte weiter, wo er vorher aufgehört hatte. Ich ließ mich völlig fallen und hoffte nur, dass nicht wieder jemand ins Wohnzimmer stürmte. Diesen Gedanken musste ich laut ausgesprochen haben, denn Miles stand plötzlich auf, lief Richtung Türe und schloss ab. Erleichtert schaute ich ihn an.

„Kim ich habe an deiner Körperhaltung bemerkt, die sich plötzlich versteifte, dass etwas nicht stimmt. Sag nie mehr, dass ich kein Einfühlungsvermögen habe", grinste er.

„Na, Miles dann hoffe ich ja, dass sich nicht nur an meiner Körperhaltung etwas versteift hat", erwiderte ich frech.

Er brach in schallendes Gelächter aus und wollte nach mir greifen. Quietschend wich ich ihm aus, sprang auf, rannte lachend um die Couch herum und Miles jumpte einfach über diese weg. Er hatte soviel Schwung, dass er mit mir zusammenstieß und wir beide zu Fall kamen. Ich lag lachend am Boden und amüsierte mich köstlich über Miles dummes Gesicht, da er sich bei diesem Sprung offensichtlich verschätzt hatte. Er schnappte wieder nach mir, zog mich wieder unter sich, knutschte bis mir das Lachen verging und wiederholte seine Fingerspielchen, die mir die Luft entgültig raubten. Nun war ich in einer ziemlich prekären Situation und wusste nicht genau, wie ich mich verhalten sollte. Einerseits wollte ich Miles und verzehrte mich regelrecht nach seinem Körper und seinen Zärtlichkeiten, andererseits ging mir sein Satz durch den Kopf, dass ich den nächsten Part der Verführung übernehmen musste, wenn ich dazu bereit war. Ich überlegte, ob ich dazu bereit war und kam wieder einmal zu einem, Ja. Was wäre aber, wenn ich Miles gewähren ließe und er diese Situation wieder nur ausnützen würde, um zu seinem Recht zu kommen. Nach diesem Gedankengang unterbrach ich unser

Spiel, schob Miles langsam von mir weg und setzte mich auf. Er schaute mich etwas verwirrt an.

„Kim, habe ich schon wieder etwas falsch gemacht?", hakte er nach.

Ich schüttelte mit dem Kopf.

„Nein, diesmal liegt es an mir. Ich habe im Moment ein Problem, dass ich nicht lösen kann. Dabei kannst selbst du mir nicht helfen, Miles. Du kannst mir nur einen Gefallen tun, indem du mich ganz fest in deine Arme schließt und mir beantwortest, ob du es ernst meinst oder nur mit mir spielst."

Entspannt lehnte ich mich in seinen Armen zurück und schloss meine Augen.

„Kim ich versichere dir, dass ich es ernst meine. Ich kann es aber nicht immer so zeigen", eröffnete er mir.

„Gut, Miles. Wenn du es nicht so zeigen kannst, dann versuche darüber zu reden", sagte ich.

Ich drehte mich zu ihm um und küsste ihn lange und anhaltend auf den Mund. Wir blieben noch etwas am Boden sitzen, unterhielten uns über alles mögliche und kamen dann zum Entschluss nach dem Abendessen noch einmal über alles richtig zu reden. Erneut klopfte es an die Tür und Milly rief von draußen, dass der Tisch bereits gedeckt sei und man auf uns warte. Wir riefen gleichzeitig, dass wir sofort kommen würden und mussten wieder lachen. Miles stand auf, reichte mir seine Hand, die ich ergriff und half mich hoch. Wir zogen uns die Oberteile an und machten uns auf den Weg. Milly grinste uns an, ich wurde wieder rot im Gesicht und Miles drückte mich an sich. Zoe und Wes bekamen einen Kuss von uns und dann machten wir uns gemeinsam ans Essen. Milly und Kathy teilten wir mit, wie wir entschieden hatten und beide freuten sich über das Ergebnis.

„Danke, für deine Unterstützung, Milly", sagte Miles. „Es wäre doch schade um so ein schönes Paar, wenn es sich trennen würde", meinte sie lachend. Wir schauten uns verstohlen an und diesmal wurde auch Miles rot im Gesicht, was mich amüsierte. Der Wochenablauf wurde durchgesprochen und jeder war über seine Aufgabe glücklich. Nach dem Essen spielten wir noch etwas mit den Kids, die wir heute Unverzeihlicherweise vernachlässigt hatten. Beide gähnten nach kurzer Zeit, wir brachten sie ins Bett, lasen noch eine Geschichte vor und innerhalb von wenigen Minuten schliefen sie bereits. Miles zog mich in seine Arme und freute sich, dass unsere Mäuse so gut gediehen. Ich lachte, zog ihn in Richtung Küche, nahm eine Flasche Sekt aus dem Kühlschrank und drückte ihm zwei Gläser in die Hand. Miles wollte ins Wohnzimmer verschwinden, ich hielt ihn zurück und machte ein eindeutiges Zeichen mit dem Kopf in Richtung Schlafzimmer. Er schaute mich überrascht an, ich zwinkerte ihm zu, lachte und er folgte mir. Ich machte es mir im Schneidersitz auf dem Bett bequem und schaltete den Fernseher ein. Er setzte sich zu mir, übernahm wieder einmal das Öffnen der Flasche und just hatte er sich wieder das Hemd bekleckert. Miles sprang auf und ich schaute in sein entsetztes Gesicht, worauf ich einen Lachanfall bekam und mich nicht mehr beruhigen konnte.

„Miles! Diese Flasche steht ja wirklich besser unter Druck als einer der anwesenden Männer hier. Da kannst du noch etwas daraus lernen. Das einzige was bei dir bestens klappt, ist das Übersprudeln, da bist du aktiver als der Sekt", gestand ich unter Lachtränen.

Miles stellte die Flasche zur Seite, zog sein Hemd aus und kam aufreizend langsam auf mich zu. Ich wich auf dem Bett zurück, stieß ans Kopfende, fixierte Miles und lachte bis ich Schluckauf bekam. Miles kroch über das Bett auf mich zu und zog mich an sich.

„So, nun werde ich dir den Unterschied zwischen mir und einer Sektflasche lehren, denn auch ich stehe sittlich unter Druck und würde gerne meinen Korken knallen lassen."

Ich musste nach diesem Spruch noch mehr lachen und schnappte verzweifelt nach Luft. Miles ergriff mich, ich wehrte mich gespielt verzweifelt, fiel aber dabei aus dem Bett und konnte mich gar nicht mehr beruhigen.

„Miles, bitte hör auf mit dem Quatsch, sonst kann ich für nichts mehr garantieren", bat ich unter Tränen.

Er kroch zu mir auf den Boden, setzte sich auf mich und fing an meine Bluse zu öffnen. Ich schaute ihm in die Augen, konnte mich trotz Versuches gar nicht beruhigen und bekam wieder Schluckauf. Miles beugte sich herunter und erstickte mein Lachen mit einem Kuss. Ich erwiderte diesen mit Nachdruck und saugte mich an seiner Zunge fest. Miles riss erschrocken die Augen auf. Ich verlor nun vollends die Beherrschung und konnte nicht mehr an mich halten. Genervt stieg Miles von mir herunter, krallte sich die Flasche und die Gläser, schenkte sie voll, reichte eines davon an mich weiter und setzte sich auf die Bettkante. Ich stand auf und nahm es ihm aus der Hand.

„Entschuldige mein kindisches Benehmen, Miles", gab ich von mir.

Miles winkte ab.

„Ist schon okay, Kim. Ich bin ja selbst schuld und zu ungeschickt, um eine beknackte Flasche zu öffnen. Das nächste Mal darfst du die Sektflasche entkapseln und dein Können beweisen."

Ich stieg aufs Bett, kniete mich hinter Miles, lehnte

meinen Kopf an seine breite Schulter und genoss dieses schöne Gefühl. Langsam legte ich meinen Arm um seinen Brustkorb, schloss entspannt meine Augen und atmete vorsichtig aus.

„Ahh! Verdammt! Kim!", schrie Miles auf und machte einen Satz aus dem Bett. Er riss mich mit, mein Glas flog im hohen Bogen durch den Raum, zerschellte irgendwo und ich fiel erneut zu Boden.

Verdutzt schaute ich ihn an, rappelte mich kniereibend wieder hoch und nun war es Miles, der über mich lachen musste.

„Was ist denn in dich gefahren?", fragte ich nach.

„Ich habe da eine Stelle am Rücken an der ich extrem empfindlich und kitzlig bin. Diesen Punkt hast du gerade beim Ausatmen erwischt, Kim", erklärte er mir.

„Gut zu wissen, wo einer deiner wunden Punkte liegt. Das werde ich mir bei nächster Gelegenheit zunutze machen", grinste ich ihn frech an.

Miles schnappte mich aus dem Stand und warf mich aufs Bett.

„So, du Hexe. Ich werde dir jetzt einmal ernsthaft den Unterschied zwischen mir und einer vollen Sektflasche zeigen", versprach er.

„Ich freue mich schon aufs Übersprudeln. Hoffentlich hast du keine Ladehemmung", lachte ich erneut.

„Boah, Kim! Ich stelle gerade fest, dass du in letzter Zeit ziemlich vorlaut und frech geworden bist. Es scheint, als wenn ich dir mal ordentlich das Mundwerk stopfen müsste", konterte Miles.

Kaum ausgesprochen setzte er es in die Tat um, küsste mich und zahlte es mir heim, indem er sich an meiner Zunge festsog, bis ich keine Luft mehr bekam. Ich gab erstickte Laute von mir, hieb Miles auf den Rücken und dieser ließ mich schweratmend los. Er grinste.

„Wirst du endlich deinen Mund halten, Kim? Oder muss ich es wiederholen?", fragte er.

„Ja! Nein! Bitte Gnade!", flehte ich gespielt.

Miles lächelte, beugte sich über mich und küsste meine Stirn, die Augen und die Nase. Ich schaute ihn an, er zwinkerte, machte sich dann an meinen Ohrläppchen zu schaffen, knabberte daran herum und ich genoss diese Berührungen. Miles Mund wanderte Richtung Halsbeuge, liebkoste diese. Ich neigte meinen Kopf zur Seite und merkte wie Miles sich festsog. Nur nicht das, schoss es mir durch den Kopf und ich versuchte ihn wegzudrücken.

„Miles! Nein! Bitte hör auf mir einen Knutschfleck zu machen, diesen hatte ich das letzte Mal mit sechzehn Jahren!", schrie ich erschrocken.

Er reagierte wieder einmal nicht, kaute genüsslich an meinem Hals weiter und ich freute mich schon auf den nächsten Tag, wenn mich das Prachtstück dann im Spiegel ansprang. Als er von meinem Hals abließ, hatte ich tierische Schmerzen an dieser Stelle und war überzeugt, dass dieser Fleck über Wochen zu sehen war. Miles begutachtete sein Werk, war auch noch stolz darauf und ich zeigte ihm einen Vogel.

„Wow, Kim. Ich habe in diesem Fall heute regelrecht Premiere", gestand er mir, „denn ich durfte früher den Mädels nie einen Knutschfleck machen. Diese Dinger sehen ja wirklich sehr interessant aus und sie haben auch einen gewissen Reiz beim Anbringen."

Ich schnappte nach Luft.

„Miles, ich werde mich bei passender Gelegenheit bei dir revanchieren. Aber ohne Vorwarnung und dann möchte ich dich mal sehen, ob du es immer noch so aufreizend findest, wenn du wochenlang mit so etwas herumrennen musst", versprach ich ihm.

„Kim, stell dich nicht an wie ein Mädchen und nimm es wie ein Mann", meinte er grinsend.

Ich stürzte mich auf Miles, es gab ein rechtes Gerangel im Bett und ich schwor ihm, sobald ich an seinen Hals kam, würde ihm das Lachen schon vergehen. Miles gewann wie immer. Ich lag unter ihm und konnte mich nicht rühren, da er meine Arme festhielt. Miles grinste überlegen und fuhr mit seiner Zunge langsam und genüsslich über meine Nase. Danach ließ er mich los. Meinen entsetzten Gesichtsausdruck quittierte er mit einem dreckigen Lachen. Ich pfuite vor mich hin, wischte mir die Spucke von der Nase, was Miles noch mehr amüsierte und dann fing er wieder an mich zu küssen. Wir verbissen uns wieder regelrecht ineinander und ich merkte, dass Miles langsam, aber sicher in Fahrt kam. Ich machte mich mit meinen Finger auf die Suche nach seinem Gürtel und öffnete diesen langsam. Miles quittierte dies mit einem verhaltenen Stöhnen, setzte sich auf und schaute mich an.

„Kim, bist du dir sicher, dass du es auch wirklich willst?", hakte er nach.

„Oh, mein Gott! Miles, verflixt! Ich denke schon, dass ich sicher bin. Lass dich einfach ohne Anspannung fallen und verwöhnen. Deine Unterbrechungen nerven langsam", gab ich zurück.

Nach diesen Worten stand ich auf, entledigte mich meiner restlichen Kleidung und Miles tat es mir gleich. Ich drehte den Dimmer der Lampe herunter, schubste ihn aufs Bett und setzte mich über ihn. Miles schluckte und ich merkte, dass er nach all den Monaten, die ich im Krankenhaus verbracht hatte, in dieser Beziehung regelrecht unter Spannung stand. Langsam arbeitete ich mich von oben nach unten vor, wobei ich mir Miles nun bekannte erogene Zonen gezielt vornahm und bearbeitete. Er ging wirklich alles entspannt an, geriet in Hochform und nach kurzer Zeit spürte ich ihn wieder in mir. Ich genoss es wieder einmal und musste mich extrem beherrschen, was gar nicht so einfach war. Um der ganzen Sache nicht so schnell ein Ende zu bereiten, zögerte ich unser Spiel geschickt hinaus. Miles schien das zu gefallen, er steigerte sich immer mehr in Ekstase und umkrallte meine Hüften. Ich entfernte seine Hände, blickte in seine Augen und schüttelte meinen Kopf.

„Nein, Miles! Dieses Mal ist es mein Spiel und nicht deines. Nimm deine Hände weg", machte ich ihm klar.

„Du bist echt ein durchtriebenes, gnadenloses und verruchtes Biest, Kim. Verdammt, lass mich nicht zu lange zappeln. Ich kann sonst für nichts garantieren und sprudle wirklich noch über", schimpfte er vor sich hin.

Um ihm nicht den Spaß zu verderben, bewegte ich mich auf und ab und Miles verkrallte sich aufstöhnend in meine Oberarme. Während ich Miles sehr intensiv küsste, veranstaltete er wieder Fingerspielchen und ich geriet in Versuchung seinem Verlangen nachzugeben und ihn zu seinem Recht kommen zu lassen. Mühsam konnte ich mich zurückhalten und Miles hatte bereits gemerkt, dass auch ich fast vor Lust und Erwartung verging und es nicht mehr lange aushielt. Er nutzte es aus, hob mich schnell in einem Moment meiner Unaufmerksamkeit von sich herunter und legte mich in die horizontale. Ich wollte protestieren, unterließ es dann aber und gab die Führung ganz an Miles ab. Er verwöhnte und verführte mich nach allen Regeln der Kunst. Außer Atem und völlig verschwitzt ließ er danach von mir ab. Miles stand auf und kam mit der Sektflasche zurück. Ich glühte am ganzen Körper und hatte da Gefühl, dass der Sekt sofort verdampfte, als ich ihn trank. Miles eilte in die Küche und holte zwei neue Flaschen. Ich schaute in fragend an.

„Kim ich schwöre dir, dass diese Nacht noch sehr lange für dich wird, da ich dir meine Liebe, die ich für dich empfinde, heute zeigen werde."

Ich lehnte mich stöhnend zurück und Miles goss etwas Sekt auf meinen Brustkorb. Der gekühlte Sekt löste eine Gänsehaut bei mir aus und ich sog scharf den Atem ein. Miles setzte sich wieder über mich und leckte genüsslich den Sekt von meinem Oberkörper. Ich streckte mich ihm entgegen und schaute ihm erwartungsvoll in die Augen. Miles erwidert meinen Blick, küsste mich wieder heiß und verlangend. Ich verkrallte mich in seinen Rücken, er zuckte kurz stöhnend auf und ich war mir sicher, dass er diesmal ziemlich lädiert aus diesem Sexspiel hervorgehen würde. Jedes Mal bevor ich zu einem Höhepunkt kam, hörte Miles auf und ließ mich schmorend liegen. Ich konnte nicht mehr und hielt es auch nicht mehr aus.

„Miles, komm endlich zum Ende", bat ich stöhnend, „ich kann nicht mehr und explodiere jeden Moment."

Er grinste mich nur überlegen an.

„Apropos explodieren. Ich würde zu gerne wissen, ob es dir gelingt die Sektflasche ohne Malheur zu öffnen. Schaffst du es, dann lasse ich mit mir reden und du kannst schlafen."

Ich lachte und hielt ihm meine Hand hin.

„Miles, es gibt nichts Leichteres für mich. Versprichst du mir dann, endlich zum Ende zu kommen?"

Er nickte, griff neben sich und reichte mir eine der Flaschen, die er vorhin geholt hatte. Ich entfernte das Papier, löste vorsichtig die Metallhalterung und hebelte den Verschluss langsam nach oben. Fast am

Ende schoss dieser überraschend mit einem Knall aus dem Flaschenhals und ich hatte den gleichen Effekt wie Miles. Sprudelnd ergoss sich der Sekt über mich und ich schaute verständnislos auf die Flasche. Miles lachte.

„Sorry Kim, das war wohl ein Kalter. Ich bedauere es ja, aber nun musst du noch weiter meine Spielchen ertragen, da du verloren hast", zwinkerte er mir zu. Ich seufzte und legte mich aufs Bett zurück. Dieses Spielchen hatte etwas und ich war gespannt, wie lange Miles durchhielt. Er nahm mir die Flasche ab und fuhr mit seinen Verführungskünsten fort. Kurze Zeit später konnte ich nicht mehr und bat ihn mich endlich zu erlösen. Miles wollte wissen, ob ich wirklich genug hatte, was ich aufstöhnend bejahte und er brachte es zu Ende. Ich verkrallte mich erneut in Miles Rücken und war froh, endlich schlafen zu dürfen. Erschöpft rollte ich zur Seite, bekam noch Miles Bemerkung mit, dass ich überhaupt nichts aushalten würde und schlief ein.

Völlig übernächtigt und jede Faser an meinem Körper spürend erwachte ich und setzte mich aufstöhnend hoch. Mein Hals schmerzte fürchterlich und ich rief in Erinnerung, dass Miles einen saftigen Knutschfleck hinterlassen haben musste, denn schon allein die Berührung dort tat weh. Ich stand auf, machte mich auf den Weg ins Badezimmer, um dieses Überbleibsel der letzten Nacht zu begutachten. Miles stand unter der Dusche, schien mich gehört zu haben und winkte mir zu.

„Kim, hast du Lust mit mir ausgiebig zu duschen. Wir können da weitermachen, wo ich gestern nicht fertig geworden bin?", fragte er grinsend.

Ich schüttelte den Kopf, schaute in den Spiegel und

schlug mir mit einem Aufschrei die Hand vor den Mund. Mein Gott, ich erkannte mich fast nicht wieder. Ich sah aus, als hätte ich eine Woche lang nur gefeiert und gesoffen. Miles stieg aus der Dusche, kam auf mich zu, fixierte mich von oben bis unten und lachte. „Mein lieber Schwan. Was treibst du nachts? Du siehst fürchterlich aus Kim", gab er von sich und kniff mir in den Po.

Ich schlug im mit Nachdruck auf die Brust.

„Ich finde das nicht lustig Miles", erwiderte ich, „den Umstand meines Aussehens habe ich letztendlich nur dir zu verdanken. Du hast mich doch heute Nacht so zugerichtet und brauchst gar nicht spötteln."

Der Knutschfleck besaß die Größe einer Münze und schillerte in einem herrlichen blau. Selbst mit Makeup würde ich diesen nicht kaschieren können und so blieb mir nur ein Tuch, um Miles Schandtat zu verstecken. Während er sich rasierte, verzog ich mich unter die Dusche und ließ das Wasser genussvoll über meinen Körper laufen. Ich hoffte, dass ich wenigsten nach dieser Erfrischung etwas besser aussehen würde. Ein weiterer Blick in den Spiegel belehrte mich und ich knuffte Miles heftig in die Seite, der grinsend neben mir stand und sich über meinen Anblick amüsierte. Miles zog mich an sich und drückte mir einen Kuss auf die Nase.

„Marsch ab ins Bett, Kim!", befahl er. „Ich hole das Frühstück für uns beide. Es ist vielleicht besser, wenn du auf keinen Fall so unter Millys Augen trittst. Die Arme bekommt sonst noch einen Schock bei deinem Anblick und denkt Wunder, was ich mit dir angestellt habe."

Ich blickte ihn dankbar an und verzog mich wieder Richtung Schlafraum. Keine fünf Minuten später kam

Miles mit einem Tablett zurück und stellte es auf dem Bett ab.

„Wo möchtest du gerne frühstücken, Kim? Am Tisch oder lieber im Bett", fragte er grinsend.

„Im Bett. In diesem werde ich auch den ganzen Tag verbleiben, dass schwör ich dir", erwiderte ich.

„Darf ich dir dabei Gesellschaft leisten und den Tag etwas versüßen?", fragte er zwinkernd nach.

„Das lieber Miles, muss ich mir genau überlegen und nur unter der Voraussetzung, wenn du deine unlegalen Finger von mir lässt", antwortete ich.

Miles blieb mir eine Antwort schuldig und lächelte vor sich hin.

„Nun hüpf endlich ins Bett du Nervensäge, damit der Kaffee und die Eier nicht kalt werden", forderte er mich auf.

Nach diesem Satz brach ich ihn Gelächter aus.

„Miles, du brauchst da gar keine Bedenken zu haben. Ich werde schon dafür sorgen, dass die Eier nicht kalt werden", meinte ich ganz locker.

Miles guckte etwas verständnislos, wurde sich des Effekts seines Satzes bewusst und stimmte mit in das Gelächter ein. Ich kroch zu ihm ins Bett und konnte mich gar nicht mehr beruhigen. Das Frühstück verlief sehr harmonisch, ich lehnte mich aufseufzend und entspannt ins Kissen zurück und ließ den vergangenen Tag noch einmal Revue passieren. Miles brachte in der Zwischenzeit das Tablett in die Küche, informierte Milly dass wir nicht gestört werden wollten und kam dann mit Obst und Sekt zurück. Miles verschloss die Tür, schaltete das Radio an und hüpfte wieder zu mir. Ich kuschelte mich an seine Brust, genoss seine Nähe und er strich mir sanft über den Rücken. Mir kam die letzte Nacht in den Sinn und ich erinnerte mich, dass

Miles schon die ganze Zeit versucht hatte, seinen Rücken nicht zu präsentieren. Ich schoss hoch und schaute ihn an.

„Miles, wie geht es deinem Rücken?", fragte ich.

„Sag mal, wie kommst du ausgerechnet auf meinen Rücken. Es wundert mich langsam, was du ständig für eigenartige Gedankengänge hast", wollte er wissen.

Ich ließ nicht locker und er musste mir wohl oder übel seine Rückseite zeigen. Miles drehte sich widerwillig um und ich sah, dass er vollkommen zerkratzt und mit roten Striemen überzogen war. Ich sog die Luft ein.

„Oh mein Gott! Miles? Hast du starke Schmerzen?", fragte ich nach.

Miles verneinte und lachte.

„Du Biest hast mich ja schon einmal so zugerichtet. Diesmal ist es eindeutig etwas heftiger. Ich habe doch nicht damit gerechnet, mit einer extrem kratzfreudigen Raubkatze befreundet zu sein. Ich hätte mit Sicherheit vorher Schutzmaßnahmen ergriffen und deine Krallen gestutzt. Ich bin mir aber sicher, dass mir im Laufe der Zeit dort Hornhaut wachsen wird."

Ich wurde schon wieder verlegen und knallrot. Miles kugelte sich wieder einmal vor Lachen.

„Das darf doch nicht wahr sein. Kim, du kannst dir dieses rot werden langsam, aber sicher abgewöhnen. Ich kenne dich bereits etwas länger und die Unschuld vom Lande bist du auch nicht mehr. Im Gegenteil, du hast es faustdick hinter deinen Ohren, was du mir ja letzte Nacht bewiesen hast."

Ich schnappte mir die Bettdecke, zog sie mir über den Kopf und hatte das Gefühl Leuchtreklame für eine bekannte Glühbirnenfirma zu machen. Miles zog sie mir vorsichtig weg, grinste mir frech ins Gesicht und fing wieder mit dem Knutschen und Fummeln an wie am Tag zuvor. Ich schüttelte mit dem Kopf.

„Nein! Nimm die Finger weg, Miles!", klopfte ich ihm lachend auf diese, „lass mich verschnaufen. Die letzte Nacht hat mich ziemlich geschafft und ich muss etwas Energie tanken."

„Du verträgst ja überhaupt nichts mehr, Kim. Gestern bist du gleich wieder weggepennt und ich habe das Gefühl, das ich einschläfernd auf dich wirke."

Ich spielte die Empörte.

„Was erhoffst du dir eigentlich von mir nach Stunden Liebesspiel ohne Unterbrechung? Also Miles, du bist doch schuld daran mit deiner Wette, die Sektflasche so zu öffnen, damit sie nicht übersprudelt", machte ich ihn darauf aufmerksam.

Miles prustete los.

„Ich muss dir was gestehen, Kim. Ich habe die Flasche vorher in der Küche geschüttelt, um dich länger bei Laune halten zu können und du bist auch noch darauf reingefallen."

Nach dieser Offenbarung warf ich mich auf Miles, schwor ihm blutige Rache und es entstand wieder ein reges Gerangel im Bett. Miles gab lachend nach ein paar Minuten auf und drückte mich so heftig und fest an sich, dass mir die Luft wegblieb. Unsere Blicke trafen sich, wir verschmolzen wieder miteinander und ich hörte Miles ein paar Mal sagen, dass er mich über alles liebte und mich nicht mehr missen möchte. Ich schluckte, versprach ihm eine gute Frau zu werden und ihn immer zu lieben, in guten wie in schlechten Zeiten. Miles stutzte, setzte sich auf und wollte wissen, ob er gerade richtig gehört und ich ihm quasi ein Eheversprechen gegeben hätte. Ich lachte.

„Nein, du hast dich nicht verhört. Ich hoffe nur, eben keinen schwerwiegenden Fehler begangen zu haben und du mich nicht wieder enttäuschst."

Miles ließ das Gehörte erst einmal sacken, schnappte mich ohne Vorwarnung und knutschte mich regelrecht nieder. Lachend befreite ich mich von ihm.

„Bist du wirklich bereit meine Launen zu ertragen und den Höllengang auf Lebenszeit zu wagen?", fragte ich nach.

„Ich kann mir ein Leben ohne dich nicht vorstellen", erwiderte er ernsthaft. „Außerdem hast du die letzte Zeit meine Hölle auch ertragen müssen. Du hast nie aufgegeben und immer das positive herausgeholt. Willst du nun bei mir im Schloss bleiben oder mit den Kindern doch erst noch ins Appartement ziehen."

Nachdenklich setzte ich mich auf, verharrte, schloss meine Augen und ließ die Gefühle auf mich einwirken. Verzweifelt schaute ich Miles an, denn ich schwankte in meiner Entscheidung.

„Bitte hilf mir! Ich kann keine passable Lösung finden. Alles schwirrt nur in meinem Kopf herum."

Miles zog mich ganz fest an sich.

„Kim, ich denke es ist Zeit, dass ich dir aus meinem Leben alles preisgebe, was mich von Anfang an, als ich dich sah bewegte. Du warst immer ehrlich zu mir, was ich besonders an dir zu schätzen weiß. Du hast mir stets blind vertraut und ich habe dich nur enttäuscht. Ich habe ein schlechtes Gewissen und muss dir noch etwas offenbaren, was aber nicht so schlimm ist wie meine vorherigen Lügen."

Ich schloss die Augen. Bitte keine Vertrauensbrüche mehr, dachte ich.

„Miles, wenn du mich gewinnen willst, lass mich bitte an deinem Leben teilhaben,", beschwor ich ihn.

„Gut, ich werde es versuchen", versprach er mir und erzählte weiter. „Ich liebe dich, seitdem wir das erste

Mal aufeinandergetroffen sind. Nur waren die ganzen Umstände nicht gerade günstig und so kam es immer wieder zu Spannungen zwischen uns. Ich wollte dich für mich gewinnen und habe alles falsch gemacht, was ich nur falsch machen konnte. Du bist die erste Frau, die sich nichts von mir gefallen ließ, mir auch die Stirn bot in verschiedenen Situationen. Irgendwie passte mir das nicht ins Konzept, da ich bisher bestimmte, wo es immer lang ging. Ich fand es unverschämt von dir, mich an dem Gothicabend völlig zu ignorieren und auch noch mit einem roten Kleid zu erscheinen. Trixi stichelte an diesem Tag dauerhaft und machte sich lustig über mich, dass es eine andere wagte, mir zu sagen, wer der Chef war. Sie beschimpfte mich als Weichei. Ich betrank mich und wollte es dir irgendwie heimzahlen. Dann hast du auch noch den ganzen Abend mit anderen Männern getanzt und geflirtet und da knallte eine Sicherung bei mir durch. Was ich dir dann angetan habe, bereue ich noch heute. Nachdem ich dich vergewaltigt hatte, wurde mir bewusst, dass ich damit alles zerstörte, was ich liebte. Ich kam ganz langsam wieder zur Besinnung und war zu Tode über meine Tat erschrocken. Dein Anblick, als du blutend, heulend und zitternd auf dem Bett gesessen hast, hat mir einen Stich versetzt und ich versuchte in dem Moment zu retten, was noch zu retten war. Leider gelang es mir nicht. Deshalb habe ich dich mit den Worten weggeschickt zu verschwinden, damit nicht noch etwas Schlimmeres passiert. Im Badezimmer bin ich erst einmal zusammengebrochen und mir wurde plötzlich klar und bewusst, was ich da eben getan hatte. Danach wurde alles nur noch schlimmer und ich dachte nur noch an Selbstmord. Ich sah keinen Sinn mehr in meinem Leben. Dein Verschwinden hat mir den Rest gegeben und mir war danach alles egal. Leider fand man mich im letzten Moment und ich verfluchte alle, die mich ins Leben zurückgerufen hatten. Überstürzt nahm alles seinen Lauf und du bliebst spurlos verschwunden. Keiner wusste wohin und ich begab mich in psychologische Hilfe. Helen ist meine Therapeutin geworden, hat mich gezielt um den Finger gewickelt und auch wieder abhängig gemacht. Dein Auftritt mit Bill und die Scheinverlobung mit ihm, machte mich so wütend, dass ich dich Silvester wirklich vorführen und vor allen blamieren wollte. Als ich dich dann wieder in meinen Armen hielt, du dich mir erneut bedingungslos hingegeben hast, bin ich mir plötzlich bewusst geworden, was ich wollte. Bill hat mir die Augen geöffnet und mein Entschluss dich zu heiraten, hatte Gestalt angenommen. Leider hattest du diesen schweren Unfall und ich habe mich verflucht, mein Glück enorm strapaziert zu haben. Die Antwort auf die liegende Acht bin ich dir deshalb schuldig geblieben, da ich mir bis dahin noch nicht sicher war, was du mir wirklich bedeutest. Dies ist mir erst in der Nacht im Krankenhaus bewusst geworden, als du um dein Leben gekämpft hast. Ich verspreche dir, dass bestehende Ungleichgewicht wieder in die Balance zu bringen und mit Klarheit und Bewusstsein, den Beginn eines neuen Abschnitts und den damit verbundenen Durchbruch zu erreichen."

Nach diesen Worten blickte ich Miles erstaunt an und wunderte mich, dass er meine Frage noch so gut in Erinnerung hatte. Miles grinste mich an und amüsierte sich wieder einmal über meinen Gesichtsausdruck. Ich bedankte mich für seine Offenheit. Ich wollte gerade ansetzen um meine Gefühle der vergangenen Zeit und was dabei in mir vorgegangen war, zu erklären. Miles schüttelte mit dem Kopf und legte mir seinen Finger auf den Mund.

„Nein, Kim. Ich weiß, dass deine Liebe zu mir voller Missverständnisse war. Du brauchst nichts zu erklären. Bitte signalisiere nur, ob du mir diese schreckliche Vergewaltigung und meine brutale Vorgehensweisen gegen dich, verzeihen kannst."

Ich schluckte, ließ die schrecklichen Szenen nochmals Revue passieren und horchte in mich hinein.

„Miles, ich habe dir verziehen", gestand ich ihm.

„Kim, bleibst du nun bei mir oder kehrst du in dein Appartement zurück?", wollte er wissen und zog mich enger an sich.

„Ich werde vorerst hierbleiben und morgen mit der Umgestaltung der oberen Räume beginnen", versprach ich Miles.

Er seufzte erleichtert auf, küsste mich, bis mir die Luft ausging und wir schmiedeten noch ein paar Pläne. Während seiner Ausführungen fielen mir ständig die Augen zu, da mir die Vorkommnisse und der wenige Schlaf der letzten Nacht die letzte Kraft geraubt hatten und irgendwann war ich weg.

Miles weckte mich vorsichtig gegen Mittag und wollte wissen, wo ich Essen wollte. Ich gähnte, streckte mich und meinte noch ziemlich verschlafen, dass ich in die Küche kommen würde. Miles ging zurück zu Milly, um Bescheid zu geben, dass wir hier essen würden und kam wieder zurück. Ich winkte ihn zu mir ins Bett, kuschelte mich noch etwas an ihn und wollte ihn nicht loslassen. Miles gab mir gerade das Gefühl, endlich angekommen zu sein. Ich seufzte befreit auf. Kurze Zeit später löste sich Miles von mir und machte mich darauf aufmerksam, dass wir heute noch einiges zu erledigen hatten. Beschwingt hüpfte ich aus dem Bett, duschte, kleidete mich an und folgte in die Küche nach. Milly kam mir lachend entgegen, drückte mich und mir war klar, dass Miles ihr die Neuigkeit schon erzählt hatte, dass ich nun hierbleiben würde. Die Zwillinge waren bereits mit Kathy unterwegs. Miles berichtete mir, dass sie mit ihnen in die Stadt gegangen war, um danach einen Besuch bei Owen abzustatten. Fragend schaute ich Milly an.

„Ich denke, dass sich zwischen Kathy und Owen etwas anbahnt. Owen muss sie letzthin mit den Kids in der Stadt gesehen und angesprochen haben, ob dies nicht die Kinder von Miles und Kim wären. So kamen sie ins Gespräch und es scheint bei beiden gefunkt zu haben", erklärte Milly.

Ich musste lachen und freute mich für sie, dass jeder doch noch seinen Partner fürs Leben gefunden hatte. Ich machte Miles darauf aufmerksam, dass wir bei Gelegenheit einmal bei Owen vorbeischauen mussten. Unverzeihlicherweise hatte ich ihn vernachlässigt und war seinen Einladungen noch nicht nachgekommen. Wir setzen uns zum Essen und überlegten, wo wir am besten in den oberen Räumen anfangen würden. Miles schlug das Kinderzimmer und Wohnzimmer vor. So konnten erst einmal Zoe und Wes in ihrer gewohnte Umgebung schlafen. Tapete für das Zimmer hatte er noch und würde gleich heute damit anfangen wenn ich wollte. Schlafzimmer für uns waren ja genug da und er erinnerte mich daran, dass wir diese ja noch vor der Umgestaltung austesten wollten. Ich verschluckte mich an meinem Getränk und wurde wieder einmal feuerrot. Entsetzt schaute ich in Millys Augen. Diese grinste, drehte sich herum und so entging ihr, dass ich Miles meinen Mittelfinger zeigte, den dieser mit einem breiten Lächeln quittierte. Nach dem Essen fuhren wir in die Stadt, um mein Appartement zur Vermietung oder zum Verkauf anzubieten. Er war erstaunt über meine Entscheidung, freute sich aber zeitgleich, dass ich ihm mein Vertrauen entgegenbrachte. Ich drückte einen dicken Kuss auf seine Wange und nahm ihm das Versprechen ab, mich auf keinem Fall zu enttäuschen. Miles zog mich mitten in der Stadt an sich, küsste mich hingebungsvoll, was mir bereits peinlich war und durch Pfeifen Vorbeeilender noch verstärkt wurde. Ich machte wieder einmal Leuchtreklame vom feinsten und hätte damit einen ganzen Straßenzug beleuchten können. Miles amüsierte sich wieder köstlich darüber und zog mich in die Richtung meines Stammcafè. Er suchte einen abseits gelegenen Tisch und bugsierte mich dorthin. Als wir um einen der Eckpfeiler liefen traf mich bald der Schlag, denn da saß ausgerechnet Helen und blätterte gelangweilt in einer Zeitschrift. Miles bemerkte mein Zögern beim Weitergehen und dann erblickte er sie. Ich schaute ihm in die Augen und war mir nicht mehr sicher, ob das wieder ein abgekartetes Spiel war. Miles verstand meinen Blick, schüttelte mit dem Kopf, ergriff meine Hand und zog mich weiter. In diesem Moment hatte uns auch Helen erblickt. Sie starrte uns an und ihr fiel vor Erstaunen über unser Erscheinen die Zeitschrift aus der Hand. Miles schritt an Helens Tisch vorbei und drückte mich auf einen der Stühle. Ich war sichtlich verstört und hätte mich fast noch daneben gesetzt. Miles nahm bewusst mit dem Rücken zu Helen Platz und so konnte nur ich in ihr Gesicht sehen. Dieses spiegelte unbändige Wut und Hass wieder. Die Bedienung kam an den Tisch und fragte nach unseren Wünschen. Miles bestellte für mich mit, da mir noch die Worte fehlten, langte über den Tisch, zog meine Hände in seine Richtung und hielt sie fest. Ich zitterte und wäre am liebsten aus dem Cafè gerannt. Miles bemerkte meine Reaktion, beugte sich zu mir und drückte mir einen Kuss auf den Mund.

„Kim, möchtest du lieber gehen, oder kannst du diese Situation ertragen?", fragte er mich.

Ich wollte mir vor Helen und ihm keine Blöße geben.

„Schon okay. Mir fällt es schwer dies auszuhalten, aber immer und ewig kann ich Helen auch nicht aus dem Weg gehen."

Er zwinkerte mir zu und wir schmiedeten weiterhin die Pläne für den Umbau. Nach dem Kaffee wollte Miles noch in ein Möbelgeschäft, damit wir zusammen die Einrichtung aussuchen konnten. Ich freute mich schon darauf, vergaß sogar Helen und bemerkte nicht einmal dass sie bereits verschwunden war. Kurze Zeit später verließen auch wir das Cafè und Miles schleppte mich in das teuerste Möbelhaus. Beim Heraussuchen der Einrichtung prallten Gegensätze aufeinander und ich bekam mich mit Miles heftig in die Haare. Er kam von seinem manchmal altmodischen Stil einfach nicht weg und ich war schon am Verzweifeln.

„Kim, so geh doch endlich einen Kompromiss mit mir ein. Wenn du mir die Gestaltung des Schlafzimmers überlässt, kannst du die restlichen Räume nach deinem Geschmack herrichten", versprach er mir.

Ich lachte.

„Super, Miles. Dann sieht dieser Raum mit Sicherheit genauso beschissen aus wie ihm Kavaliershaus und macht dem Wort Schlafzimmer wirklich alle Ehre", warf ich ein.

Miles war empört.

„Kim du traust mir ja wirklich überhaupt nichts zu", sagte er.

Nach einer endlosen Diskussion überließ ich ihm die Gestaltung unseres Schlafzimmers und grinste bereits jetzt schon über die langweilige Einrichtung. Miles hielt sich an die Abmachung und somit hatte ich freie Hand. Miles setzte mich danach einfach im Lokal des Möbelhauses ab.

„So und nun werde ich unseren Schlafraum ohne dich zusammenstellen", erklärte er mir.

„Nein! Miles! Da mache ich nun doch nicht mit! Ich muss ja schließlich auch in diesem Raum schlafen. Das geht sicherlich in die Hose, mit deiner konservativen Einstellung", protestierte ich.

Miles schaute mich an.

„Bitte, Kim. Vertraue mir wenigstens nur einmal blind und lasse dich überraschen", bat er mich.

Ich küsste ihn und schickte ihn weg. Zwischenzeitlich ging mir Helen durch den Kopf und ich hoffte, dass sie ihre dreckigen Finger von Miles ließ. Ihre Blicke vorhin im Cafè waren voller Hass und Wut gewesen und ich hatte das Gefühl, dass sie mit Sicherheit noch etwas gegen mich ausheckte. Ich war so in Gedanken versunken, dass ich nicht mitbekam wie Miles wieder am Tisch erschien und sich setzte. Ich zuckte sichtlich zusammen. Er schaute fragend und ich verschwieg ihm meinen Gedankengang.

„Na? Kleiner Lord? Hast du einen kleinen Teilerfolg beim Aussuchen des Schlafzimmers errungen?", fragte ich kichernd.

Miles grinste dreckig vor sich hin.

„Kim, lass dich doch einfach überraschen. Die Möbel werden in den nächsten Tagen angeliefert und wir müssen jetzt nur noch die Zimmer tapezieren oder streichen. Das Schlafzimmer werde ich ganz alleine gestalten und es ist für dich, bis es fertig ist, ab heute eine absolute Tabuzone."

Ich lachte und ärgerte Miles mit Spitzfindigkeiten, die er mit einem wissenden Grinsen schluckte.

Der Besuch im nahegelegenen Tapetengeschäft war wieder eine Herausforderung für mich und Miles gab entgültig auf. Beim Einkauf der Schlafzimmertapete schickte er mich wieder aus dem Laden. Ich wurde wirklich langsam neugierig, was er für mich vorbereitet hatte. Der Nachmittag war schnell vergangen und wir machten uns langsam auf den Nachhauseweg. Milly werkelte wieder in der Küche und Kathy richtete uns einen herzlichen Gruß von Owen aus, mit der Bitte, dass wir ihn einmal besuchen sollten. Ich versprach es Kathy. Die Zwillinge machten einen Mittagsschlaf und so konnten Miles und ich die oberen Räume schon einmal abschreiten und uns einig werden, wo welches Zimmer seinen Platz finden sollte. Miles zeigte mir, wo er das Schlafzimmer für uns einrichten wollte und ich fand es praktisch, dass es ganz hinten am Ende der oberen Etage zum Einsatz kam. Miles zog mich in das vorhandene Gästezimmer grinste mich an, hob mich hoch und bugsierte mich Richtung Bett. Ich sträubte mich.

„Miles! Vergiss es! Kathy und Milly befinden sich noch im Schloss! Verflixt noch mal, lass mich runter, dass ist unfair!", schimpfte ich.

Miles lachte und kniff mir in den Po.

„Das passt gerade in meinen Kram, Kim. Wir können gleich mal austesten, ob der Raum weit genug entfernt ist. Du weißt schon wegen der Lautstärke. Ich erinnere dich, dass wir alle Gästezimmer durcharbeiten müssen, bevor sie entgültig umgebaut werden. Zwei schaffe ich eventuell noch, also hab dich nicht so", zwinkerte mir Miles zu und legte mich aufs Bett.

Mir stieg die Röte ins Gesicht und ich warf Miles eines der Kissen hinterher.

„Nichts gibt es. Du musst mich schonen, sonst kann ich dir morgen beim Umräumen und Tapezieren auf keinen Fall helfen", erklärte ich.

Miles lachte.

„Ich habe mir Hilfe von Bill geholt. Dieser freut sich, dass wir uns einig geworden sind", konterte er. Miles sah meinen etwas erstaunten Blick und fragte nach, „bist du denn mit meiner Entscheidung einverstanden, dass ich ihn um Hilfe gebeten habe?"

Ich erinnerte mich an die Szene im Wohnzimmer und Bills Verhalten mir gegenüber, schluckte eine Antwort hinunter und gab grünes Licht. Miles freute sich und versprach gleich wieder hier zu sein. Ich setzte mich im Bett auf und machte mir bereits jetzt schon über das morgige Zusammentreffen mit Bill Gedanken.

Miles erschien wieder mit einem Tuch.

„Kim, ich habe noch eine Überraschung für dich und dazu muss ich dir leider die Augen verbinden."

Etwas verwirrt schaute ich mich um. Miles lachte, legte mir die Binde um den Kopf, zog mich vom Bett und drehte mich in verschiedene Richtungen. Obwohl ich mich konzentrierte, verlor ich die Orientierung und Miles ergriff meine Hand. Langsam zog er mich hinter sich her und ich hörte, wie er eine Tür öffnete. Miles machte mich darauf aufmerksam, dass er mir gleich signalisieren würde, wann ich Treppen steigen musste. Wir liefen beide ein kurzes Stück noch einen Gang entlang und Miles erklärte, dass jetzt die erste Stufe kam. Ich schritt vorsichtig Stufe für Stufe nach oben und war gespannt, wo Miles mich hinführte. Ich hörte wie sich knarrend eine andere Tür öffnete. Miles führte mich weiter und blieb dann abrupt stehen. Er stellte sich hinter mich und löste ganz vorsichtig die Augenbinde von meinem Kopf. Geblendet schloss ich meine Augen, zwinkerte kurz und sah mich um. Mir blieb vor Erstaunen der Mund offenstehen, ich suchte seinen Blick und brach dann in Tränen aus. Miles nahm mich in den Arm und drückte mich wieder ganz fest an sich. Langsam löste ich mich von ihm. Er hatte im kleinen Turm über dem neuen Schlafzimmer ein Atelier für mich eingerichtet, dass auch ein kleines Bad besaß. Er musste dies heimlich veranstaltet haben, denn ich hatte nichts mitbekommen.

„Miles, ich kann das gar nicht gut machen", sagte ich.

„Doch, ich weiß schon wie", grinste er und deutete nach unten.

Ich schüttelte den Kopf und Miles guckte enttäuscht. Lachend verwies ich auf das Bett in diesem Raum.

„Was hältst du von dem Vorschlag, wenn wir uns einfach von oben nach unten arbeiten", fragte ich ihn.

„Kim, du bist echt ein durchtriebenes Biest", meinte Miles.

Er schnappte nach mir und zog mich in Richtung Bett. Da fand ich mein Cape, dass ich in der Silvesternacht zurückgelassen hatte und ich schaute Miles fragend an. Er grinste erneut.

„Es ist an der Zeit es dir zurückzugeben", meinte er.

Ich küsste ihn und bedankte mich. Miles zog mich nun entgültig auf das Bett und wir hatten wieder einmal unseren Spaß.

„Ich erinnere dich trotzdem daran, dass wir noch die unteren Räume aufarbeiten müssen, Kim. Hoffentlich hast du heute etwas mehr Ausdauer als sonst."

„Miles, ich kann nicht mehr und mir tut bereits alles weh. Ich frage mich, wo du deine verdammte Energie hernimmst?", schnaufte ich.

„Kim, du weißt doch, du bist meine Energiequelle und dein nackter Anblick lässt mich jedes Mal regelrecht explodieren", lachte er.

Ich drohte mit dem Finger.

„Na, dann pass mal auf, dass du nicht zur Supernova wirst. Sonst ist alles schneller verpufft als beabsichtigt und dann geht nichts mehr", machte ich mich lachend auf den Weg in unser zukünftiges Schlafzimmer.

Miles folgte mir, ergriff mich und zog mich an sich. Ich grinste frech und versank wieder einmal in seinen Augen. Miles knabberte an meinen Ohrläppchen und ich schmolz aufstöhnend dahin.

„So, du Teufel und jetzt werde ich dir eine perfekte Supernova zeigen, dass du Funken sprühst. Dir wird Hören und Sehen vergehen und danach werden wir ja feststellen, ob alles verpufft ist", flüsterte er mir ins Ohr.

Er schleifte mich Richtung Gästebett. Ich sträubte mich lachend und ergab mich in mein Schicksal. Nach dieser Aktion war ich fix und fertig und legte mich stöhnend zurück. Miles grinste wieder vor sich hin, stand auf und versprach mir eine Erfrischung aus der Küche zu holen, bevor wir das nächste Zimmer in Angriff nehmen würden. Erschöpft winkte ich ab, legte mich auf den Bauch und mir fielen nach kurzer Zeit die Augen zu. Miles weckte mich indem er mir Eiswürfel auf den Rücken legte. Ich sprang schreiend aus dem Bett und jagte hinter ihm her. Er rettete sich in das nächste Zimmer und erwartete mich dort bereits mit dem Abendessen. Ein Blick auf die Uhr ließ mich zusammenfahren, denn wir hatten es bereits zwanzig Uhr. Miles winkte mit seinem Zeigefinger. Ich schüttelte den Kopf und deutete auf das Abendessen.

„Miles, nach deiner Aktion brauche ich erst einmal

etwas zur Stärkung. Du kannst sonst nichts mehr mit mir anfangen", erklärte ich ihm.

Er stellte das Tablett aufs Bett und forderte mich auf, mich zu ihm zu gesellen. Ich setzte mich gemütlich zurecht und fiel mit einem Heißhunger über das Essen her.

„Mein Gott! Wenn du danach immer soviel Hunger hast, wirst du mir bald die Haare vom Kopf fressen. Weißt du was, Kim? Ich würde mich sehr freuen, wenn du wenigstens einmal so über mich herfallen würdest, wie über das Essen gerade."

Ich ignorierte seinen Einwurf und grinste nur.

„Wann willst du morgen mit Bill anfangen die Räume umzugestalten? Brauchst du meine Hilfe oder geht es ohne mich? Ich würde mich gerne etwas mit den Kids beschäftigen. Ich habe die beiden in letzter Zeit zu sehr vernachlässigt."

„Kein Problem, Kim. Bill und ich schaffen das schon. Bill bringt eventuell noch ein paar Kumpels zum Helfen mit."

Miles sah meinen fragenden Blick und lachte.

„Keine Angst, dass Schlafzimmer wird allerdings nur von mir gestaltet. Somit hat keiner Einblick in die Intimsphäre von uns beiden."

Ich schnaufte erleichtert auf und löcherte Miles damit, mir doch wenigstens im Ansatz einen Tipp zu geben, wie er das Zimmer umgestalten würde. Miles blieb hart, verriet nichts, schnappte sich das Tablett und verschwand in Richtung Küche, um mit Milly für morgen den Versorgungsplan durchzusprechen. Ich lehnte mich gelöst zurück und wurde nach einiger Zeit müde. In der Hoffnung, dass Miles mich nicht weckte und mich durchschlafen ließ, döste ich ein.

Am nächsten Morgen wurde ich von Miles mit einem

Kuss geweckt und ich bedankte mich bei ihm, dass er mich hatte schlafen lassen.

„Ich kann dir nicht antun dich zu überstrapazieren", meinte Miles grinsend, „sonst brichst du mir schon vorher zusammen, bevor wir das neue Schlafzimmer ausprobiert haben."

Ich schmiss ihm lachend das Kissen an den Kopf.

„Miles, du bist einfach nur sittlich verwahrlost und bleibst ein Sexungeheuer", erklärte ich ihm.

Er schnappte mich und holte das nach, was er am Abend zuvortun wollte. Nach einer gemeinsamen Duschaktion machten wir uns auf den Weg in die Küche wo bereits Milly, Kathy und die Kids auf uns warteten. Ich teilte Kathy mit, dass sie die nächsten beiden Tage frei haben konnte. Kathy freute sich und wollte die Zeit dazu nutzen, um in Owens Bude mal so richtig klar Schiff zu machen. Sie erzählte, dass Junggesellen mit rein gar nichts klarkommen würden und außerdem eine schreckliche Haushaltsführung hatten. Ich lachte und wünschte ihr viel Spaß bei der Aktion. Milly wollte noch von mir wissen, wie viel Leute nun zum Renovieren kommen würden, damit sie dementsprechend planen konnte. Ich verwies Milly an Miles. Ich wusste nicht, was er mit Bill abgesprochen hatte. Nach dem Frühstück schnappte ich mir die Kids und teilte mit, dass ich in die Stadt zum Shoppen gehen würde. Ich war eine ganze Zeit nicht mehr dazu gekommen und wollte die neue Herbstkollektion begutachten. Außerdem musste ich die Postanschrift ändern lassen und wollte eine Annonce in die Zeitung setzen, dass ich wieder Aufträge annehmen würde. Insgeheim freute ich mich schon auf meine Arbeit, um wieder eine Aufgabe zu haben. Nur alleine Hausfrau und Mutter zu sein reichte mir nicht aus. Auf meiner Tour traf ich auf Dana und lud sie auf einen Kaffee ein. Wir unterhielten uns sehr intensiv über unsere Männer und Dana hoffte, dass Miles und ich endlich miteinander glücklich werden konnten. Sie gönnte es mir von ganzem Herzen. Bill hatte ihr erzählt was ich alles aushalten musste und sie hatte ihn für seinen Verrat an mir heftig zusammengestaucht. Dana grinste und meinte, dass er ein schlechtes Gewissen hätte und sich bei mir entschuldigen würde. Ich lachte und versprach ihr, seine Entschuldigung anzunehmen. Wir schwatzten noch etwas miteinander, ich kaufte noch etwas Kuchen für die Männer und dann machten wir Frauen uns Tütenbepackt auf den Heimweg. Auf dem Parkplatz vor dem Anwesen, standen mindesten zehn Autos und es schien, als wenn Bill eine ganze Mannschaft angeheuert hatte. Ich holte die Zwillinge aus dem Wagen und betrat durch die Küche das Haus. Milly kam mir entgegen und nahm mir die Tüten und den Kuchen ab.

„Prima, Kim, dass du noch eine Ration für die Männer mitgebracht hast. So können die richtig zulangen beim Essen", freute sie sich.

Zoe und Wes quengelten etwas herum.

„Milly, ich bringe die Kids zu einem Schläfchen ins Bett und bitte dann die Mannsbilder zum Kaffee", teilte ich ihr mit.

„Möchtest du in der Küche bleiben oder lieber ihm Wohnzimmer, Kim", fragte sie nach, während sie den Tisch eindeckte.

„Es ist wohl besser, wenn die Kerle untereinander bleiben. Ich würde mich freuen, wenn du mir im Wohnzimmer Gesellschaft leisten würdest."

Sie grinste und versprach mir dann nachzukommen.

Zoe und Wes schliefen sofort ein. Ich eilte in die Oberetage und vernahm bereits lautes Stimmengewirr. Sichtlich erstaunt, nahm ich wahr, dass Kinderzimmer und Wohnzimmer fertig tapeziert waren. Ich trat ein und schaute mich in der Männerrunde um. Die Jungs waren alle gut gebaut, muskulös, konnten zupacken und sahen nicht schlecht aus. Ich grinste vor mich hin, genoss den Anblick der athletischen Körper und pfiff anerkennend durch die Zähne. Miles drehte sich um, sah mein Gesicht, schritt auf mich zu und küsste mich. „Komm bloß nicht auf dumme Gedanken", meinte er lachend.

„War denn meine Gesichtsmimik so offensichtlich?", hakte ich nach und drückte ihm einen Kuss auf die Wange.

Miles nickte und zwickte mich ins Hinterteil, was die anderen Herren der Schöpfung zu einem Grölen veranlasste. Ich wurde wieder einmal rot und sah ihn mit zusammengekniffenen Augen an, worüber er nur lachte. Miles machte mich bekannt, jeder drückte mir grinsend die Hand und stellte sich vor. Ich bedankte mich bei allen für die Mithilfe und lud sie nach unten zum Kaffeetrinken in die Küche ein. Miles folgte mir.

„Wo sind den Zoe und Wes? Hast du was Schönes für dich zum Anziehen gefunden, Kim? Wenn ja, kannst du es mir nachher vorführen", gab er grinsend von sich.

„Das Schöne bekommst du erst zur Einweihung des neuen Schlafzimmers zu Gesicht und die Kids halten Mittagsschlaf", flüsterte ich ihm zu. „Wo ist denn Bill? Ich sehe ihn gar nicht?"

„Bill ist gerade unterwegs und holt meinen Cousin ab", bekam ich zur Antwort auf meine Nachfrage.

Ich stockte im Schritt, worauf einer der Freunde von

Miles unbeabsichtigt auf mich auflief. Entsetzt über seine Offenbarung bekam der arme Kerl von mir ungerechtfertigt einen Rüffler. Er entschuldigte sich und lief mit eingezogenem Kopf in Richtung Küche. Ich bugsierte Miles ins zukünftige Schlafzimmer und knallte die Tür mit Nachdruck zu.

„Verdammt noch mal, Miles! Was soll das nun wieder? Wieso hast du deinen Cousin verschwiegen?", wollte ich wissen.

Ihm war die Situation unangenehm und er setzte zu einer Erklärung an, die ich sofort unterbrach.

„Miles! Wie oft willst du mich eigentlich noch anlügen. Ich bereue bereits bei dir eingezogen zu sein und mein Appartement zum Verkauf angeboten zu haben."

Genervt hielt ich mir die Hände an den Kopf und fing vor Enttäuschung und Wut zu heulen an. Miles kam auf mich zu und zog mich aufs Bett. Diese Reaktion verstand ich falsch, schoss hoch und gab Miles eine saftige Ohrfeige, dass er mich daraufhin verdutzt und entgeistert ansah. Ich rannte wütend aus dem Raum, die Treppe hinunter, an einer erstaunten Milly vorbei und weiter in Richtung Park. Unbewusst hatte ich den Weg zur Gruft eingeschlagen und stand urplötzlich vor dem Eisentor. Ich öffnete es, machte mich auf den Weg nach unten und setzte mich wieder auf eine der Steinbänke, um in Ruhe nachdenken zu können. Dort heulte ich mir den Frust und die erneute Enttäuschung über Miles von der Seele. Etliche Zeit später vernahm ich, dass irgendjemand vorsichtig die Treppenstufen herunterschritt. Ich wollte so nicht gesehen werden, stand auf, versteckte mich hinter einer der Säulen und kaum war dies geschehen, betrat eine männliche Gestalt die Kammer. Der Statur und dem Verhalten nach sah sie aus wie Miles nur mit dem Unterschied, dass diese Person blonde Haare hatte. Das Alter war fast gleich und als er sich kurz umblickte, erschrak ich derart heftig, dass ich ein keuchendes Geräusch von mir gab. Ruckartig flog sein Kopf zu mir herum, er eilte auf mein Versteck zu und zog mich hervor. „Hallo, du musst wohl Kim sein. Bill hat mir von dir erzählt und anhand der Beschreibung passt es. Ich bin Jack und der Cousin von Miles", meinte er lachend. „Oh, mein Gott", stammelte ich hervor. Wie erstarrt und völlig verwirrt stand ich vor ihm, stierte nur in seine blauen Augen und bekam plötzlich keine Luft mehr. Was zuviel ist, ist zuviel dachte ich, hörte ihn noch meinen Namen rufen und dann kippte ich übergangslos einfach um.

Jack hatte Kim gerade noch so auffangen können, bevor sie mit dem Kopf auf die Steinbank aufgeknallt wäre. Er nahm sie hoch und eilte mit ihr ins Schloss zurück, wo er sie einem erschrockenen Miles in die Arme drückte. Miles wollte wissen was geschehen war und Jack erklärte ihm die Sachlage. Miles stöhnte nur kurz auf und Jack fragte nach, warum der Anblick von ihm, mich in eine panische Angst versetzt hatte. Miles bat Jack ihm ins Wohnzimmer zu folgen. Er würde ihm erklären was es mit meinem Ausraster auf sich hatte. Miles brachte Kim ins Kinderzimmer, legte sie auf die dort befindliche Couch und eilte zurück zu Jack. Er erzählte ihm die ganze vertrackte Geschichte und verfluchte sich erneut, dass er ihn verschwiegen und mich wieder angelogen hatte. Jack schüttelte nach dem Bericht nur mit dem Kopf und fragte Miles wie lange er dieses bescheuerte Spiel noch mit mir treiben wollte. Ich wäre in der Gruft so von seinem Anblick entsetzt gewesen, dass er aus meinem eigenartigen

Verhalten schließen konnte, kurz vor dem Wahnsinn zu stehen. Jack erteilte Miles den Rat, mich in nächster Zeit zu schonen und dass er mich gar nicht wert sei, nachdem was er erzählt hatte. Er verstehe nicht, dass ich dieses Theater mitmachen würde und so auf ihn fixiert war. Wenn er eine Frau wäre, hätte er ihm schon längst den Laufpass gegeben und sich trotz der Kids nach einem anderen umgeschaut. Ich würde zwar eine sehr selbstsichere Persönlichkeit darstellen, aber das würde nur nach außen hin täuschen. Nach innen wäre ich sehr verletzbar und würde mich regelrecht nach Liebe und Verständnis sehnen. Miles nickte und meinte, dass Jack als Psychologe da besser Bescheid wusste und wie er es am Besten anstellen konnte, um mit mir ein vernünftiges Gespräch zu führen. Er sei sich sicher, dass ich mich nach diesem Vorfall ihm gegenüber sperren würde. Jack gab Miles ein paar Ratschläge und versprach ihm zu helfen, wenn er nicht mehr weiterkam.

Verstört wachte ich auf. Irgendjemand schien mich ins Kinderzimmer verfrachtet und auf die Couch gelegt zu haben. Ich erinnerte mich an die Szene in der Gruft und stöhnte auf. Als Miles Cousin mir seinen Namen nannte, hatte ich das Gefühl erneut im falschen Film zu sein. Warum musste er ausgerechnet noch Jack heißen, Miles verdammt ähnlich sehen und mich mit diesen unverkennbaren blauen Augen anblicken. Ich erhob mich leise, damit die Zwillinge nicht aufwachten und lief Richtung Wohnzimmer. Leise drückte ich die Tür auf, trat ein und sah Miles und Jack da sitzen. Ich erschrak beim Anblick von beiden, bekam wieder Schwierigkeiten mit der Atmung und starrte mit aufgerissenen Augen von einem zum anderen. Ich sah nur diese blauen Augen vor mir, schwankte und versuchte, verzweifelt Halt zu finden. Miles rief meinen Namen und lief eilig auf mich zu. Abwehrend hob ich ihm meine Hände entgegen. Miles schaute hilfesuchend in Jacks Richtung.

„Entschuldige, Kim wenn ich dich in der Gruft so erschreckt habe. Miles hat mir die ganze Geschichte erzählt und ich würde gerne mit euch ein Gespräch führen. Ich sehe da als Psychologe gerade sehr viel Bedarf", meinte er.

Ich sah einen Hoffnungsschimmer für uns und setzte mich auf die Couch. Miles schaute mich an und auf seiner linken Gesichtshälfte waren immer noch alle fünf Finger von meiner Ohrfeige abgezeichnet.

„Kim, möchtest du mir erzählen, was dir in der Gruft durch den Kopf ging, bevor du in Ohnmacht gefallen bist?"

„Eure verdammte Ähnlichkeit und der Name Jack haben mir den Rest gegeben. Dadurch hat mich meine Vergangenheit eingeholt", erklärte ich kurz.

Jack nickte.

„Miles ich biete dir und Kim für die nächste Zeit ein paar klärende Gespräche an. Ich habe den Verdacht, dass Kims Nervenkostüm arg strapaziert ist und sie kurz vor einem Blackout steht."

„Okay, Jack. Ich gebe Bescheid, wenn ich dazu bereit bin", erwiderte ich kurz.

Irgendetwas störte mich doch an seinem Verhalten, was mich auf Abstand hielt. Miles sah zu Jack.

„Gut, ich werde auf dein Angebot zurückgreifen, Jack und demnächst ein paar Therapiestunden nehmen", erklärte er.

Ich stand auf und wollte den Raum verlassen, als Miles mich für ein Gespräch unter vier Augen ins Atelier bat. Argwöhnisch folgte ich Miles und fragte mich, was er nun schon wieder ausheckte. Langsam stieg ich die Stufen zum Atelier hoch und blickte Miles in die Augen.

„Kim, ich wollte mich entschuldigen. Ich versichere dir, dass ich meinen Cousin deshalb nicht erwähnt habe, da er eben ausgerechnet Jack heißt und du sonst völlig ausgerastet wärst. Eigentlich wollte ich dich nur schützen und habe es nicht mit Absicht getan. Vertrau mir endlich und glaube mir, dass ich nur das Beste für dich will", erklärte er mir.

Nachdenklich setzte ich mich auf das Bett.

„Miles, ich kann nervlich nicht mehr. Du saugst mir gezielt durch deine Aktionen die Energie ab und machst mir somit das Leben schwer. Wo ich diese Kraftreserven ständig hernehme und wie lange das so noch weitergehen soll, weiß ich selbst nicht. Denke doch auch daran, dass ich noch eine Verpflichtung als Mutter habe. Ich habe das eigenartige Gefühl, dass du gezielt versuchst, mich in den Wahnsinn zu treiben. Wenn du so weitermachst, schaffst du das demnächst mit Sicherheit", gab ich kraftlos zurück.

Miles setzte sich zu mir aufs Bett und legte vorsichtig seine Arme um mich.

„Vor allen Dingen, warum ist ausgerechnet jetzt dein Cousin hier aufgetaucht? Wieso hat er sich nicht schon vorher gemeldet?", wandte ich mich fragend zu ihm.

„Ich habe mir schon den Kopf darüber zerbrochen und kann es nicht erklären. Bill ist auf Jack getroffen und hat ihm angeboten zu helfen. Mir kommt das alles etwas eigenartig vor und ich werde Bill nachher fragen, wie die Situation zustande gekommen ist", sagte Miles. Ich schaute ihm ins Gesicht, seufzte tief auf und strich ihm sanft über die Backe. Miles zuckte etwas zurück.

„Miles, kannst du mir verzeihen, dass ich dir ohne Vorwarnung eine geklebt habe. Deine Geste, als du mich ins Bett gezogen hast, habe ich falsch verstanden und deshalb überzogen reagiert."

Miles nahm meine Hand energisch weg.

„Ich beschwöre dich. Vertrau mir, denn du brichst mir ständig das Herz mit deinen Stimmungsschwankungen und ich habe nur noch Angst alles falsch zu machen." Ich saß noch ein paar Sekunden nachdenklich neben Miles und stand dann auf.

„Ich werde in die Küche gehen und mich bei deinem Kumpel für den Rüffler entschuldigen", erklärte ich.

„Kim ich denke, die Jungs werden das ohne Problem wegstecken können", meinte er lachend.

Ich zog Miles mit in Richtung Küche. Beim Öffnen der Tür verstummten alle und schauten uns und besonders mich, sehr lange an. Ich ging zielstrebig auf Miles Freund zu. Ich reichte ihm die Hand und entschuldigte mich für mein Verhalten. Dieser grinste und meinte, er habe selbst eine Freundin und wisse, welche Launen Frauen manchmal hatten. Die anderen brachen daraufhin in Gelächter aus und der Tag schien gerettet. Miles drückte mich dankbar und bat mich, ihnen Gesellschaft zu leisten. Zuerst wollte ich mich nicht in die Männerrunde einschleichen, aber alle Anwesenden stimmten zu. So blieb mir nichts anderes übrig und ich setzte mich zu ihnen an den Tisch. Bill begrüßte mich über den Tisch hinweg und wollte wissen, ob ich später für eine Unterredung Zeit hätte. Ich nickte und bemerkte, dass mich Jack am anderen Ende des Tisches genau beobachtete und abcheckte. Ich schaute ihn an und hatte das Gefühl, dass irgendetwas nicht in Ordnung war. Dieses Gefühl sollte nicht trügen und in nicht zu langer Zukunft bestätigt werden. Miles der neben mir saß, schien den Blick zwischen Jack und mir bemerkt zu haben.

„Kim? Komm nicht auf den Gedanken und vergucke dich in Jack", meinte Miles leise und mit spaßigem Unterton.

Ich zuckte erschrocken zusammen und sah Miles mit weit aufgerissenen Augen an. Dieser drückte mir einen Kuss auf den Mund und schenkte mir einen Kaffee ein. Die Runde wurde recht lustig und ich musste über die Sprüche, die am Tisch geklopft wurden, mehrmals lachen. Das einzige was mich Verstörte war, dass ich laufend zu Jack Blickkontakt suchte und er diesen auch noch erwiderte. Ich hatte bereits ein schlechtes Gewissen Miles gegenüber und bevor die Situation zu eskalieren drohte, stand ich auf und bat Bill mit nach draußen. Er folgte mir.

„Was wolltest du vorhin von mir?", fragte ich ihn.

„Kim, ich wollte mich für mein Verhalten von damals entschuldigen. Kannst du mir je verzeihen?", fragte er nach.

„Geschenkt, wenn du mir eine Frage beantwortest", nickte ich.

„Um was geht es, Kim?", wollte Bill wissen.

„Weißt du, weshalb Miles Cousin so urplötzlich hier auftaucht?", hakte ich nach.

Bill stutzte und überlegte.

„Wenn ich recht überlege, hat mich Jack in der Stadt angesprochen, falls wir beim Umbau Hilfe brauchen würden, dass er helfen könnte. Jetzt da du es erwähnst, kommt es mir etwas eigenartig vor und ich frage mich, woher Jack das überhaupt wusste. Offensichtlich hat er es doch auf dich abgesehen und scheint sich auch sonst sehr für dich zu interessieren. Jacks Blicke am Tisch haben vorhin Bände gesprochen."

Ich schaute Bill an.

„Oh, mein Gott. Ich brauche nicht schon wieder eines dieser Spielchen, sonst werde ich noch wahnsinnig."

Er verstand mich, zog mich an sich und drückte mich freundschaftlich.

„Bill, ich nehme dir hier und jetzt das Versprechen ab, in diesem Fall besonders auf mich aufzupassen. Vor allen Dingen hilf mir, wenn ich in irgendeine Situation rutschen sollte", sagte ich zu ihm.

Er versprach es mir und wir gingen wieder zurück. Miles winkte uns zu und hob dann die Kaffeetafel auf. Die Männer machten sich wieder auf den Weg in die obere Etage und wie ungewollt streifte mich Jack beim Vorbeigehen. Ich zuckte sichtlich zusammen, er grinste unverschämt und verschwand. Innerlich schrie ich auf und dachte, bitte nicht noch ein Deja-vu-Erlebnis, wie im Falle Miles. Dieser besprach gerade mit Milly das Abendessen und hatte die Szene nicht mitbekommen. Ich sah ihn bittend an.

„Kim, was ist los mit dir?", fragte er mich.

Ich zog Miles ins Wohnzimmer, setzte mich verstört neben ihn und erzählte was gerade passiert war. Miles schaute mich an.

„Okay, ich werde Jack zur Rede stellen. Ich habe mich jetzt doch schon gewundert, dass er nach Jahren hier wieder auftaucht. Die dauerhaften Blicke in deine Richtung habe ich auch bemerkt", bestätigte er mir.

Ich verkrallte mich in Miles Arm.

„Miles, ich habe unheimliche Angst mich an Jack zu verlieren. Er ist dir im Verhalten sehr ähnlich. Ich empfinde gar kein gutes Gefühl in seiner Nähe und ich glaube, dass noch irgendjemand anderes seine Finger mit im Spiel hat."

Miles versprach mir, mich vor allem zu schützen. Er

erhob sich, um weiterzuhelfen. Ich blieb nachdenklich im Wohnzimmer sitzen. Irgendetwas braute sich über unseren Köpfen zusammen und ich hatte immense Angst vor der Zukunft. Ich stand auf und lief zurück in Richtung Küche. Milly sah mich besorgt an.

„Kim, du siehst sehr blass um die Nase aus. Ich hoffe doch, dass du dich nicht mit Miles gestritten hast?"

Ich verneinte, erzählte ihr meine Vermutung und auch Milly fand es eigenartig, dass ausgerechnet zu diesem Zeitpunkt Jack auftauchte.

„Milly, ich habe den schlimmen Verdacht und die Vorahnung, dass wir irgendwann mit dieser Helen in Berührung kommen", orakelte ich.

Sie erschrak und bat mich, gut auf mich aufzupassen. Sie würde ebenfalls die Augen und Ohren offen halten, damit nichts passierte. Ich dankte ihr und half dann bei den Vorbereitungen für das Abendessen. Zwischendurch machten sich die Kids bemerkbar und ich bemühte mich, wenigstens ihnen meine Unruhe nicht nahe zu bringen. Zum Glück würde ja morgen Kathy wieder zur Verfügung stehen und mir helfen. Die Stunden vergingen wie im Flug und ich vergaß im Beisein der Kinder meine Sorgen. Milly kam ins Wohnzimmer und teilte mit, dass für die Jungs das Abendessen bereits auf dem Tisch stand. Ich dankte ihr und machte mich auf den Weg nach oben, um die Herren der Schöpfung einzusammeln.

Dummerweise hatte wohl einer der Mannsbilder einen halbvollen Farbeimer im Weg stehen lassen, den ich übersah, darüber stolperte und stürzte. Ich fluchte unflätig und wollte gerade aufstehen, als mir jemand die Hand zustreckte um dabei behilflich zu sein. Ich ergriff diese schaute nach oben, wollte mich bedanken und sah genau in Jacks Gesicht. Dieser grinste mich unverschämt an, zog mich an sich, hielt mich fest und drückte mir einen Kuss auf den Mund. Ich war so perplex, dass ich zuerst nicht reagierte und ihm stumm in die Augen blickte. Ich riss mich los, lief in Richtung des neuen Wohnzimmers und hörte Jack hinter mir amüsiert auflachen. Wütend über mich selbst, öffnete ich die Tür und rief den Jungs zu, dass sie zum Essen kommen konnten. Man folgte meinem Befehl. Nach und nach marschierten alle an mir vorbei in Richtung Untergeschoss. Bill und Miles waren die letzten und ich sah verstört in die Augen der beiden. Bill merkte dass etwas nicht stimmte.

„Geht es um Jack, Kim?", flüsterte er mir zu.

Ich bejahte und er versprach, nachher nochmals mit mir zu reden. Ich nickte nur stumm und lief beiden hinterher. In der Küche bereitete ich Zoe und Wes das Abendessen zu und auf Nachfrage von Milly, wo ich essen würde, deutete ich Richtung Wohnzimmer. Ich würde aber erst später noch Bescheid sagen, da ich erst einmal die Kids füttern musste und alle schon anfangen konnten. Kurz darauf waren die Zwillinge fertig, ich zog sie zum Schlafen um, legte sie ins Bett und las noch eine Geschichte vor. Wie jeden Abend schliefen sie schnell ein und ich machte mich auf den Weg ins Atelier. Auf keinen Fall wollte ich auf Miles oder Jack treffen. Ich war immer noch so verwirrt von der vorherigen Situation, dass ich erst einmal meine Ruhe zum Nachdenken brauchte. Im Vorbeigehen schnappte ich mir die Sektflasche vom Vortag, die noch in dem zukünftigen Schlafzimmer stand und schritt langsam die Treppen zum Atelier hoch. Ich setzte mich entspannt auf das Bett zurück, sah durch die Fenster über mir und bemerkte, dass Vollmond und sternenklarer Himmel war. Eigentlich könnte alles so wunderbar harmonisch sein, wenn da nicht diese Überraschungseffekte hineinspielen würden. Zitternd öffnete ich den Sekt, dachte an die Szene mit Jack, ekelte mich vor mir selbst und trank die Flasche halb leer. Vorgehabt hatte ich das nicht, weil ich wusste wie es wieder enden würde, aber ich konnte nicht anders. Ich hatte das Gefühl, dass ich mein Leben nur noch im Rausch ertragen konnte und setzte erneut an. Dann war ich wieder einmal stockbesoffen. Bill schien doch nicht so unrecht zu haben, dass mir zurzeit nur noch der Alk half. Der Sekt hatte ja bei mir immer diesen Effekt und ich kicherte kurze Zeit später bei jedem Gedanken, der mir durch den Kopf schoss, vor mich hin. So fand mich Miles vor und reagierte sauer, indem er mich unsanft hochriss und mich wütend anschrie.

„Kim, was ist passiert, damit du dich schon wieder sinnlos betrinken kannst!"

Ich hing schlaff wie eine Marionette in seinen Armen und lachte dämlich vor mich hin. Er schüttelte mich und wollte eine Antwort. Ich wurde mir kurz der ganzen Situation bewusst und fing hemmungslos das Heulen an. Selbst dieses Mal konnte Miles mich nicht beruhigen. Miles setzte mich sanft aufs Bett zurück, verschwand und ich heulte nun noch mehr, da er mich alleine gelassen hatte. Kurze Zeit später kam er zurück und hatte eine warme Suppe für mich dabei, die er mir einzuflössen versuchte. Ich weigerte mich und schlug Miles die Hand weg. Er stand auf, stellte den Teller auf dem kleinen Tisch am Fenster ab, hob mich hoch und verfrachtete mich Richtung Tisch. Auf dem Weg dorthin musste ich ständig lachen und bohrte ihm meinen Zeigefinger ins Ohr. Extrem genervt setzte er sich mit mir auf einen Stuhl und hielt bestimmend meine Arme fest. Ich wollte nicht von ihm gefüttert werden und versuchte aufzustehen. Miles reagierte darauf ziemlich energisch und umklammerte mich so fest, dass mir die Luft wegblieb.

„Verflucht! Reiß dich endlich zusammen! Kim! Ich habe mit deiner Sauferei langsam die Schnauze voll! Du machst mich langsam aber sicher völlig irre mit deinen explosionsartigen Stimmungsschwankungen! Deinen Mund, was vorhin wieder geschehen ist, bekommst du auch nicht auf! Wie soll ich dir da verdammt noch mal helfen und zur Seite stehen!", brüllte er.

Ich sackte in mich zusammen und fing wieder an hemmungslos zu heulen. Miles lockerte seinen Griff und wartete bis ich mich wieder einigermaßen beruhigt hatte. Verzweifelt richtete ich meinen Blick auf ihn und erzählte stockend, was mit Jack passiert war.

„Miles, ich habe das Gefühl, alles immer und immer wieder zu erleben. Ich kann einfach nicht mehr. Ich weiß, dass ich eine alte Heulsuse bin und dass ich dich damit schon nerve. Ich möchte nur noch weg, bevor etwas Schlimmes passiert. Die Kinder lasse ich bei dir. Das habe ich so beschlossen und ich bitte dich darum, kümmere dich gut um sie. Irgendwann wird dir auch noch die passende Frau dazu begegnen und dein Leben ist dann perfekt und ohne Stress", schluchzte ich.

„Sag mal, spinnst du jetzt total? Kim, was redest du für dummes Zeug in deinem Suff. Du bist nicht zu ersetzen und ich und die Kids brauchen dich. Bill hat mir vorhin einen Verdacht geäußert, nachdem du ihm recht verstört vorgekommen bist. Nun hast du auch noch bestätigt, dass die Geschichte die Jack vorhin preisgegeben hat, stimmt. Ich wollte es nur noch aus deinem Mund erfahren. Während des Abendessens ist ziemlich viel Bier getrunken worden und Jack hat mich auf einmal aus heiterem Himmel dumm angemacht und erklärt, dass er dich auch nicht von der Bettkante stupsen würde und du sicher auch gerne dazu bereit wärst. Dann hat er das Ereignis in der Oberetage zum Besten gegeben und sich köstlich amüsiert, dass du alles hast geschehen lassen. Mir hat er unterstellt, dass du sicher nicht richtig zum Zuge kommen würdest und es dir einmal ein richtiger Mann besorgen müsste. Nach dieser Ansage hat man Jack, der mit meiner Faust Bekanntschaft geschlossen hat, mit einem blauen Auge nach Hause bringen müssen", erwiderte Miles.

Ich klammerte mich an ihm fest, brach endgültig zusammen und heulte bis zur Erschöpfung. Miles legte mich aufs Bett zurück und rief den Arzt an, da ich für nichts mehr zugänglich war. Doc freute sich mich zu sehen, fand es aber unter diesen Umständen nicht lustig und verabreichte mir trotz meines Alkoholpegels eine Beruhigungsspritze. Auf Nachfrage von Miles, ob dies nicht zu gefährlich sei, bekam dieser die Antwort, wenn ich soviel saufen könnte, würde mir diese Spritze auch nichts ausmachen und außerdem hätte ich eine Natur wie ein Pferd.

Am nächsten Morgen wachte ich wieder einmal mit einem dicken Schädel auf und mir war speiübel. Miles hatte mir einen Zettel hinterlassen, dass er die Nacht neben mir geschlafen hätte, aber wegen der Lieferung der Möbel bereits sehr bald aufgestanden wäre. Ich stöhnte auf und dachte an die Möbelpacker, die den ganzen Tag im Hause verbringen würden und schwor mir, für den Rest des Tages liegen zu bleiben. Da ich wissen wollte wie es den Kids ging, rief ich Miles über mein Handy an und er lachte sich fast krank über meine Kommunikationstechnik. Er versprach mir in wenigen Sekunden oben zu sein und kaum hatte ich das Gespräch beendet, betrat er bereits lachend den Raum. Miles setzte sich zu mir aufs Bett und strich mir die Haare aus dem Gesicht.

„Kim, wie fühlst du dich?", fragte er nach.

„Miles, mir geht es überhaupt nicht gut und ich würde lieber den Tag im Bett verbringen. Ich mache mir aber Sorgen um die Zwillinge."

„Kathy hat bereits das Regiment übernommen und du kannst ausschlafen. Möchtest du frühstücken?", fragte er nach und ich schüttelte mit dem Kopf. Versprach jedoch nach seinem ernsten Blick, das Mittagessen zu probieren.

„Gut, Kim. Ich geh nach unten zum Einräumen der Möbel. Später kannst du mir dann erklären, wie du sie gerne stehen hättest."

Ich nickte und wünschte viel Spaß beim Einrichten der Räume. Er stand auf winkte mir zu und ging. Erschöpft legte ich mich zurück ins Kissen und schlief ein. Das Mittagessen verpasste ich allerdings und als ich meine Augen aufschlug, war Miles bereits mit dem Abendessen zur Stelle. Stöhnend winkte ich ab und bat ihn alles auf den Tisch abzustellen. Ich würde mir dann später etwas nehmen, stand auf, ging ins Bad und duschte. Langsam kamen meine Lebensgeister wieder zurück. Ich verließ die Dusche, wickelte ein Badetuch um mich und als ich mich umdrehte stand Miles wieder einmal in der Tür und beobachtete mich grinsend. Ich schüttelte mit dem Kopf und drohte ihm mit dem Finger.

„Vergiss es und komme nicht auf dumme Gedanken, Miles", gab ich ernsthaft von mir.

Er lachte und kam auf mich zu.

„Kim, ich habe eine Überraschung. Ich werde dir jetzt das Schlafzimmer zeigen", offenbarte er mir.

Ich guckte erstaunt.

„Schau nicht so erstaunt. Ich bin vor ein paar Minuten damit fertig geworden. Bill hat mir geholfen", erklärte er.

Ich wurde rot bei dem Gedanken, dass Bill unser privates Reich nun doch gesehen hatte und Miles amüsierte sich wieder einmal über mich. Empört warf ich ihm meinen Badeschwamm entgegen und landete einen direkten Treffer in sein Gesicht. Miles schnappte mich daraufhin, hob mich hoch und stieg mit mir die Stufen des Ateliers hinunter. Bevor wir den neuen Schlafraum betraten, bat Miles mich die Augen zu schließen und diese erst wieder zu öffnen, wenn er es mir erlaubte. Ich lehnte mich mit meinem Gesicht an seine Schulter, musste an mich halten, nicht zu blinzeln und hörte wie er die Tür öffnete. Miles stellte mich ab und signalisierte mir, dass ich jetzt wieder gucken konnte. Ich stand da und öffnete ganz langsam meine Augen. Völlig überwältigt schaute ich mich im Raum um und bekam meinen Mund nicht mehr zu. Miles grinste mich an und fragte nach, ob er nun Geschmack hätte oder nicht. Ich nickte nur, da ich im Moment nicht fähig war zu reden. Das Zimmer war nicht wiederzuerkennen. Miles hatte den Raum in einem dunklen Rot ausgestattet. Die beiden Fenster waren mit schwarzen Vorhängen bekleidet. Der Raum war einfach nur stimmig. Staunend stand ich vor dem Bett, denn es war der absolute Renner und haute mich fast um. Miles hatte ein riesiges Metallbett gekauft, in dem man locker Platz hatte und dem im Kavaliershaus ähnelte. Hier waren ebenfalls schwarze Vorhänge angebracht, die Bettwäsche passte zu dem rot der

Tapete und war mit kleinen Pentagrammen in schwarz bedruckt. Ich fragte mich, wo Miles diese so schnell herbekommen hatte und dachte daran, dass er ja Insider der Szene war. Also ein leichtes an so etwas zu kommen. Eine ausgefallene Designerlampe zierte die Zimmerdecke. Ich schaute Miles erstaunt an und er forderte mich grinsend auf, doch einmal auf dem Bett Probe zu liegen. Ich folgte seinem Rat und als ich nach oben an die Decke schaute, blickte ich mir selbst entgegen. Miles hatte den Kopfbereich des Bettes mit Spiegeln ausstatten lassen. Ich wurde rot bei dem Gedanken, dass man sich nun selbst darin beobachten konnte. Das Raffinement an der ganzen Sache war, dass man die Spiegel am Kopfende einfach zuklappen konnte und somit nur noch der an der Decke sichtbar blieb. Ich schaute verschämt in Miles Richtung und dieser schaute grinsend zurück. Das Zimmer war außerdem mit einer kleinen Bar ausgestattet und einem riesigen LCD-Fernseher. Ich winkte Miles zu mir, zog ihn mit einem Ruck auf das Bett und bedankte mich, dass er den Schlafraum so gemütlich eingerichtet hatte. Ich fand die Raumausstattung etwas außergewöhnlich, aber sie gefiel mir und hatte das gewisse etwas.

„Kim? Es spricht eigentlich gar nichts dagegen, dass wir den Raum hier und jetzt einweihen. Du bist frisch geduscht, eh schon fast nackt und meine Wenigkeit hat sich auch schon präpariert", meinte er und küsste mich.

Ich löste mich von ihm und lachte schallend auf.

„Miles, ich verspreche dir, deinen Wunsch heute noch in Erwägung zu ziehen. Ich möchte erst noch eine Kleinigkeit zu mir nehmen."

„Wenn es weiter nichts ist, Kim? Ich kann dir mit dieser kleinen Kleinigkeit gerne aushelfen", sah er mich grinsend an.

Ich knuffte ihn in die Seite.

„Also, weißt du Miles. Mit dieser Art von Kleinigkeit in dem Jetztzustand, gebe ich mich sicher nicht zufrieden. Ich denke da musst du mir schon etwas Größeres in dieser Richtung anbieten. Vielleicht wäre es besser, wenn du einen Vergrößerungsspiegel an die Decke angebracht hättest, damit ich nicht so lange nach dieser Kleinigkeit suchen muss", gab ich grinsend zurück.

Miles lachte und zog mich an sich. Ich sträubte mich erst und ließ es dann geschehen, dass er mich intensiv küsste. Da Miles über mir lag, konnte ich mich selbst im Spiegel sehen und beobachten, was mir plötzlich peinlich erschien. Ich hielt inne und rührte mich nicht mehr. Miles bemerkte meine Reaktion, sah mich an, wechselte die Position und somit saß ich wieder auf ihm. Nun hatte er die Option des Beobachters und ihm schien dies auch noch zu gefallen, denn er hatte seine Hände auf einmal überall an meinem Körper. Langsam öffnete Miles mein Badetuch, streifte es ab und legte es neben sich. Mir wurde bewusst, als ich in seine Augen blickte, dass er mich jetzt völlig nackt rundherum begutachten konnte. Ich schloss meine Augen, konzentrierte mich, was mir nicht gelang, da er noch völlig bekleidet war. Er schien zu bemerken, dass ich mich nicht auf seine Spielchen einließ und fragte nach dem Grund. Ich gestand ihm, dass der Umstand Spiegel mir doch etwas zu schaffen machte und er außerdem noch komplett angezogen war. Miles hob mich zur Seite, stand auf löschte die Deckenlampe und machte sich an einem anderen Lichtschalter zu schaffen. Das Zimmer erleuchtete in einem diskreten, integrierten Licht und unsere Körper warfen Schatten an die Wände. Erstaunt blickte ich mich um und Miles fing an sich langsam und aufreizend zu entkleiden. Ich schaltete in der Zwischenzeit das Radio ein und suchte mir einen Sender mit heißer Musik aus. Miles lachte und kommentierte, dass diese Rhythmen uns ganz schön einheizen würden. Urplötzlich schnappte er mich, ich schmiegte mich mit meinem Rücken an seinen Brustkorb und schloss aufseufzend die Augen. Miles umfasste mich und bewegte sich aufreizend langsam im Takt der Musik mit mir durchs Zimmer. Ich genoss die Berührung von ihm, bekam am ganzen Körper eine Gänsehaut und geriet wie in Trance, dass durch die Musik noch gefördert wurde. Er fuhr mit dem Zeigefinger seiner linken Hand ganz langsam meine Gesichts- und Körperkonturen nach und ich geriet derart in Erregung, dass es für ihn ein leichtes war, mich auf das Bett zu bugsieren. Miles schien die Spiegelfläche ziemlich anzuregen, denn er gönnte mir fast keine Pause. Nach Stunden in fast allen Varianten mit Miles, schlief ich vor Erschöpfung irgendwann einfach dabei ein.

Am Morgen weckte mich klapperndes Geschirr und der Duft von Kaffee, den Miles mir ans Bett brachte. Er gesellte sich wieder zu mir und amüsierte sich köstlich über mein Aussehen. Ich war völlig fertig. Außerdem war mir seit Tagen schlecht und ich wollte nur noch in Frieden gelassen werden.

„Mensch Miles, lass mich heute nur in Ruhe", maulte ich in seine Richtung.

Ich drehte mich um, hörte wie er gemütlich neben mir frühstückte und zog mir genervt die Decke über den Kopf. Miles war irgendwann, endlich fertig und stellte das Frühstücksgeschirr neben dem Bett ab. Natürlich konnte er seine Finger wieder einmal nicht von mir lassen und lachte mich aus, als ich mich wehrte.

„Kim? Du bist gestern wieder dabei eingeschlafen und heute scheint es wohl wieder so zu sein, obwohl ich noch gar nicht richtig mit dir angefangen habe. Voll die Schnarchnase würde ich sagen. Mit dir kann man nichts anfangen und aushalten kannst du auch nicht viel", gab er schmunzelnd von sich.

Ich drehte mich um und warf ihm einen wütenden Blick zu. Ohne Vorwarnung schmiss ich mich auf Miles und saugte mich an seinem Hals fest. Er war so perplex, dass er im ersten Moment zu keiner Reaktion fähig war und still hielt. Ihm wurde plötzlich bewusst, was ich vor hatte und er versuchte verzweifelt mich von seinem Hals zu entfernen, was ihm natürlich nicht gelang. Als ich mein Werk vollbracht hatte, löste ich mich von Miles Hals.

„Sag mal, Kim spinnst du total! Das ist doch nicht normal mich so zu malträtieren", blaffte er mich an.

Ich setzte mich auf ihn.

„Kleiner Lord, ich habe dich bereits vorgewarnt, in einer Unaufmerksamkeit deinerseits, mich an dir zu rächen", erklärte ich lachend.

Miles zog mich an den Haaren zu sich herunter und blickte mir tief in die Augen.

„Ich weiß und du bist schlimmer als eine Spinne, die ihre Opfer langsam aussaugt", fügte er hinzu.

Frech schaute ich ihm ins Gesicht, verkrallte mich ebenfalls in seine Haare und küsste ihn verlangend und intensiv auf seinen Mund. Diesmal war es Miles der keine Luft bekam und flehend darum bat, dass ich aufhören sollte. Ich lehnte mich ins Kissen zurück und begutachtete Miles Knutschfleck am Hals, der schnell an Größe und Farbintensität zunahm.

„Wow, ein herrliches Kunstwerk ist mir da gelungen.

Wie in früheren Zeiten, denn da stritten sich die Jungs immer darum, wer von mir zuerst seinen Knutschfleck bekam."

Miles grinste vor sich hin.

„Irgendwann bekomme ich Revanche und da lasse ich mir was Besonderes für dich einfallen, Kim", warnte er mich vor.

Wir blödelten noch etwas herum, mir ging es etwas besser und so standen wir auf. Miles brachte das Frühstücksgeschirr in die Küche und ich wollte heute noch in die Stadt, um zu sehen, ob sich schon jemand auf die Annonce für mein Appartement gemeldet hatte. Miles wollte mich begleiten, ich stimmte freudig zu und machte ihn auf den Knutschfleck aufmerksam. Ohne Tuch für jedermann sichtbar. Miles lachte und zog sich dementsprechend an. Kathy und die Kids waren wieder einmal bei Owen und so hatten wir Zeit in Ruhe einen Bummel zu machen. Ich schleifte Miles in ein paar Läden und kaufte einige Gegenstände für die Dekoration der neuen Zimmer. Miles stöhnte nach einer Zeit entnervt auf und ich lud ihn zur Belohnung, dass er so lange ausgehalten hatte in unser Stammcafè ein. Wir verbrachten einen entspannten Nachmittag zusammen und machten uns dann auf den Weg nach Hause. Beim Verlassen des Cafè, stießen wir ungewollt mit Jack zusammen. Ich schrie erschrocken auf und Miles ging in Abwehrstellung. Jack begrüßte uns und entschuldigte sich dann.

„Es tut mir leid, wegen meines schäbigen Verhaltens und was da vorgefallen ist. Ich hab einfach zuviel Bier gesoffen", gab er von sich.

In mir stieg der blanke Hass hoch und ich verlor in diesem Moment die Nerven.

„Das scheint wohl in der Familie zu liegen mit der

Sauferei. Na, dann bin ich einmal gespannt, wann ich von einem der Herren die ersten Schläge und die darauffolgende Vergewaltigung bekomme. Jack, dabei kann dir Miles gerne behilflich sein, der weiß bestens Bescheid. Vielleicht kannst du etwas dazulernen und dann bleibt es erneut in der Familie", warf ich zurück und lachte sarkastisch auf.

„Mein Gott! Kim, warum tust du mir das gerade an?", hörte ich Miles neben mir laut aufstöhnen. Mir wurde bewusst, was ich da gerade wieder von mir gegeben und somit auch Miles blamiert hatte. Ich erschrak über meinen heftigen Ausbruch und ohne einen weiteren Blick an beide Männer zu verschwenden, lief ich einfach in Richtung Parkhaus. Ich verdammte meine Unbesonnenheit beim Reden und wusste, dass ich gerade Miles sehr weh damit getan hatte. Verzweifelt kam ich an unserem Auto an und bemerkte, dass ich keinen Schlüssel hatte und nun auch noch auf Miles warten musste. Ich setzte mich an der Beifahrertür auf den Boden und war wieder einmal total ausgebrannt und mit den Nerven völlig fix und fertig. Resigniert legte ich meinen Kopf auf die angezogenen Beine, sinnierte heulend vor mich hin und in mir nahm eine irre Idee Gestalt an. So merkte ich nicht, dass Miles kurze Zeit später eintraf und mich so vorfand. Er tippte mich vorsichtig an. Ich zuckte erschrocken zusammen und vermied ihn anzusehen. Miles hielt mir die Hand hin, ich ergriff sie und er zog mich ruckartig und schweigend hoch. Er öffnete die Tür, wartete bis ich eingestiegen war, drückte die Autotür ins Schloss, lief ums Auto herum, um dann selbst einzusteigen. Schweigend legte er sich den Gurt an, startete den Motor und fuhr los. Ich presste mich in den Sitz zurück, winkelte meine Beine an und verschränkte schützend meine Arme über der Brust. Nachdenklich schaute ich aus dem Fenster, überlegte, wie ich dieses unverzeihliche Verhalten von eben wieder gut machen konnte und merkte nicht, dass wir bereits zu Hause angekommen waren. Erst als Miles den Motor abstellte, kam ich wieder in die Realität zurück und hätte mich am liebsten in ein Mauseloch verkrochen. Er umrundete das Fahrzeug, öffnete die Tür, half mir schweigend aus dem Auto, ließ mich einfach stehen und eilte mit den schweren Einkaufstüten in Richtung Eingang. Ich stand wie vom Donner gerührt, war nicht fähig mich zu rühren, dachte mir nur, dass diese verfluchte Zeitschleife mich ewig gefangen hielt und hier und heute damit entgültig Schluss sein musste. Irgendwie knallte in diesem Moment eine Sicherung bei mir durch, denn das Schlimmste war, dass Miles sich nicht gewehrt und alles hingenommen hatte. Das Schweigen seinerseits machte mich wahnsinnig und ich wünschte mir, dass er mich angebrüllt hätte. Langsam wie in Trance und fest entschlossen, lief ich in Richtung Familiengruft und wusste was ich zu tun hatte. Ich wollte Miles endlich von mir erlösen, denn ich schien doch die Wurzel allen Übels zu sein und nur Unfrieden zu stiften. Ich schloss das Eisentor hinter mir und schritt langsam Schritt für Schritt in die Grabkammer. Dort schaute ich mir noch einmal die Familie von Miles genau an und bat sie für das, was ich jetzt tat unbekannterweise um Entschuldigung. Ich setzte mich auf die Steinbank, öffnete zitternd meine Handtasche, holte meine Schere heraus und ritzte mir damit tief die Pulsader der linken Hand auf. Ich empfand nicht einmal Schmerz dabei und langsam sah ich zu, wie mir der Lebenssaft aus der tiefen Wunde lief, zu Boden tropfte und die weiße Marmorfläche rot einfärbte. Ich holte meinen Notizblock heraus und nutzte die verbleibende Zeit, um noch einen Brief an Miles zu schreiben. In diesem bat ich ihn, dass er mir doch bitte verzeihen möge, für das was ich ihm angetan hatte und er sehr gut auf die Zwillinge achten sollte. Mein Leben hätte für mich keinen Sinn mehr, da alles nur noch aus den Bahnen lief und ich jeden der mit mir in Berührung kam nur enttäuschte und vor den Kopf stieß. Meinen Kampf um ein bisschen Liebe hätte ich heute entgültig aufgegeben und ich wünschte ihm noch viel Glück, eine gute Frau für sich und unsere Kinder zu finden.

Ich legte den Block zur Seite und heulte vor mich hin mit dem Gedanken, dass ich nun meine Kids nie mehr sehen konnte. Die Zeit verging und so nach und nach merkte ich, wie ich immer schwächer wurde. Ich rutschte von der Steinbank, saß angelehnt mit Blick in Richtung des Treppenaufganges und glaubte Miles zu erkennen, der gerade die Gruft betrat. Ich lächelte, dachte noch, welch schöne Vision zum Ende meines Lebens und kippte dann weg.

Miles war mit den Einkaufstüten ins Haus gelaufen und hatte sie im neuen Wohnzimmer abgestellt. Er war wütend, müde und völlig entnervt von Kims explosionsartigen Ausbrüchen und wollte mit ihr, sobald sie ins Haus kam, noch einmal reden. Er hatte gemerkt, dass sie es vorhin nicht so gemeint, wie sie es gesagt hatte und machte ihr da auch keinen Vorwurf für diese Spontaneität. Miles seufzte auf und lief Richtung Küche, um sich einen Kaffee zu holen. Milly schien nicht hier zu sein und er setzte sich deshalb selbst welchen auf. Ungeduldig wartete er auf Kim und fragte sich, wo sie wohl wieder steckte. Nachdem der Kaffee durchgelaufen war, betrat auch Milly die Küche und stellte einige Kräuter ab, die sie im Schlossgarten geschnitten hatte. Miles begrüßte sie und fragte, ob ich noch vor dem Auto stehen würde. Milly schaute erstaunt, runzelte die Stirn und Miles erzählte im Telegramstil, was gerade vorgefallen war. Sie schüttelte mit dem Kopf und meinte, dass ich auf sie vorhin einen ziemlich verstörten, aber auch entschlossenen Eindruck gemacht hätte, als ich gezielt Richtung Familiengruft gelaufen wäre. Miles schrie auf, knallte seine Tasse auf den Tisch und bat Milly sofort den Doc samt Krankenwagen anzufordern, da er den Verdacht hatte, dass ich gerade etwas ganz Unüberlegtes tun würde und ärztliche Hilfe benötigte. Milly schlug sich erschrocken die Hand vor den Mund und eilte zum Telefon.

Miles rannte wie ein Irrer aus dem Haus in Richtung Gruft und hoffte, nach einem Blick auf die Uhr, noch retten zu können, was zu retten war. Jede Sekunde zählte, und er betete zu Gott, dass er Kim noch lebend vorfinden würde. Er riss das Tor zur Grabkammer auf und stürmte halb wahnsinnig vor Angst nach unten, schaute nach rechts, erfasste die Situation und sah Kim in diesem Moment langsam wegkippen. Miles glaubte nicht richtig zu sehen, eilte auf Kim zu und sah die riesige Blutlache, die sich um sie verteilt hatte. Erschrocken riss er sie hoch, schüttelte sie verzweifelt und merkte, dass sie leblos in seinen Armen hing. Miles suchte Kims Puls, fühlte fast keinen mehr und stürmte mit ihr raschen Schrittes in Richtung Schloss. Miles betete und hoffte, dass Kim noch eine Chance bekam und überleben durfte. Er hielt Kim fest an sich gedrückt und traf zeitgleich mit dem Krankenwagen vor dem Hauseingang ein. Doc suchte den Puls, fragte

Miles nach Kims Blutgruppe und ordnete sofort eine Transfusion an, da es um Minuten ging und es sehr schlecht um mich stand. Miles kannte die Blutgruppe nicht und verfluchte sich, dass er wirklich überhaupt nichts von mir wusste und nicht einmal in dieser Situation helfen konnte. Milly beruhigte ihn und sagte Doc Morris, dass ich A positiv hätte und ihr in einer Erzählung diese mal genannt hatte. Doc verfrachtete mich in das Schlafzimmer neben der Küche, da ich nicht transportfähig war und man versorgte mich erst einmal mit allem nötigen. Zum Glück war das Team so gut ausgestattet, dass es immer eine Ration gekühlter Blutkonserven an Bord hatte. Milly durfte bei der Notversorgung helfen, da sie ausgebildete Krankenschwester war. Miles wurde von Doc ausgebremst und musste vor der Tür warten. Nach einer Stunde kamen alle wieder mit ernsten Gesichtern aus dem Raum und Miles befürchtete das schlimmste. Doc beruhigte ihn und erklärte, dass ich durch den Blutverlust ziemlich geschwächt, ja fast schon tot sei und wollte wissen, was eigentlich passiert wäre, dass ich diesen Schritt gewagt hatte. Miles erzählte Doc alles und dieser meinte, dass ich ein recht, verzweifelter Unglücksvogel sei und so wie es schien nur diesen Ausweg gesehen hatte, um zur Ruhe zu kommen. Man müsste mich deshalb die nächste Zeit unbedingt wie ein rohes Ei behandeln und alle negativen Ereignisse von mir abhalten, sonst könne er als Arzt für nichts garantieren. Menschen, die den endgültigen Schritt gewagt hatten, einen Selbstmord zu begehen, würden ohne Halt und Hilfe eines geliebten Menschen dies wieder probieren, bis es irgendwann einmal klappte. Er schaute Miles an und erwähnte, dass er ja sicher wissen würde wovon er spreche. Miles schluckte, nickte und musste sich eingestehen, dass ich damals diejenige gewesen war die ihm den nötigen Halt gegeben hatte, sonst hätte er es ein zweites Mal versucht. Doc meinte darauf, dass nun er an der Reihe wäre, um auch mir zu helfen. Er machte Miles lachend darauf aufmerksam, dass ich ein besonders stures und dickköpfiges Persönchen wäre und er wahrscheinlich nichts zu lachen hatte, sobald ich aufwachen würde. Entweder reagierte ich noch schlimmer als vor dem Selbstmordversuch und würde weiter toben oder mich vollends zurückziehen. Sollte das passieren, würde es ein Problem darstellen und wäre nicht so gut. Doc verabschiedete sich von Miles und er sollte sich sofort melden, sobald ich aufwachte. Milly wisse was sie zu tun hatte und ich sei bei ihr in guten Händen. Miles bedankte sich mehr als erleichtert, verabschiedete sich, ging ins Wohnzimmer und brach heulend zusammen.

Langsam öffnete ich meine Augen und fühlte mich fürchterlich beschissen. Mir wurde bewusst, dass ich noch lebte und fing ohne Vorwarnung zu Schreien an. Miles der neben mir saß und Wache hielt, sprang erschrocken hoch und versuchte mich zu beruhigen. Milly eilte aus der Küche dazu.
„Kim! Es reicht, dass du uns bereits einen Schrecken eingejagt hast. Hör sofort auf zu Schreien oder ich schicke dich ins Land der Träume zurück. Denk daran ich bin ausgebildete Krankenschwester", erwiderte sie barsch.
Ich verstummte augenblicklich und Miles starrte etwas verwirrt in das Gesicht von Milly. Ich stöhnte auf.
„Welcher hirnverbrannte Idiot hat mich überhaupt so bald gefunden und wieder unter die Lebenden geholt.

Der Augenblick, als ich gerade dabei war die Schwelle des Todes zu überschreiten, ist so herrlich gewesen und ich wäre endlich alle meine Sorgen losgewesen", schimpfte ich.

Ich hob meinen verbundenen Arm hoch, um ihn zu begutachten.

„Zum Glück hat dich Miles gefunden und in letzter Sekunde gerettet", antwortete Milly.

Ich schaute Miles in die Augen.

„Miles, du bist ein unverbesserliches, bescheuertes, selbstsüchtiges Arschloch und musst mich immer und überall ständig bevormunden. Nicht einmal meine Entscheidung zu sterben respektierst du", knallte ich ihm an den Kopf.

Miles schluckte und setzte zu einer Erwiderung an, die jedoch mit einem Kopfschütteln von Milly gestoppt wurde.

„Kim hat recht", meinte sie in seine Richtung.

Milly winkte Miles mit nach draußen und forderte ihn auf, meinen jetzigen Zustand einfach zu akzeptieren und er die Beschimpfungen einfach an sich abprallen lassen sollte. Ich würde dies in dem Zustand, in dem ich mich befinden würde, nicht ernst meinen und der Doc habe ihn bereits auf dieses Verhalten vorbereitet.

Miles nickte und versprach die Nerven zu behalten.

Milly schickte Miles zurück und wollte gleich den Arzt anrufen, dass ich erwacht sei.

Miles kam zurück ins Schlafzimmer, sah mich an und setzte sich schweigend in den Sessel neben dem Bett.

Ich erwiderte seinen Blick.

„Wie ist das Befinden von Zoe und Wesley? Und könntest du meinen MP3-Player holen?", forderte ich ihn gereizt auf.

„Den Kids geht es sehr gut und du brauchst dir keine

Sorgen zu machen", bestätigte Miles mir in ruhigem Ton. Dann erhob er sich um meinen Wunsch ohne Widerrede zu erfüllen.

Ich wollte einfach nichts mehr von Miles sehen und hören, legte mich ins Kissen zurück, schloss meine Augen und ließ die Musik auf mich einwirken. Die Songs meiner Lieblingsinterpreten waren gefühlvoll, dass ich mich in eine andere Welt träumte und nicht merkte, wie mir die Tränen über die Wangen liefen. Die Aufregung, die mein Körper signalisierte, ließ sämtliche Geräte, an denen ich zur Überwachung hing, verrückt spielen. Ich hatte die Musik ziemlich laut gestellt, bekam dies nicht mit und plötzlich riss mir jemand die Minikopfhörer aus den Ohren. Ich schrak zusammen, öffnete meine Augen und starrte in das Gesicht von Doc.

„Sag mal, Kim? Was meinst du eigentlich hier mit deiner Sturheit zu veranstalten? Ich habe dich gerade retten können und schon bugsierst du dich wieder in eine depressive Phase durch diese dämliche Musik. Kommst du nicht augenblicklich zur Vernunft, lasse ich dich sofort in eine psychiatrische Klinik einweisen und gebe meine Verantwortung an professionelles Personal ab", schnauzte er mich wütend an.

Ich schaute Miles, Doc und Milly erschrocken an und sah die Ernsthaftigkeit in ihren Augen. Mir wurde bewusst, dass alle drei dies mit Sicherheit durchziehen würden.

„Okay, okay. Ich verspreche mit dem Mist aufzuhören und mich den Anordnungen zu unterwerfen."

Doc grinste.

„Geht doch, wenn man will", meinte er und tätschelte meine Hand.

Erleichtert atmete Miles auf und ich konnte es nicht

lassen, kniff die Augen zusammen und streckte ihm die Zunge heraus. Miles grinste, zwinkerte und warf mir eine Kusshand zu. Enttäuscht, dass ich keine Kommentare aus den Anwesenden herauspressen konnte, um sie in einen Streit verwickeln zu können, legte ich mich seufzend ins Kissen zurück. Doc kam nach ein paar Minuten zurück, überprüfte alle Geräte und wechselte mit Millys Hilfe die Blutkonserve. Ich kicherte vor mich hin.

„Könnt ihr gleich noch eine für Miles übrig lassen, der braucht das ab und zu", antwortete ich auf Nachfrage von beiden, was denn so witzig sei.

Doc und Milly schauten sich entgeistert an, brachen dann aber in Gelächter aus.

„Na, Kim, dir scheint es wieder besser zu gehen, wenn du solche Ansagen vom Stapel lässt."

Ich grinste, beide verließen das Zimmer und ich schlief nach kurzer Zeit wieder ein.

Mit stark ziehenden Schmerzen im Unterleib, die sich Intervallweise wiederholten und die ich im Moment nicht einordnen konnte, erwachte ich wieder und krümmte mich stöhnend zusammen. Ich versuchte den Schmerzpegel auszuschalten, indem ich tief ein- und ausatmete, was mir nicht gelang. Die Schmerzen wurden immer schlimmer und ich hatte das Gefühl, dass etwas an meinen Beinen entlang lief. Ich setzte mich auf und sah im Bereich meines Unterleibes, wie sich langsam die Decke blutrot einfärbte. Entsetzt schaute ich dem Schauspiel einen Moment zu, dann kapierte ich was da vor sich ging und schrie wie eine Irre. In sekundenschnelle stürmten Miles, Doc und Milly ins Zimmer, sahen mich verständnislos an und folgten meinem entsetzten Blick. Miles stand wie versteinert und schaute mich vollkommen hilflos an. Mir wurde gerade bewusst, dass ich eine Fehlgeburt erlitt und keiner dem Ungeborenen mehr helfen konnte. Milly und Doc versuchten ihr mögliches und ich sah nur noch wie Doc in Miles Richtung sah und mit dem Kopf schüttelte. Miles schluckte, schaute mich an und verließ das Zimmer. Ich rastete komplett aus und schrie und schrie und schrie. Milly drückte mich zurück und verpasste mir eine Spritze, die mich sofort ins Land der Träume schickte.

Der nächste Tag brach an. Ich erwachte mit dem Gefühl nicht von dieser Welt zu sein. Die Szenerie vom Vortag erschien mir vor Augen, ich hoffte, dass es nur ein schlechter Traum gewesen war und setzte mich ruckartig hoch. Dadurch wurde Miles wach, der neben mir Wache gehalten hatte. Man sah ihm an, dass er eine schlimme Nacht hinter sich hatte. Er stand auf und streichelte meinen Arm.

„Kim wie fühlst du dich denn?", fragt er nach.

Seinem ernsten Blick konnte ich entnehmen, dass der Vorfall nicht geträumt, sondern bitterer Ernst war.

„Miles, ich fühle mich fürchterlich", gestand ich ihm.

Er nickte nur, ich hielt mir die Hände vor die Augen und blieb nachdenklich sitzen. Dann bekam ich einen meiner berühmten Ausraster und riss mir mit Gewalt die Infusionsnadel aus dem Armgelenk, dass dieses blutete.

„Miles! Nur du bist an dieser Situation schuld! Wenn du mich hättest sterben lassen, müsste ich mir den Verlust des ungeborenen Kindes nicht ein Leben lang vor Augen halten! Es wäre beim Selbstmordversuch einfach mit mir gestorben!", schrie ich ihn an.

Ich versuchte aufzustehen und schmiss dabei den Infusionsständer um, wobei die Flasche in tausend

Stücke zersprang. Miles packte mich und versuchte mich wieder ins Bett zu bringen, was ihm nicht gelang. Ich wuchs selbst über mich hinaus und wütete wie ein Berserker. Miles rief mehrmals nach Milly und diese kam mit aufgezogener Spritze hereingestürmt. Ich verstummte beim Anblick dieser Spritze, hörte auf mich zu wehren und schüttelte den Kopf.

„Nein! Nicht schon wieder! Ich will das nicht mehr", bat ich Milly.

Milly schaute Miles an.

„Kim, es wird nicht nötig sein, wenn du dich ruhig verhältst und unseren Anweisungen folgst", meinte er.

Ich ließ mich widerstandslos von ihm ins Bett bringen.

„Kim, Kim, Kim. Ich wundere mich wieder, was für einen unwahrscheinlichen Überlebensgeist du hast. Es versetzt mich immer wieder in Erstaunen, dass du zäher als eine Katze bist", warf mir Milly entgegen.

Sie verließ kopfschüttelnd das Zimmer, um den Doc anzurufen, wie man weiter mit mir verfahren sollte. Miles setzte sich zu mir auf die Bettkante und hielt meine Hand. Ich sah ihn an und wusste was nun kam.

„Hast du gewusst, dass du schwanger bist, bevor du diese schwerwiegende Entscheidung getroffen hast?", fragte er nach.

„Nein Miles, ich habe nichts davon gewusst und auch nichts bemerkt, außer, dass es mir die letzten paar Tage dauerhaft schlecht war. Ich wäre sonst nie auf die Idee mit dem Selbstmord gekommen und hätte es mit Sicherheit nicht versucht", machte ich ihm kopfsschüttelnd klar.

„Kim, der Embryo ist nach Angaben von Doc, höchstens vier Wochen alt gewesen und ist kurz nach deiner Entlassung aus dem Krankenhaus entstanden", teilte er mir schonungslos mit.

„Miles, bitte komm nicht schon wieder auf den absurden Gedanken mir etwas zu unterstellen. Bitte geh jetzt, ich möchte alleine sein und Nachdenken", bat ich ihn und blieb einfach nur regungslos liegen. Ich schloss meine Augen und rechnete zurück. Kurze Zeit später wusste ich, wann es passiert sein musste. Erst als Doc mich rüttelte, kam ich langsam wieder zu mir und blickte erstaunt in seine Augen.

„So, nun zu uns beiden. Wie geht es dir und wie fühlst du dich nach dem Verlust des Babys?", wollte er wissen.

Ich schaute ihn lange an.

„Wie soll ich mich schon nach solch einer Aktion fühlen, Doc? Ich fühle mich mehr als beschissen und auch noch schuldig am Tod des Kindes. Das ist die gerechte Strafe dafür, dass ich nun mein ganzes, langes Leben damit zu Recht kommen muss und ich weiß nicht, ob ich das bewältigen kann", erklärte ich.

„Doch, du überstehst das schon, denn du hast noch einmal Glück im Unglück gehabt und kannst weiterhin Kinder bekommen. Kim? Kannst du in Erwägung ziehen, in eine Privatklinik zu gehen? Eine stationäre Behandlung wäre ratsam, bis deine Psyche wieder vollkommen okay ist?", hakte er nach.

„Nein Doc, dass werde ich sicher nicht tun. Da ticke ich sicher komplett aus. Mir geht es den Umständen entsprechend gut. Ich habe schon so viel in meinem Leben ertragen, dass ich dies auch noch irgendwie gewuppt bekomme", erklärte ich grinsend.

Doc musste über meine Ausdrucksweise lachen.

„Okay Kim, dann werde ich dir beim sogenannten Wuppen tatkräftig zur Seite stehen", meinte er.

Er rief Miles und Milly herein und gab bekannt, dass ich mich langsam, aber sicher wieder auf dem Weg der

Besserung befinde und wie es gerade aussah, sicherlich in ungefähr zwei Wochen wieder völlig fit wäre. Miles schnaufte erleichtert auf und Milly war ganz aus dem Häuschen.

„So Leutchen, nun hätte ich gerne eine Tasse Kaffee und einen Mann neben mir", verkündigte ich.

„Den Kaffee werde ich dir ohne Bedenken erlauben, aber den Mann musst du dir für ein paar Wochen verkneifen", gab Doc lachend von sich.

Ich sah Miles feixend an und dieser wurde im gleichen Moment wahrhaftig knallrot im Gesicht. Doc und Milly lachten. Kurze Zeit später verschwanden alle drei und Miles rief mir noch zu, dass er gleich mit dem Kaffee zurück sein würde. Kaum hatten alle das Zimmer verlassen, ließ ich meine zur Schau gestellte Maske fallen lassen. Am liebsten hätte ich wieder losgeheult, so dreckig ging es mir. Ich kam nicht darüber hinweg, dass ich mein eigenes Kind aus purer Selbstsucht getötet hatte und machte mir Vorwürfe. Miles kam kurze Zeit später mit einer Kanne Kaffee und zwei Tassen zurück.

„Hast du etwas dagegen, wenn ich dir Gesellschaft leiste, Kim?"

Ich freute mich, klopfte auf die Bettkante und bat ihn sich zu mir zu setzen. Wir tranken gemeinsam unseren Kaffee und Miles blickte mich nach geraumer Zeit durchdringend an.

„Ich kann es nachvollziehen, wie du dich in diesem Augenblick fühlst. Bitte komme nie mehr auf den Gedanken dich umzubringen. Ich weiß genau, was dir durch den Kopf geht und ich rate dir, es gleich im Ansatz zu belassen."

Ich zuckte zusammen und schaute ihm erschrocken in die Augen. Miles nahm mich in die Arme und drückte mich wieder fest an sich.

„Kim ich nehme dir hier das Versprechen ab, dass du so etwas nie wieder in Erwägung ziehst. Denn dafür bist du ein zu kostbarer Mensch, um dein Leben an den Tod zu verschwenden. Ich habe außerdem keine Lust, alles was ich liebe in der Familiengruft beerdigen zu müssen."

Ich war völlig verwirrt und sprachlos über diese Eröffnung und saß wie erstarrt neben ihm. Die ganze Situation hatte mich ermüdet, dass ich noch sitzend in Miles Armen einschlief und nicht mehr mitbekam, wie er mich ins Bett zurücklegte.

Die nächsten Wochen vergingen ohne Vorkommnisse, ich hatte mich wieder einigermaßen in der Gewalt und war höchstens fünfmal richtig wach gewesen. Den Rest hatte ich immer wie in einem Dämmerzustand verbracht. Doc meinte, dass wäre gut gewesen und so hätte ich meine Energie dadurch wieder auftanken können. Etwas wacklig auf den Beinen verließ ich in den Wachstunden immer wieder einmal für Minuten das Bett. Ich war wieder fürchterlich abgemagert und Milly schwor mir, dass sie mich wieder in meinen alten Zustand füttern würde. Ich musste herzhaft über ihre Ausführungen, die ich mir bildlich vorstellen konnte, lachen und drückte sie an mich. Kathy spendierte ich einen Wochenendtrip in eine Wellnessfarm, damit sie sich erholen konnte. Kathy war mir eine große Hilfe während meiner Krankheit gewesen und ohne sie und Milly hätte wirklich alles nur noch Kopf gestanden. Miles hatte sich liebevoll um mich gekümmert und nach meiner Genesung die Finger von mir gelassen. Ich schwor mir, nie mehr an seiner Liebe zu zweifeln. Wenn ich nun auch noch meine Spontanausbrüche in den Griff bekam, wäre alles nahezu perfekt.

Wochen waren vergangen, der Herbst nahte und auch die Zeit, die ich besonders liebte, Halloween. Ich saß am späten Nachmittag in der Vorhalle auf meiner Fensterbank und schaute verträumt zu wie die Bäume im Park ihre Blätterpracht in allen Farben von sich gaben. Ich bemerkte nicht, wie sich Miles zu mir gesellte. Ich hatte schon als Kind den Ausführungen Tante Claires gerne mit Spannung zugehört, wenn sie Gruselgeschichten über die Leprechauns, Fairies und der Anderswelt gekonnt vom Stapel ließ. Irgendwann hatte sie mir die Schriftzeichen Ogham, schreiben und verstehen gelehrt. Tante Claire erklärte mir, dass Ogham wahrscheinlich aus Irland stammt, allerdings nicht nachgewiesen ist. Nach der Mythologie soll der Halbgott Ogma, ein Krieger und Literat der Tuatha Dé Danann, das Schriftsystem erfunden haben. Manche Forscher haben eine irische Version der skandinavischen Runen in Ogham gesehen. Andere wiederum, Varianten des Etruskischen oder auch des Griechischen. Wahrscheinlich ist, dass es sich schlicht um eine irische Darstellung des lateinischen Alphabets handelt. Dafür spricht die Existenz eines Ogham-Symbols für den Buchstaben Q, den es im Irischen eigentlich nicht gab. Es ist nicht sicher keltisch und wahrscheinlich nicht besonders alt. Ogham ist erstmals nachweisbar im 5. Jahrhundert.
Diese Ausführungen von Tante Claire kamen mir gerade in den Sinn und ich musste lachen. Miles nutzte diese Gelegenheit und sprach mich an.
„Sag mal, was erheitert dich den gerade so, Kim?"
Ich sah ihn an, forderte ihn auf sich mir gegenüber zu setzen und erzählte ihm, an was ich gerade gedacht

hatte.

„Deine Tante scheint eine äußerst gebildete Dame zu sein, Kim. Kaum einer beschäftigt sich heute noch mit Ogham. Ich habe mich einmal kurze Zeit damit auseinandergesetzt, als ich mich der Szene zuwandte. Das Hauptinteresse an Ogham ist in den Gruppen der Linguisten und der Esoteriker zu finden. Erstere studieren mit Faszination diese Relikte des alten Irisch, letztere fühlen sich bei der Zukunftsschau den alten Iren verbunden. Die Verwendung von Ogham in der Kunst ist heute allerdings durchaus nicht selten. Man erhält sie als Amulette, Schmuckstücke und ebenso als kalligraphischen Wandschmuck mit den Symbolen", meinte Miles.

Erstaunt verfolgte ich Miles Ausführungen und hatte langsam das Gefühl, dass wir uns doch näher waren, als wir glaubten.

„Weißt du Miles, ich war jedes Jahr für eine Woche seit meiner Kindheit bei Tante Claire, wenn die Halloweenpartys stattfanden, um daran teilnehmen zu können. Gerade eben beim Anblick des Parks ist mir der Gedanke gekommen, diesen Herbst hier eine Halloweenparty zu veranstalten. Könntest du dich an den Gedanken gewöhnen?", fragte ich ihn.

Miles fand die Idee nicht schlecht.

„Kim, ich werde es mir überlegen und sage dir wieder Bescheid."

Wir saßen noch eine Weile zusammen, unterhielten uns und Miles erstaunte mich mehr und mehr über seine verschiedenen Fachkenntnisse. Ich stellte fest, dass er sehr gebildet aufgezogen worden war. Miles stand auf und signalisierte, dass er gleich wieder hier sein würde und ich nicht weggehen sollte. Mittlerweile wurde es draußen dunkel und der Park erschien mir wieder geheimnisvoll umwittert. Die Geschichten von Tante Claire fielen mir ein, vor allen Dingen Banshee, Pooka und Revenants. Mich fröstelte urplötzlich und ich sah die Geistergestalten aus Tantchen Claires Erzählungen an mir vorbeiziehen. Meinen Gedanken nachhängend, sprach mich plötzlich Miles an und erschrak mich fast zu Tode. Mit einem Aufschrei sah ich hoch und mein Herz raste.

„Kim? Herrgott noch mal, was hattest du gerade für eine schlimme Spukerscheinung, dass du dich vor mir erschreckst", lachte Miles.

Er setzte sich zu mir, reichte mir den Sekt und bat mich diesen zu öffnen. Ich nahm ihn entgegen und schaute ihn fragend an.

„Kim, ich möchte hier nicht unnötig vor dem Fenster einen Striptease veranstalten, falls die Flasche hoch geht und ich alles abbekomme", meinte er.

Ich lachte.

„Das wäre doch einmal was Neues. So eine Peepshow kann sicher anregend sein und dann auch noch live, extra für mich", gab ich grinsend von mir und erzählte während des Öffnens, was so durch meinen Kopf gegeistert war.

Miles musste ebenfalls grinsen.

„Der Extrastrip kostet etwas und ich habe ja gar nicht gewusst, dass du dich auch gruseln kannst, wo du doch sonst immer so cool daher kommst", gab er von sich.

Ich zielte mit der Sektflasche in Miles Richtung und er schrie erschrocken auf.

„Kim! Untersteh dich! Tu das ja nicht und bespritze mich von oben bis unten mit diesem Gesöff!"

Ich grinste und bekam die Flasche mit einem Plopp auf. Miles staunte nur.

„Gelernt ist eben gelernt", sagte ich augenzwinkernd. Miles hielt die Gläser bereit und ich goss sie voll. Dann lehnte ich mich wieder auf der Fensterbank zurück und schaute träumend in den Schlosspark. Miles stand noch einmal auf und löschte das Licht in der Vorhalle. Ich blickte kurz erstaunt hoch und ließ dann meinen Blick in den Park schweifen. Miles setzte sich wieder mir gegenüber.

„Möchtest du dich wieder bei mir anlehnen Kim? Das ist doch viel bequemer", fragte er mich.

Ich grinste, setzte mich vor ihn und lehnte mich an seinen Brustkorb. Miles umschlang mich mit seinen Armen und legte seinen Kopf auf meine Schulter. Ein Gefühl der Ruhe und Geborgenheit umgab mich und so saßen wir schweigsam zusammen. Miles schenkte noch ein paar Mal unsere Gläser voll und ich merkte, dass ich nach meiner Krankheit durchaus noch nicht so trinkfest war, wie immer. In kürzester Zeit fing ich an in meinen berühmten Fröhlichen-Laune-Effekt zu verfallen und kicherte bei jeder Bewegung die Miles machte. Ich hörte ihn hinter mir kurz auflachen.

„Ich glaube für heute hast du mal wieder genug und ich werde dich jetzt ins Bett bringen", meinte er.

Ich protestierte, was allerdings zwecklos war. Miles stand etwas umständlich auf, was mich noch mehr zum Lachen anspornte, hob mich hoch und trug mich Richtung Küche.

„Stopp, mach sofort eine Kehrtwendung in Richtung neues Schlafzimmer. Für was haben wir es überhaupt eingerichtet, wenn wir es nicht nutzen", forderte ich strampelnd.

Miles grinste und tat, wie ich ihm befohlen hatte. Auf halbem Weg dorthin, fiel mir ein, dass ich noch etwas vergessen hatte und bat ihn, mich herunterzulassen.

„Boah Kim, du kannst doch nicht mehr richtig stehen und kippst sicher gleich weg", meinte er.

„Von wegen mein Lieber", erwiderte ich. „Miss Cool hat noch so viel Kraft, um stehen zu können."

Miles lachte, setzte mich ab und ich befahl, dass er hier auf mich warten sollte. Er salutierte aus Spaß, ich winkte ab und lief schwankend in Richtung Küche. Dort öffnete ich den Kühlschrank, entnahm nochmals zwei Flaschen Sekt und eilte beschwingt zurück. Miles schüttelte mit dem Kopf, als ich mit den Flaschen bei ihm ankam.

„Du bist doch bereits breit? Sag mal Kim, was hast du eigentlich heute noch vor?", fragte er neugierig.

„Ich werde heute meine Auferstehung feiern, egal wie dreckig es mir morgen wieder geht. Ich brauche das jetzt", erklärte ich ihm.

Miles gab es auf mich zur Vernunft bringen zu wollen und wir verschwanden im Schlafzimmer. Ich schaltete das Radio ein und zog mich im Takt der Musik aus, ohne die Sektflaschen aus der Hand zu geben. Miles schüttelte den Kopf und versuchte verzweifelt, beide Flaschen in seine Gewalt zu bekommen, was ihm nicht gelang, da ich zu flink war. Lachend bugsierte ich ihn gekonnt Richtung Bett. Miles stieß am Fußende an, verlor den Halt und fiel hintenüber. Auf diese Gelegenheit hatte ich nur gewartet, stellte schnell die Flaschen ab und nahm ihn gleich in Beschlag. Ich arbeitete mich zu seinem Kopf vor und bohrte ihm kichernd meine Zunge in sein Ohr. Miles versuchte aus meinen Fängen zu kommen und schubste mich regelrecht herunter. Lachend kippte ich neben ihn und amüsierte mich darüber, wie er verzweifelt versuchte sein Ohr trocken zu bekommen. Ich schnappte ihn mir wieder und Miles fiel stöhnend und protestierend zurück aufs Bett. Nach einem Gerangel bekam mich Miles endlich in den Griff und setzte sich auf mich, damit ich mich nicht mehr so bewegen konnte.

„Verdammt Kim, du bist schlimmer als die Göttin Kali. Deine Hände sind überall zur gleichen Zeit", erklärte mir Miles schweißgebadet.

„Miles, sei froh, dass ich nicht Kali bin, sonst würdest du schlimmer aussehen", gab ich zurück.

Er grinste und fing an mich zu küssen. Ich drückte ihn energisch zurück, versuchte verzweifelt das Hemd aufzuknöpfen, bis ich feststellte, dass er diesmal einen Pullover trug. Ich musste ziemlich erstaunt und dumm geschaut haben als ich es bemerkte, den Miles fing schallend das Lachen an, setzte sich neben mich und konnte sich nicht mehr beruhigen.

„Wahnsinn, ich schmeiß mich gleich weg vor Lachen, Kim. Das kommt davon, wenn man zu viel Alkohol gesoffen hat und nicht mehr zwischen Hemd und Pullover unterscheiden kann", prustete er vor sich hin. Ich beachtete ihn nicht weiter, legte mich auf den Bauch und angelte verzweifelt nach den Flaschen vor dem Bett. Miles packte mich und zog mich langsam hoch, was ich schimpfend quittierte. Miles schien mich in eine Position gebracht zu haben, die ihn ziemlich reizte, denn ich hörte ihn hinter mir aufkeuchen. Ich drehte mich mit einer Geschwindigkeit herum, die selbst Miles erstaunte und schaute ihm herausfordernd in die Augen. Dann kroch ich langsam auf Miles zu, fing an seinen Pulli ganz langsam nach oben zu streifen und zog ihn aus. Kaum war das Geschehen, machte ich mich an seiner Hose zu schaffen und ließ ihn keine Sekunde aus den Augen. Miles schien irritiert und wusste nicht so recht wie er verfahren sollte, da ich unter Alkoholeinfluss stand und er nichts gegen meinen Willen tun wollte.

„Keine Angst, so besoffen bin ich nun auch wieder nicht um zu wissen, was ich tun will oder nicht", beruhigte ich ihn.

Langsam drehte ich mich herum, legte mich flach, angelte erneut nach den Flaschen, als ich Miles Körper auf meinem spürte. Ich schloss meine Augen und ließ die eben ergriffenen Flaschen wieder fallen. Miles saß auf mir und massierte mir den Rücken, was mich wohlig aufstöhnen ließ und danach streichelte er meinen Nacken. Ich fand dieses Gefühl so erregend, dass ich mich unter im räkelte und auch Miles schien zu gefallen, dass er mal wieder eine erogene Zone von mir gefunden hatte. Miles stieg von mir, legte sich neben mich auf den Bauch, griff sich eine der Sektflaschen und verschwand wieder hinter mir. Ich grinste, denn ich wusste was er mit mir vor hatte und hoffte, dass er die Flasche aufbekam. Kaum war der Gedanke zu Ende gedacht, sprudelte das feuchte Nass bereits auf meinem Rücken. Ich quietschte auf und schon hatte ich Miles wieder im Rücken. Er umfasste meinen Körper, hob mich urplötzlich herum, drückte mich in Bauchliegeposition zurück mit Blick in Richtung Kopfende, fuhr mit seiner Zunge über meinen Rücken und schlürfte das kalte Nass auf. Ich musste ein paar Mal auflachen, da auch ich am Rücken eine Stelle hatte, an der ich kitzlig war, was ich bis jetzt noch nicht gewusst hatte. Miles lachte.

„Kim, an deinem Körper befinden sich ja nur erogene Zonen und warten darauf liebevoll bearbeitet zu werden."

„Miles, labere nicht solange, sondern tu es einfach", protestierte ich.

Er zwickte mich in den Po, sagte ich solle nicht so

frech sein und ich stöhnte wehleidig auf. Dann machte er da weiter, wo er aufgehört hatte und irgendwann, hatte mich Miles genau in der Stellung, die ich sonst immer vermieden hatte. Miles lief zur Hochform auf und mir verging Hören und Sehen. Ich bemerkte, dass er den Spiegel am Kopfende geöffnet hatte, um uns beim Liebesspiel besser beobachten zu können. Ich vermied zuerst den Blickkontakt zu Miles da ich mich etwas schämte, wurde dann aber doch neugierig und ließ mich auf das Spielchen ein. Miles blickte mir im Spiegel entgegen und schien darauf abzufahren, dass auch ich ihn ansah. Ich fixierte ihn, sah tief in seine Augen und hatte das Gefühl, dass der Spiegel den damit verbundenen, unwiderstehlichen Blick noch verstärkte. Ich kostete die Streicheleinheiten von Miles genussvoll aus und blieb dann erschöpft auf meinem Bauch liegen. Er reichte mir den Sekt, ich schüttelte mit dem Kopf und wollte nur noch schlafen. Miles protestierte lachend.

„Kim, ich bin überhaupt noch nicht so richtig zum Zug gekommen", meinte er.

Ich drehte mich stöhnend um.

„Verflixt noch mal Miles, wo nimmst du nur diese verdammte Energie her? Mir ist unverständlich, dass ein Mann so ein langes Stehvermögen hat und nicht zufriedenzustellen ist. Meist ist es gerade umgekehrt und anscheinend befinden wir uns in den falschen Körpern."

Miles grinste über diese Logik.

„Gelernt ist eben gelernt", konterte er.

Kopfschüttelnd nahm ich ihm die Flasche aus der Hand und trank.

„Weißt du was Miles? Veranstalte doch mit mir, was du willst, aber wundere dich nicht, wenn ich wieder dabei einschlafe."

Er beugte sich herunter und küsste mich wieder, bis mir die Luft ausging. Ich blieb einfach liegen und überließ Miles meinen Körper. Zwischendurch kam mir in den Sinn, dass wir beide eigentlich mehr im Bett verbrachten als unterwegs. Ich musste laut auflachen.

„Was geistern dir denn schon wieder für eigenartige Gedankengänge durch den Kopf, Kim", fragte Miles. Ich erzählte es ihm.

„Ich muss doch jetzt alles auskosten. Wer weiß, ob ich in zwanzig Jahren noch dazu fähig bin und deine Sinnlichkeit, die so intensiv ist, habe ich noch bei keiner anderen Frau verspürt. Außerdem macht mich dein nackter Anblick fast wahnsinnig und ich kann einfach nicht wiederstehen. Wenn du aber abends gerne einmal weg willst, so erkläre ich mich gerne dazu bereit."

Miles zählte mir sämtliche Lokalitäten des Ortes auf und ich bekam langsam, aber sicher Hunger.

„Kim, hast du vielleicht Lust auf eine Riesenpizza? Wenn ja, lasse ich pronto eine liefern."

„Ja, Miles. Das ist jetzt der erste intelligente Gedanke, der aus deinem Mund kommt. Denn von Luft und Liebe lässt es sich schlecht leben", ärgerte ich ihn.

Miles lachte, stand auf, zog sich an und verschwand nach unten, um das gewünschte zu bestellen und gleich entgegenzunehmen. Ich räkelte mich im Bett, stand dann ebenfalls auf, um mit Miles die Pizza in der Küche zu verspeisen. Mir fiel ein, dass ich das vor kurzem erworbene kleine schwarze noch nicht getragen hatte und zog es grinsend an. Das Teil war eines meiner teuersten Dessous, das ich bis jetzt gekauft hatte. Ich schaute mich im Spiegel an, fand meine Erscheinung äußerst passabel und sexy und machte mich auf den Weg in die Küche. Miles saß am Tisch und trank einen Kaffee. Als ich eintrat schaute er hoch, verschluckte sich fast, bekam Riesenaugen und pfiff anerkennend durch die Zähne. Ich grinste und schenkte mir ebenfalls einen Kaffee ein.

„Oha! Kim? Warum hast du dieses edle Teil nicht vorhin angezogen? Ich hätte dich gerne eigenhändig ausgepackt. Du siehst wirklich zum Anbeißen aus und meine Aktien steigen wieder."

Ich lachte.

„Sorry, Miles. Ich hatte es vergessen und es ist mir gerade eingefallen. Das Auspacken können wir ja noch nachholen, damit die Aktien nicht zu tief fallen. Wäre schade darum, wenn du sie woanders verschleudern müsstest", gab ich grinsend von mir.

Bevor ich mich setzen konnte, schnappte mich Miles mit einer Geschwindigkeit, die ich ihm auch nicht zugetraut hätte und zog mich auf seinen Schoß. Ich schimpfte, da der Kaffee überschwappte und auf den Boden lief. Miles lachte, nahm mir die Tasse aus der Hand, stellte sie auf den Tisch und küsste mich, bis mir wieder die Luft ausging. Ich klopfte ihm auf die Finger, da er diese schon wieder überall zur gleichen Zeit hatte.

„Verflixt noch einmal. Kannst du auch mal an etwas anderes denken als nur an Sex?", hakte ich nach.

Miles schmunzelte.

„Kim, du bist doch diejenige, die mich ständig anreizt. Du bist wirklich so scharf, dass du eigentlich einen Waffenschein brauchst. Außerdem bist du sowieso der Meinung, dass alle Männer ihr Gehirn in der unteren Region haben und somit habe ich überhaupt nichts in diese Richtung falsch gemacht."

Über diese Ansage musste ich schallend lachen.

„Na, diesmal habe ich mir ein Eigentor geschossen", erklärte ich.

Bevor Miles etwas erwidern konnte, klopfte es mit Nachdruck am Hintereingang der Küchentür. Ich erschrak und sprang mit einem Schrei von Miles Schoß. Er amüsierte sich über meine Schreckhaftigkeit und teilte mir mit, dass dies nur der Pizzalieferant wäre und öffnete die Tür. Miles nahm das Essen entgegen, brachte es an den Tisch und holte seinen Geldbeutel zum Bezahlen. Inzwischen hatte der Pizzalieferant einen Blick auf mich werfen können, grinste süffisant und zwinkerte mir zu. Ich hätte Miles in diesem Moment am liebsten erschlagen, als ich mir bewusst wurde, dass ich einen freizügigen Blick auf den Fahrer abgegeben hatte. Ich wurde wieder knallrot im Gesicht und winkte ihm verlegen zu.

„Bella, ich wünsche ihnen noch einen erfolgreichen, vergnügten Abend und einen guten Appetit", warf er zweideutig und augenzwinkernd in meine Richtung.

Miles dankte, kam mit der Pizza zurück und brach wieder einmal in schallendes Gelächter aus, als er mich aufgelöst da stehen sah. Ich fand es überhaupt nicht lustig, dass Miles meine Schamhaftigkeit ständig ins lächerliche zog, wurde stinksauer und brüllte ihn an.

„Verdammt noch einmal, Miles! Du hast überhaupt kein Benehmen und kannst deine bescheuerte Pizza selber essen! Mir ist gerade der Appetit vergangen, du hirnloser Idiot!"

Ich machte auf dem Absatz kehrt und rannte wutentbrannt in Richtung Halle. Miles rief nach mir und ich hörte, wie er hinter mir hereilte. Er holte mich kurz vor der Treppe ein, zog mich langsam zu sich herum und blickte mich an.

„Bitte entschuldige diesen Fauxpas. Ich verspreche dir

in Zukunft mehr Rücksicht auf deine Gefühle und deine Intimität zu nehmen."

Ich entwand mich ihm.

„Hättest du dir das mit Helen auch erlaubt und ihren Anblick nackt auf einen Pizzalieferanten freigegeben? Sicherlich nicht!", brüllte ich weiter, „aber mit mir kann man das alles machen. Kim hatte ja für alles Verständnis und macht jeden erdenklichen Scheiß mit. Kim ist eben doch nur der ewig altbewährte und beliebte Kumpeltyp."

Ich drehte mich um, rannte die Treppe zwei Stufen auf einmal nehmend hoch und machte mich auf den Weg in mein Atelier, in dem ich heute Nacht auch schlafen würde. Wütend knallte ich die Tür zu, drehte den Schlüssel herum und sperrte somit Miles aus. Ich setzte mich aufs Bett, überlegte, ob ich gerade nicht wieder überzogen reagierte und kam aber zu dem Ergebnis, dass ich richtig gehandelt hatte. Miles musste endlich lernen mich nicht nur als Kumpel und Betthäschen zu sehen, sondern endlich auch als Frau und Mutter zu respektieren. Ich legte mich zurück und starrte gedankenlos in den Sternenhimmel über mir, als es an der Tür zaghaft klopfte. Mein Gott, dass konnte doch nur wieder Miles sein. Ich stand auf und öffnete.

„Kim, können wir uns über das eben Geschehene unterhalten? Es lässt mir keine Ruhe", sah er mich bittend an.

Ich schnaufte und bat ihn herein.

„Okay, Miles. Du hast fünf Minuten. Ich bin müde und möchte schlafen."

Ich setzte mich an den Arbeitstisch. Miles folgte mir und setzte sich mir gegenüber. Er ergriff meine Hände, zog sie über den Tisch und hielt sie fest.

„Ich möchte dich um Verzeihung bitten, Kim. Du bist vollkommen im Recht. Ich wäre mit Helen sicher nicht so umgesprungen, wie mit dir gerade. Ich bin manchmal ein Volltrottel und dummer Bauerntrampel und merke dabei nicht, wie ich andere damit verletze", erklärte er mir.

„Miles, so kann es einfach nicht mehr weitergehen mit uns. Ich habe immer noch das Gefühl, dass du mich mehr als Kumpel und Sexobjekt siehst, dass man bei Bedarf zu sich ruft und benutzt", gab ich zurück.

Miles schluckte und drückte meine Hände.

„Bitte, dass darfst du auf keinen Fall so sehen. Ich liebe dich wirklich und es geht mir gar nicht gut, wenn auch du dich schlecht fühlst", beteuerte er mir.

„Gut, Miles. Lassen wir es so im Raum stehen. Weißt du überhaupt, dass du mich unwahrscheinlich damit triffst, wenn du dich über meine Schamhaftigkeit so köstlich amüsierst und alles ins Lächerliche ziehst? Selbst wenn ich nach außen immer so cool wirke, habe auch ich Momente, in denen es in meinem Inneren sicher anders aussieht. Ich kann dies eben nicht so offen zur Schau tragen. Du tust mir unbewusst sehr weh damit und merkst es nicht. Wenn ich dann dementsprechend aufbrausend reagiere und mich sperre, brauchst du dich nicht zu wundern."

„Kim, du verstehst alles völlig falsch. Ich lache dich nicht aus in dem Sinn, wie du es verstehen willst. Ich finde es rührend, dass eine erwachsene Frau immer noch eine Spur ihrer Naivität und Schamhaftigkeit zurückbehalten hat und trotzdem auch spontan reagieren kann. Genau das schätze ich so an dir und das macht auch deine ganze Liebenswürdigkeit aus. Du bist sowohl Kumpel, Frau, Geliebte und Mutter meiner Kinder für mich. Ich nutze dich nicht nach

Bedarf. Kim, du hast dir von mir ein völlig falsches Bild gemacht, an dem du stur weiterhältst. Hör endlich auf, mich ständig so zu sehen. Aber was rede ich, denn ich bin ja selbst daran schuld, wenn ich dir dieses Erscheinungsbild vermittelte. In der Vergangenheit habe ich selbst dafür gesorgt, dass es so rüber kam. Bedenke, dass auch du mich damit sehr triffst und es mir verdammt weh tut, wenn du mich brüskierst. Ich weiß dann wirklich nicht, wie ich mich dir gegenüber verhalten soll, um nicht wieder etwas falsch zu machen, wie schon oft", offenbarte er mir.

Nach dieser Unterredung entzog ich Miles meine Arme, stützte sie auf, legte nachdenklich meinen Kopf hinein und schaltete völlig ab. Es vergingen Minuten, bis ich einen klaren Gedanken fassen konnte und bemerkte überhaupt nicht, dass Miles bereits wieder gegangen war. Er hatte mir einen handgeschriebenen Zettel hinterlassen, in dem er mir eine gute Nacht wünschte und darunter hatte er ein Herz gemalt mit der Botschaft, dass er mich sehr lieben würde. Ich fand diese Geste von ihm so rührend, dass ich schon wieder lächeln konnte und mich aufseufzend ins Bett legte. Meine Gedanken irrten noch lange in meinem Kopf herum und irgendwann schlief ich ein.

Am nächsten Tag wachte ich erfrischt auf und mir war klar geworden, dass ich unser Sexleben erst einmal etwas auf Eis legen würde. Ich war die letzte Zeit wie in Trance und musste endlich wieder auf die Füße kommen. Auch wenn ich mit Miles die Nächte gerne gemeinsam verbrachte, sollte ich einen geregelten Zeitplan einhalten, sonst würde ich noch krankhaft depressiv, was mir letzten Abend klar geworden war. Ich duschte, zog mich an und eilte zu Milly in die Küche. Sie begrüßte mich und ließ durch Miles ausrichten, dass er einen Klienten besuchte, in einer anderen Grafschaft unterwegs war und spät am Abend zurückkehren würde. Ich seufzte auf, setzte mich an den Frühstückstisch und fand unter meinem Teller einen Brief von Miles. Im ersten Moment stockte mir das Herz und ich dachte bereits wieder an etwas unangenehmes, als ich las, dass Miles mich liebte und ich mir für den heutigen Abend nichts vornehmen sollte. Er habe für mich eine kleine Überraschung vorbereitet und hoffte, dass ich mich freuen würde. Ich grinste und bekam gleichzeitig ein schlechtes Gewissen, dass ich ihn am Abend zuvor angeblafft hatte.

Nach dem Frühstück machte ich mich endlich auf den Weg in die Stadt, um in Erfahrung zu bringen, ob mein Appartement nun vermietet oder verkauft worden war. Das Immobilienbüro beglückwünschte mich, dass es ihnen gelungen war einen solventen Käufer zu finden, der aber unerkannt bleiben wollte und alles über seinen Anwalt abgewickelt hatte. Ich lachte und meinte, dass es schon eigenartige Menschen gab, ich das aber so hinnehmen konnte. Sollte er damit glücklich werden, dachte ich, und fragte nach, ob die Einrichtung mit übernommen würde oder ich alles entfernen müsste. Der Makler erklärte, dass der neue Käufer alles beibehielt und unter keinen Umständen eine Änderungen wünschte. Ich staunte und dachte, okay, soll er damit machen, was er will. Der Makler überreichte mir einen Scheck und kommentierte, dass der Käufer den Betrag aufgerundet hatte, da ihm das Appartement vom Preis her gerechtfertigt schien. Wir regelten den Papierkram und dann machte ich mich auf den Weg, um für Miles ein Versöhnungsgeschenk zu kaufen. Ich konnte ja nicht immer nur von ihm verlangen, dass er mir entgegen kam, auch ich hatte etwas gut zumachen. Der arme Kerl musste oft genug meine Launen ertragen und ich war nun wirklich nicht immer einfach zu handhaben. Miles hörte gerne Musik und ich hatte in Erinnerung, dass er sich schon lange eine bestimmte CD einer Gruppe wünschte, diese aber immer nicht bekam, da sie ständig ausverkauft war. Ich klapperte alle Musikläden ab und fand endlich nach zwei Stunden vergebenen Suchens in einer kleinen Seitenstrasse, dass was ich wollte. Der Verkäufer sagte mir, dass ich Glück hatte, da ein Kunde, der diese CD bestellte, nicht wieder erschienen war und er mir sie deshalb verkaufen konnte. Die Nachfrage nach dieser Gruppe sei im Moment so stark, dass alle Lieferanten Schwierigkeiten hatten diese zu beschaffen. Ich ließ die CD als Geschenk verpacken und freute mich auf das erstaunte Gesicht von Miles, wenn ich sie ihm abends in die Hand drücken würde. Guter Dinge machte ich noch einen Abstecher in mein Stammcafè und traf da auf Bill und Dana. Freudig begrüßte ich beide und setzte mich an den Tisch. Wir unterhielten uns wieder einmal über Gott und die Welt.

„Na Kim, wie steht es denn um eure Zweisamkeit?", fragte Bill plötzlich.

Ich seufzte auf.

„Ach, bei uns ist ein auf und ab, was immer nur durch irgendwelche Missverständnisse entsteht."

Bill musste wieder einmal lachen.

„Ihr seid schon ein komisches Pärchen und habt euch gesucht und gefunden", meinte er.

„Weißt du was Kim? Du und Miles ihr pflegt eure Probleme richtig, obwohl ihr doch eigentlich das Gleiche meint und denkt", grinste Dana dazu.

„Ja, ja, da muss ich euch recht geben. Wir haben schon ein eigenartiges Verhältnis, dass ich aber nun ändern will", gab ich lachend zurück.

Einige Zeit später verabschiedete ich mich von beiden.

„Bevor ich es wieder vergesse, ich habe übrigens vor eine riesige Halloweenparty zu feiern. Ich warte nur noch auf das Einverständnis von Miles."

Bill und Dana waren erstaunt, dass ich als Deutsche so gut über Halloween Bescheid wusste.

„Nun, ich habe auch noch Wurzeln hier in Irland von der Seite meines Vaters her. Meine Tante hat mich als kleines Kind jedes Jahr für eine Woche eingeladen und mit den irischen Bräuchen bekannt gemacht."

Beide horchten erstaunt auf, als ich ihnen erklärte, dass ich Ogham kannte und der gälischen Sprache mächtig war. Bill wollte es gleich austesten, fragte mich auf Gälisch und ich antwortete ihm fehlerfrei.

„Wow, Kim. Du bist wirklich bestens auf alles in diesem Land vorbereitet", erwiderte Bill und pfiff anerkennend.

Ich grinste.

„Ja, nur nicht auf das Wesen Miles", konterte ich und beide lachten.

„Ich habe mir auch deshalb Irland als zweite Heimat ausgesucht, da ich fundierte Kenntnisse besitze, um hier überleben zu können", erklärte ich ihnen.

Dana tippte Bill an den Kopf.

„Ach Bill, ab und zu kannst du auch einmal dein Gehirn zum Denken einschalten und musst nicht immer dumm fragen", meinte sie, was ich mit einem Lachen quittierte.

Bill tat gespielt beleidigt und erwähnte, dass sie gerne zu dieser Feier erscheinen würden, falls sie stattfinden sollte. Ich bezahlte, wünschte beiden einen schönen

Tag und verließ das Cafe. Auf dem Nachhauseweg fiel mir siedendheiß mein Postfach ein, dass ich einfach vergessen und seit Wochen schon nicht mehr geleert hatte. Ich machte einen Abstecher zur Post, öffnete mein Fach und mir schossen ohne Vorwarnung jede Menge Briefe entgegen. Verzweifelt versuchte ich die herausströmende Flut zu stoppen, was mir nicht völlig gelang und es fiel etliches zu Boden. Mit soviel Aufträgen hatte ich nun wirklich nicht gerechnet und stöhnte jetzt schon innerlich auf, was da an Arbeit für die nächsten Wochen und Monate auf mich zukam. Während ich in die Hocke ging und meinen Gedanken nachhing, bemerkte ich nicht, dass sich ebenfalls noch jemand darum bemühte, um mir beim Einsammeln der restlichen Briefe behilflich zu sein. Ich erschrak als mir eine Hand die Post entgegen reichte, sah hoch und wollte mich bedanken. In mir sträubte sich alles und mein Herz begann zu rasen, als ich in Jacks Augen blickte. Vor Schreck fiel ich nach hinten und landete unsanft auf meinem Hinterteil, was Jack mit einem überlegenen Grinsen quittierte. Er streckte mir seine Hand entgegen und wollte beim Aufstehen behilflich sein, was ich absichtlich ignorierte. Ich rappelte mich hoch, riss ihm wortlos meine Briefe aus der Hand und machte mich völlig verstört auf den Weg ins Parkhaus. Meine Beine zitterten und ich fragte mich, warum mich jedes Mal, Jacks Nähe total verunsicherte und meine Gefühle mir einen Streich spielten. Ich setzte mich ins Auto, schloss meine Augen, atmete tief durch und erschrak, als jemand mit Nachdruck an das Autofenster klopfte. Jack schien mir gefolgt zu sein und wedelte mit ein paar Briefen, die ich vergessen hatte, vor dem Autofenster herum. Mir blieb nichts anderes übrig, ich musste aussteigen. Ich nahm ihm die Briefe aus der Hand, bedankte mich noch einmal für seine Freundlichkeit mir nachgelaufen zu sein und wollte mich wieder ins Auto setzen. Jack hielt mich am Arm zurück, was ich mit einem missbilligenden Blick registrierte.

„Verdammt Jack, lass mich unverzüglich los, sonst bekommst du von mir eine gewischt, dass dir Hören und Sehen vergeht", forderte ich ihn auf und sah in seine Augen.

Jack nahm grinsend seine Hand weg.

„Warum reagierst du denn so aggressiv, Kim? Ich wollte dir nur behilflich sein. Du scheinst in meiner Nähe sichtlich nervös zu werden und vollkommen außer Kontrolle zu geraten."

Ich verschwand im Wageninneren, startete den Motor, warf ihm einen wütenden Blick zu und sah wieder direkt in diese unergründlichen blauen Augen, die mich hypnotisierten und mich aufforderten ihn zu küssen. Nein, schrie es in mir auf, vergiss es und lass es gar nicht erst zu. Ich war entsetzt über mich und meinen Gedankengang, dass ich beim Zurücksetzen des Wagens einen der Parkhauspfeiler touchierte und mir die ganze rechte Seite zerschrammte. Verflixt noch mal, ich würde mich nie an die Fahrtrichtung auf diesem Kontinent gewöhnen und hatte prompt die falsche Seite eingeschlagen. Alles nur wegen Jack. Völlig fertig und außer mir, traf ich irgendwie zuhause ein und blieb ein paar Minuten im Auto sitzen, damit ich mich etwas beruhigen konnte. Ich verkrallte mich im Lenkrad und dachte nur noch, dass ich diesen Gedanken, als ich in Jacks Augen geblickt hatte, nie mehr hochkommen lassen durfte. Mir war der ganze Abend und die damit verbundene Überraschung verdorben und ich wusste nicht so recht, ob ich Miles über das Geschehene einweihen sollte oder nicht. Mit Sicherheit konnte ich ihm heute nicht so ohne weiteres unbefangen gegenüber treten und in die blauen Augen schauen, die ich wirklich liebte. Langsam stieg ich aus, umrundete das Auto und machte die Beifahrertüre auf. Ich suchte meine Briefe und das Geschenk für Miles zusammen, als ich plötzlich umarmt wurde. Ich schrie erschrocken auf, ließ alles aus den Händen fallen und drehte mich ruckartig um. Mit weit aufgerissenen Augen erblickte ich Miles.

„Miles! Verdammt noch einmal, du Idiot! Bist du eigentlich noch normal, mich so zu erschrecken!", schrie ich ihn an und stöhnte gleichzeitig erleichtert auf.

Er sah mich erstaunt an.

„Kim, was ist denn ich dich gefahren, du reagierst doch sonst nicht so schreckhaft?"

Ich schluckte und mir war klar, dass ich ihm nun doch Rede und Antwort stehen musste. Miles half mir beim Zusammenräumen der Briefe und drückte mir mit fragendem Blick das Geschenk in die Hand. Ich konnte nicht anders, schmiss mich in Miles Arme und heulte los. Er stand wie erstarrt und versuchte mich zu trösten.

„Kim, was ist geschehen? Du bist ja fix und fertig?"

Ich löste mich von ihm, warf die Beifahrertür zu und lief in Richtung Fahrertür. Als ich die ebenfalls mit Schwung zuknallte, hatte Miles freie Sicht auf den Lackschaden. Er schüttelte den Kopf.

„Deshalb machst du dir solche Sorgen? Wegen dieser Kratzer? Morgen früh bringe ich das Auto in die Werkstatt und lasse den Schaden beheben", meinte er lachend.

Ich schaute ihn durchdringend an.

„Schön Miles, zumindest für das Auto. Aber den seelischen Schaden, den ich gerade genommen habe, kannst du mit Sicherheit nicht so leicht reparieren", warf ich ein.

Miles schaute mich unverständlich an und ich blickte ihm hilfesuchend in die Augen.

„Ich muss unbedingt mit dir reden, denn ich habe vor Minuten fast einen Vertrauensbruch dir gegenüber begangen", gestand ich ihm.

Miles nahm meine Hand und lief mit mir ins Schloss zurück. In der Küche warf ich mich erschöpft auf einen Stuhl und bat Miles um eine Tasse Kaffee. Er tat wie ihm geheißen, setzte sich mit seiner Tasse zu mir an den Tisch und schaute mich erwartungsvoll an. Ich schluckte, setzte wiederholt zum Reden an und schüttelte dann resigniert mit dem Kopf, da ich nicht wusste, wo ich anfangen sollte. Wütend über mich und meine Feigheit, warf ich wieder ohne Vorwarnung die Tasse an die Wand und schrie auf. Miles schoss erschrocken hoch, eilte auf mich zu und nahm mich in seine Arme.

„Kim, wenn du darüber reden willst, lass dir Zeit dazu und versuche es später noch einmal", meinte er.

Ich nickte und reichte ohne Kommentar die CD an ihn weiter, die ich extra für ihn gekauft hatte. Miles schaute etwas erstaunt.

„Weißt du Miles, ich habe mich über deine Nachricht gestern Nacht und heute Morgen so gefreut, dass ich dir auch eine kleine Freude machen wollte. Diese wurde mir Dank Jacks Hilfe, vorhin sichtlich versaut", erklärte ich ihm mit zittriger Stimme.

So, nun war es endlich heraus und ich konnte diese Überleitung dazu nutzen, um ihm alles zu erzählen. Miles legte das Geschenk auf den Küchentisch und zog mich mit sich. Er nahm mit mir zusammen auf einem Stuhl Platz und hielt mich fest umschlungen. Ich setzte zum Reden an und erzählte die ganze Geschichte bis zu der Szene im Parkhaus. Dort fing ich wieder das Stocken an und bekam keinen einzigen vernünftigen Satz zustande. Miles bemerkte, wie ich verzweifelt versuchte mich zu erklären und wollte wissen, ob Jack mich in irgendeiner Art und Weise angerührt habe, die ich nicht gewollt hätte. Ich schüttelte den Kopf.

„Nein, Miles. Nachdem ich in seine Augen blickte, hatte ich das Verlangen in mir verspürt ihn zu küssen. Ich bin über diese Regung erschrocken gewesen, dass ich anschließend eine Schramme in das Auto gefahren habe, nur um schnell aus dieser Situation zu fliehen", brachte ich stockend hervor.

Miles starrte mich an und ich sah das Entsetzen in seinen Augen über das, was ich ihm gerade erzählt hatte. Ich senkte meinen Blick, entschuldigte mich bei ihm für diese Gedanken und wollte aufstehen. Er hielt mich zurück, drückte mich fest an sich und dankte mir, dass ich offen über dieses Problem mit ihm gesprochen hatte. Ich entwand mich ihm, erhob mich, bat ihn etwas um Ruhe zum Nachdenken und verließ mit gesenktem Kopf die Küche. Verstört richtete ich unbewusst meine Schritte in Richtung Vorhalle, setzte mich auf meinen Lieblingsplatz und starrte verloren in den Park hinaus. Es war inzwischen dunkel geworden und meine Fantasie spielte mir wieder Streiche. Mir fiel eines meiner Lieblingslieder ein in dem es um verlorene Liebe ging. Die durch die ewige Finsternis, Herzlosigkeit und Kälte in jedem von uns, beherrscht und zerstört wurde. Ich steigerte mich gedanklich so in diese Musik, dass die Gestalten der Finsternis für einen kurzen Augenblick real wurden und vor dem Fenster einen Tanz dazu aufführten. Am Ende gewannen sie und dass Opfer namens Liebe blieb am Schluss auf der Strecke. Mit aufgerissenen Augen sah ich diese Szenerie schemenhaft vor mir ablaufen und schaute fasziniert zu.

Miles musste mir etwas später gefolgt sein, hatte mich erst in den oberen Räumen gesucht und fand mich dann in diesem verträumten Zustand vor, was ihn sichtlich beunruhigte. Er wusste, dass ich die Gabe hatte in Extremsituationen eine andere Welt um mich herum zu erschaffen und die Realität somit ausklinken konnte. Miles versuchte mich aus meiner Erstarrung zu holen, indem er mich vorsichtig angetippt hatte, was ihm dieses Mal nicht gelang. In einem früheren Gespräch mit Doc hatte er sich Rat geholt, wie er in so einer Situation mit mir umgehen sollte. Morris hatte ihm geraten mich auf keinen Fall mit Gewalt in die Realität zu holen. Bei manchen Menschen konnte dies zu einem Herzstillstand führen, wenn es ganz dumm kam. Er müsste sich in Geduld fassen und warten, bis ich mich selbst wieder aus diesem Zustand entließ. Einige wenige Menschen verfügten über diese seltene Gabe und hätten schon die Funktion eines Mediums. Eine Einleitungsphase ruft diesen Trancezustand hervor, wobei die Aufmerksamkeit von den äußeren Reizen auf das innere Erleben gelenkt wird. Es kommt zu einer sehr intensiven, körperlichen Entspannung. Während dieser Phase beruhigen und verlangsamen sich die körperlichen Rhythmen wie Atmung und Pulsschlag. Für jeden Menschen fühlt sich dieser Trancezustand anders an. In den allermeisten Fällen würde dieser Zustand als sehr angenehm empfunden. Miles erinnerte sich an die Worte, stiefelte nervös in der Halle auf und ab und warf ungeduldige, aber auch angstvolle Blicke auf mich. Ich bekam das in meinem Zustand alles nicht mit und war fasziniert von der Szenerie, die mir dargeboten wurde. Langsam kam ich in den Normalzustand zurück, seufzte auf und nahm auch meine Umgebung wieder wahr. Miles eilte auf mich zu und setzte sich zu mir auf die Fensterbank. Erstaunt blickte ich in sein blasses und verstörtes Gesicht.

„Kim? Geht es dir gut? Verflucht noch einmal, du hast mir gerade wieder höllische Angst eingejagt. Was soll der Mist?", fragte Miles vorwurfsvoll.

Ich lachte kurz auf.

„Miles, du kannst froh sein meinen gerade höllischen Traum nicht miterlebt zu haben und die verbundene Angst in dem alles Liebende ausgelöscht worden war", meinte ich spöttisch.

Miles ergriff meine Oberarme und schüttelte mich.

„Kim! Es reicht mir jetzt! Ziehe nicht immer alles ins Lächerliche und nimm einmal etwas ernst. Manchmal habe ich das Gefühl, dass du langsam austickst und irgendwann einmal ein Fall für die Klapse wirst. Ich habe früher immer gedacht, dass ich der Irre gewesen bin, mit meinem Gothictick. Du aber bist schlimmer und extremer geworden in letzter Zeit", schrie er mich verzweifelt an.

Emotionslos sah ich in die Augen von Miles.

„Miles, vielleicht wäre es besser in der Irrenanstalt zu landen. Da kann ich niemanden mehr wehtun."

Er stöhnte gequält auf, zog mich an sich, was ich willenlos geschehen ließ. Ich schloss meine Augen.

„Am besten wäre es, wenn ich auf einem verlassenen Planeten leben würde. So könnte ich niemanden mehr kränken und verletzen. Die Sache mit Jack hat mich um Lichtjahre zurückgeworfen. Ich verstehe nicht, was mich dazu veranlasst hatte, den Gedanken, Jack zu küssen, auch nur für eine Sekunde in Erwägung zu ziehen. Diese Sache geht mir nicht aus dem Kopf. Es ist dir gegenüber ein unverzeihlicher, gedanklicher Vertrauensbruch", erklärte ich ihm.

Miles beruhigte mich.

„Ich mache dir absolut keinen Vorwurf, Kim. Solange du nicht mit Jack ins Bett steigst, ist die Sache hiermit erledigt."

Entgeistert starrte ich Miles an.

„Verstehst du denn nicht, was ich dir damit sagen will? Die Angelegenheit ist noch lange nicht erledigt. Du hast anscheinend immer noch nicht den Ernst der Sache begriffen. Jacks Augen sind der einzige Grund für meine emotionalen Ausbrüche, nicht Jack selbst, da ich immer wieder in diesem Moment das Gefühl habe in deine Augen zu blicken", machte ich ihm klar.

Ich war wütend über Miles lapidare Erklärung, dass ihm dieser gedankliche Seitensprung, absolut nichts ausmachte und fragte nach.

„Miles? Wie oft hast du mich dann schon in Gedanken mit Helen betrogen? Sicher mehrmals und ohne schlechtes Gewissen, so wie ich dich bereits kenne."

Ich ließ Miles sitzen, stand auf und lief in die Küche. Gereizt schnappte ich mir das Geschenk für ihn und zwei Sektflaschen für mich. Auf dem Rückweg drückte ich ihm erneut die CD in die Hand, wünschte ihm viel Spaß damit und verschwand dann zielstrebig mit dem Sekt in Richtung Treppe.

Ich hatte mir fest vorgenommen, mir heute die volle Kanne zu geben und morgen den ganzen Tag nur im Bett zu bleiben.

„Kim! Bleib stehen und verfrachte die Sektflaschen

sofort wieder dahin, wo du sie geholt hast!", rief Miles hinter mir her.

Ich lachte und lief weiter.

„Das lieber Miles, kannst du glatt vergessen. Du hast mir nicht zu sagen, was ich zu tun habe oder nicht", warf ich zurück, ohne mich umzudrehen.

„Kim!", wütend hörte ich Miles hinter mir meinen Namen schreien und schon hatte er mich erreicht.

Er drehte mich recht unwirsch herum und schüttelte mich.

„Verflixt, höre endlich mit diesem verdammten Mist auf, ich werde sonst noch verrückt!", schrie er.

„Na super! Hast du es nun endlich mal begriffen, wie ich mich damals in der Situation mit Trixi und Helen gefühlt habe?", erwiderte ich grinsend.

„Mir reicht es jetzt entgültig. Dieses Thema haben wir ja eigentlich durch", meinte er und versuchte mir mit Gewalt die Flaschen aus den Händen zu reißen.

Ich sträubte mich. Es entstand wieder einmal ein heftiges Gerangel und ich wich Miles geschickt und lachend aus. Irgendwann bekam mich Miles, der inzwischen schweißüberströmt und völlig aus der Puste war, um die Hüften zu fassen und verdammte mich somit zum urplötzlichen Stillstand. Ich wurde noch wütender und versuchte Miles außer Gefecht zu setzen, indem ich ihm ständig versuchte auf die Füße zu treten. Er hatte Mühe und Not, dass er nicht stürzte und drückte mir urplötzlich so die Luft in der Magengegend ab, dass mir schwarz vor Augen wurde und ich zusammensackte. Ich stöhnte auf, mir wurde schlecht und ich ließ, entkräftet die Sektflaschen fallen. Diese explodierten mit einem dumpfen Knall auf dem Marmorboden und der ganze Sekt sprudelte heraus. Ich hing wie eine schlaffe Puppe vornübergebeugt in

Miles Armen und sah nur noch Sternchen vor mir. Er zog mich hoch und drehte mich zu sich um.

„Kommst du jetzt augenblicklich zur Vernunft und lässt diesen bescheuerten Unsinn?", fragte er.

Ich schnappte mühevoll nach Luft, holte aus und gab Miles eine saftige Ohrfeige, dass es nur so knallte. Den zweiten Schlag konnte er geschickt abblocken, indem er meine Hand auffing und brutal zusammendrückte. Ein stechender Schmerz durchfuhr mich und ich schrie auf, während mich seine Blicke durchbohrten.

„Wenn du nicht endlich Ruhe gibst, sperre ich dich für die nächsten Tage in die Gruft. Hast du mich klar und deutlich verstanden, Kim!", machte er mich mit eiskaltem Unterton darauf aufmerksam.

Etwas in Miles Stimme sagte mir, dass er es verteufelt ernst meinte. Ich gab meinen Wiederstand vorläufig auf und lachte innerlich, denn ich hatte die Idee mit der Gruft in seinem Fall auch schon.

„Miles ich schwöre dir, dass du diesen Gedankengang noch ernsthaft büßen wirst und ich mich bei nächster Gelegenheit dafür revanchieren werde!", schrie ich ihn an.

„Mensch, Kim! Du bist eine fürchterliche Kratzbürste und musst immer und überall das letzte Wort haben. Macht es dir eigentlich solchen Spaß, mich ständig bis zur Weißglut zu reizen? Wenn du nicht bald damit aufhörst, werde ich dich irgendwann verlassen und das ist kein Spaß", erwiderte Miles und drückte erneut meine Hand so stark, dass ich schmerzvoll aufschrie.

Nach diesen Worten zuckte ich zusammen und schloss meine Augen. Ich stöhnte verzweifelt. auf und sackte kraftlos weg. Miles fing mich auf, brachte mich in das Schlafzimmer neben der Küche und setzte sich zu mir auf das Bett. Ich schlug erneut nach ihm.

„Du verdammter Mistkerl! Verschwinde, bevor ich mich vergesse, meine Nerven vollständig durchgehen und ich dich ernsthaft verletze!", brüllte ich. Er schaute mich ruhig an, schüttelte verzweifelt seinen Kopf, stand auf und verschwand in die Küche. Auf diesen Moment hatte ich gewartet. Ich versuchte kurze Zeit darauf, schleichend in mein Atelierzimmer zu entschwinden. Ich schaffte es bis in den ersten Stock vor unser Schlafzimmer, grinste in mich hinein, dass ich Miles ausgetrickst hatte, als dieser plötzlich hinter mir auftauchte und laut auflachte. Erschrocken zuckte ich zusammen, schrie auf und drehte mich in seine Richtung. Er stand da und grinste mich frech an.

„Dumm gelaufen, Kim. So langsam durchschaue ich deine kleinen Tricks. Denk nur nicht, dass ich etwas doof bin", meinte er.

Ich ärgerte mich über meine Dummheit und ging wütend auf ihn los. Miles schien damit gerechnet zu haben, wich geschickt aus, schnappte mich, schleifte mich ins Schlafzimmer und legte mich dort aufs Bett. Mir ging langsam, aber sicher die Puste aus und ich schnappte hörbar nach Luft. Ich gab auf und rührte mich nicht mehr. Miles grinste mich überlegen an.

„Gibst du nun endlich Ruhe oder muss ich dich erst am Bett festbinden."

„Errate doch was ich gerade denke. Du kannst mich doch angeblich durchschauen", blaffte ich und warf ihm eines der Kissen hinterher.

„Kim, du bist einfach unverbesserlich. Halte doch einfach einmal deinen Mund. Ich will dir endlich, wenn auch verspätet die versprochene Überraschung geben", gab Miles kopfschüttelnd von sich.

Provozierend schaute ich ihn an, wollte erneut zu einer Antwort ansetzen, aber er schüttelte nur mit dem

Kopf. Miles kam auf mich zu, reichte mir die Hand, ich ergriff sie und ließ mich in mein Atelier schleifen. Mir wurde nun klar warum Miles vorhin in der Halle vermeiden wollte, dass ich nach oben ging. Vor dem Zimmer stoppte Miles ab, hielt mir mit seiner Hand die Augen zu und öffnete die Tür. Er schob mich langsam in das Zimmer und entfernte die Hand von meinen Augen. Ich schaute mich um, sah das ganze Zimmer mit Rosen ausgefüllt und wusste nicht was ich erwidern sollte. In mir stieg das schlechte Gewissen auf, weil ich Miles wieder einmal mit meinen Launen zur Verzweiflung gebracht hatte. Ich schaute ihn ziemlich beschämt an und er lachte nur. Miles zog mich in Richtung Tisch, der auch hier wegen der Rosen nicht einsehbar war und schob mich um die Ecke. Erstaunt sah ich ein wunderschönes Büfett für zwei, mit erlesenen Spezialitäten vor mir stehen. Miles drückte mich in den vorhandenen Stuhl, da ich immer noch nicht reagierte und setzte sich mir gegenüber. Er tippte sich an den Kopf, stand noch einmal auf und schaltete den CD-Player ein. Miles kam zurück und drückte mir einen Kuss auf die Stirn.

„Danke, Kim für die CD, meiner Lieblingsgruppe. Ich bin erstaunt, dass du diese ohne Schwierigkeiten im Laden bekommen hast. Ich versuche seit Wochen sie zu ergattern."

„Tja, Miles. Wer suchet der findet auch", konterte ich grinsend.

„Kim du kannst es nicht lassen und musst immer das letzte Wort haben", lachte er.

„Miles, was ist eigentlich der Anlass, dass du mich so in ein Blumenmeer hüllst", wollte ich wissen. „Ich bin doch immer so ekelhaft in letzter Zeit zu dir und habe das überhaupt nicht verdient."

Er grinste.

„Selbsterkenntnis ist der erste Weg zur Besserung. Du bist nur unerträglich, wenn verwirrende Umstände auf dich einstürmen. Sonst bist du ein liebenswertes und verträgliches Geschöpf."

Ich wurde sichtlich verlegen und erwartete dumme Kommentare. Diese blieben überraschenderweise aus. Er schnappte meine Hand und küsste mich dann auf den Mund.

„Entschuldige Kim, für das gemeine Verhalten von vorhin."

Ich schluckte und musste die aufsteigenden Tränen verkneifen.

„Ach, Miles. Auch ich muss um Verzeihung bitten für meine unmöglichen Ausraster. Ich wollte dich nicht schlagen."

„Kim, irgendwann bekomme ich das mit dir schon in den Griff. Nun lang endlich kräftig beim Essen zu", forderte er mich auf.

Es schmeckte alles superlecker und ich genoss es trotz vorangegangener Aufregung. Miles hatte sich nicht lumpen lassen und den teuersten Champagner gekauft. Beim Öffnen musste ich wieder einmal mein Können beweisen. Miles kam damit einfach nicht zu Rande. Ich entkapselte die Flasche wieder ohne Problem und schenkte uns beiden die Gläser voll. Miles kam noch einmal auf die Situation mit Jack zu sprechen.

„Ich nehme die Angelegenheit schon sehr ernst, aber ich vertraue dir vollkommen. So oft bekommst du ihn zum Glück nicht zu Sehen und beim Blick in dessen Augen, brauchst du nur an seinen äußerst schlechten Charakter denken. Somit wird dir der Gedanke ans Küssen schon vergehen", signalisierte er mir.

Ich musste wieder einmal über Miles umwerfende

Logik lachen.

„Okay, ich schwöre dir, mich nicht an das Individuum namens Jack zu verlieren."

Miles stand auf und erklärte, gleich mit meiner versprochenen Überraschung wieder hier zu sein. Ich gestand ihm, schon vor Spannung zu platzen. Ich hatte keine Ahnung was er wieder einmal vor hatte und erwartete ihn ungeduldig. Miles kam zurück, setzte sich und bat mich die Augen zu schließen. Ich tat wie mir geheißen und erwartete mit Aufregung, was nun geschah. Miles ergriff meine Hand und ich spürte wie er mir einen Ring überstreifte. Ich riss meine Augen erstaunt auf und sah einen wunderschönen Silberring mit einem Stein in der Farbe von Miles blauen Augen. Wie hypnotisiert schaute ich auf den Ring und dann in Miles Richtung. Dieser grinste mich an und zwinkerte.

„Kim, da ich ja weiß, dass du kein Gold magst, habe ich dir diesen Ring in feinstem Silber anfertigen und einen kleinen Teil meiner blauen Augen mit einfließen lassen. So denkst du immer nur an mich, wenn du diesen Stein anschaust."

Mir hatte es regelrecht die Sprache verschlagen, dass ich immer noch zu keiner Antwort fähig war und Miles mit offenem Mund anstarrte. Er konnte sich ein dauerhaftes Grinsen nicht verkneifen.

„Kim, bist du mit dem Verlobungsring einverstanden oder hast du etwas zu beanstanden? Wenn er dir nicht gefällt, lasse ich ihn gerne nach deinen Wünschen umarbeiten", fragte er nach.

Ich starrte Miles immer noch an und gab, nachdem ich mich gefangen hatte, wohl den blödesten Kommentar ab, der mir jemals eingefallen war.

„Wenn du mich doch sowieso wegen meiner Launen

verlassen willst, warum machst du dir noch die Mühe, dich mit mir zu verloben?", meinte ich verwirrt zu ihm.

Miles schlug sich vor die Stirn und stöhnte auf.

„Kim, du bist wohl das schwierigste und störrischste weibliche Wesen, das ich jemals kennen lernen durfte. Leg doch nicht immer alles auf die Goldwaage. Auch ich sage manchmal Dinge, die ich nicht so meine. Nun gib doch endlich Ruhe und bestätige mir, dass du die Verlobung annehmen wirst. Die Feier und offizielle Bekanntgabe dazu werde ich am Abend zu Halloween machen. Wie ich in Erinnerung habe, wolltest du eine Halloweenfeier. Dein Wunsch ist mir Befehl und diese bekommst du nun im großen Rahmen."

Ich sprang auf, stürzte mich mit einem Freudenschrei auf Miles und brachte mich und ihn mitsamt dem Stuhl zu Fall, da ich meinen Schwung unterschätzt hatte. Der Aufprall war ziemlich heftig, ich knallte mit Miles Kopf zusammen und wir beide stießen einen Schmerzesschrei aus. Verduzt rieb ich mir die Stirn und fluchte wieder einmal über meine eigene Blödheit vor mich hin. Miles fand diese Situation wieder typisch für mich, musste fürchterlich lachen und konnte sich nicht mehr beruhigen. Ich schlug ihm empört auf die Brust und forderte ihn auf, dass er damit aufhören sollte. Meine Reaktion rief gerade das Gegenteil bei ihm hervor und er krümmte sich noch mehr vor Lachen am Boden. Ich zahlte es ihm damit heim, dass ich die ganze Flasche Champagner langsam über ihm ausgoss. Miles zuckte kurz zusammen und setze seine Lachattacken fort. Wütend über diese Reaktion wollte ich aufstehen und den Raum verlassen, als er mich zu fassen bekam und zu sich auf den Boden zog. Ich versuchte mich zu befreien, aber Miles hielt mich bestimmend fest, setzte sich über mich und mir tropfte der ganze Champus aus seinen Haaren ins Gesicht. Ich fand das widerlich, pfuite vor mich hin und versuchte verzweifelt von ihm wegzukommen. Er grinste über meine verzweifelten Befreiungsversuche, schaute mir tief in die Augen und küsste mich, bis mir wieder einmal die Puste ausging. Miles erhob sich und lief Richtung Badezimmer.

„Ich werde jetzt erst einmal das das klebrige Zeug von meinem Körper duschen, sonst hältst du mich für eine Klette", rief er mir über die Schulter zu.

„Kein schlechter Gedanke, dich als Klette den ganzen Tag an mir hängen zu haben. Ich könnte dich dann an verschiedenen Stellen meines Körpers haften lassen", rief ich ihm lachend nach und stellte mir das bildlich vor.

„Na Kim, dann komm doch mit unter die Dusche, wenn du Lust hast. Du bist sicherlich genauso verklebt vom Champagner wie ich", meinte Miles.

„Lieber nicht, Miles. Ich werde mich später duschen, sonst artet es wieder in einer Orgie aus und ich habe mir vorgenommen unser extrem aktives Sexualleben etwas auf Eis zu legen. Meine Post liegt auch noch in der Küche und die werde ich jetzt holen, um schon einmal zu sehen, was an Aufträgen in nächster Zeit auf mich zukommen wird", konterte ich.

Ich erhob mich, lief nach unten in die Küche, brühte schnell einen Kaffee und nahm dann meine Briefe und das Tablett mit nach oben. Miles war zwischenzeitlich aus dem Bad zurück und setzte sich zu mir an den Schreibtisch. Ich schenkte uns die Tassen voll und er schaute mich an.

„Musst du ausgerechnet jetzt, unbedingt deine Post öffnen? Eigentlich habe ich mir den Verlobungsabend etwas anders vorgestellt und wollte diesen mit dir entsprechend feiern."

„Ich verspreche dir hochheilig, dass du morgen Abend ausgiebig Zeit dazu hast. Es ist dringend erforderlich, dass ich meine Post beantworten muss, sonst bin ich mein Klientel los und das will ich nicht", grinste ich Miles an.

Er seufzte auf und hakte nach, ob er beim Sortieren der Briefe behilflich sein konnte. Dankend nahm ich an. Wir saßen noch über eine Stunde und bewältigten die endlose Flut meiner Post. Miles ordnete sie nach vorrangigen Terminen, die in den nächsten Wochen in Angriff genommen werden mussten. Die Kunden würde ich morgen per E-Mail benachrichtigen, um Besichtigungstermine zu vereinbaren.

„Oh Gott, Kim", stöhnte Miles auf und maulte, „ich bekomme dich ja anhand der Nachfragen das nächste halbe Jahr gar nicht mehr richtig zu Gesicht. Meinst du nicht, dass du dir zu viel aufhalst?"

„Miles, du brauchst überhaupt keine Angst zu haben, dass ich euch vernachlässigen werde", teilte ich mit.

„Du hast es überhaupt nicht nötig zu arbeiten, Kim. Durch den Erlös der Wohnung hast du doch reichlich ausgesorgt", mit diesen Worten reichte er mir einen Kaufvertrag.

Erstaunt schaute ich ihn an und sah, dass er der geheimnisvolle Käufer meines Appartements gewesen war. Miles grinste wieder einmal überlegen.

„Ich dachte, so bleibt diese Immobilie in unseren Händen und wenn du einmal die Schnauze von mir voll hast, kannst du dann dort wieder einziehen und musst dir nichts Neues suchen."

Ich schüttelte meinen Kopf.

„Du bist und bleibst einfach ein unmöglicher Mensch,

Miles. Der Kauf in diesem Sinne ist völlig unlogisch. Wie soll ich das denn je wieder gutmachen?", hakte ich nach.

Miles sah mich treuherzig an und schielte in Richtung Bett.

„Ich weiß, wie du das jetzt gleich wieder gut machen kannst, Kim."

Lachend stand ich auf, zog ihn hoch, küsste ihn und lotste ihn dabei Richtung Bett. Meine Post blieb wieder unvollständig bearbeitet liegen und ich schwor mir, dass ab morgen wirklich konsequent zu ändern. Miles verführte mich nach allen Regeln der Kunst und ich schlief wieder einmal erschöpft in seinen Armen ein.

Am nächsten Morgen wachte ich entspannt auf. Miles lag neben mir und schlief tief und fest. Ich wunderte mich etwas darüber, da er doch sonst immer sehr früh aufstand, schaute ihm lange ins Gesicht und war mir entgültig sicher, dass er der richtige Mann an meiner Seite sein würde. Mit meinem Finger fuhr ich ganz vorsichtig die Konturen seines Gesichtes nach und als ich ihm einen Kuss auf den Mund drücken wollte, öffnete er die Augen, schnappte mich und ich schrie erschrocken auf.

„Miles! Verflucht noch einmal!", schimpfte ich. „Lass deine komischen Spielchen mit mir, sonst bekomme ich irgendwann einen Herzinfarkt und dann ist Schluss mit Kimi", wie er mich manchmal liebevoll nannte.

„Ich würde zu gerne einmal wissen, was dir gerade so durch den Kopf gegangen ist. Du hast mich ja völlig verträumt angeschaut", meinte er grinsend.

Ich schlug ihm auf die Brust.

„Wie du mich heimlich beobachtest, finde ich unfair und es ist ganz gut, dass meine Gedanken für dich ein ewiges Geheimnis bleiben."

Miles zog mich an sich und so blieben wir noch eine lange Zeit nebeneinander liegen. Irgendwie schien ich noch einmal eingeschlafen zu sein und der Duft von Kaffee weckte mich auf. Miles hatte das Frühstück geholt und deckte gerade den Tisch.

„Warum hast du mich denn noch schlafen lassen. Ich habe doch heute noch eine Menge zu erledigen und nun kann ich meinen Zeitplan wieder nicht einhalten", fragte ich gähnend.

„Kim, du sollst dich nicht gleich so überfordern nach deiner Krankheit", gab Miles schimpfend von sich.

„Miles, sehr witzig", lachte ich, „dass ist doch bereits wieder Wochen her und mich kann nichts so leicht aus der Bahn werfen."

Miles sah mich ernst an.

„Kim, du brauchst gar nicht so cool daherreden. Ich weiß wohl, wie es in dir aussieht und das dir der Verlust des Kindes sehr nahe geht", gab er von sich.

Ich schluckte und mir schossen wieder die Tränen in die Augen.

„Miles hör auf damit, dieses Thema weiterhin mit mir diskutieren zu wollen. Ich ertrage es einfach nicht", bat ich ihn.

Ich verschwand ins Bad, um dieser Situation aus dem Weg zu gehen und stellte mich unter die Dusche. Ich rutschte entnervt an der Kachelwand herunter in Sitzhaltung. Verzweifelt umklammerte ich meine Beine und heulte still vor mich hin.

Die Selbstmordgeschichte kam wieder in mir hoch und ich sah in Gedanken vor mir, wie der Blutfleck sich in rasanter Schnelle auf der weißen Bettdecke abgezeichnet hatte, bevor ich verstand was da geschah. In dieser Haltung fand mich Miles vor, nachdem ich auf sein mehrmaliges Klopfen an der Badezimmertür nicht reagiert hatte. Er erlöste mich aus meiner Starre, nahm mich hoch, trug mich aufs Bett und deckte mich zu.

„Kim? Ich wollte dir mit meinen Worten nicht wehtun und dich nicht verletzen", versicherte er mir.

„Verdammt Miles! Lass mich einfach nur für den Rest des Tages in Ruhe. Ich will heute keinen mehr sehen", antwortete ich und zog mir die Bettdecke über den Kopf. Miles antwortete noch, dass er das Frühstück stehen lassen und später nochmals nach mir sehen würde. Ich rollte mich zusammen und hing einige Zeit meinen Gedanken nach. Mir wurde klar, dass ich den Verlust des Babys keinesfalls verkraftet hatte und es auch nie verkraften würde, da musste man mir schon die Erinnerung löschen. Ich heulte weiter vor mich hin und so fand mich Miles auch wieder vor. Er setzte sich zu mir aufs Bett, rutschte bis ans Kopfende, nahm mich in seine Arme, verbrachte so mit mir den halben Tag im Schlafzimmer, bis ich ihn irgendwann nach unten schickte. Nach dieser erneuten Stresssituation hatte ich so die Schnauze voll, dass ich mir schwor ab sofort einiges zu ändern. Mir ging meine ständige Heulerei langsam selbst auf die Nerven. Ich musste mich aus meinem depressiven Zustand herausholen, stand auf, zog mich an und machte mich auf den Weg in die Küche, um mit meiner Familie zu Abend zu essen. Miles schaute erstaunt auf, als ich die Küche betrat und fragte nach, ob es mir besser ginge. Ich nickte, dankte ihm wieder einmal für sein Verständnis und setzte mich an den Tisch. Das Abendessen mit den Zwillingen hatte ich leider verpasst, was ich sehr bedauerte. Milly und Kathy waren noch da und machten den Vorschlag, ob ich denn vielleicht heute

Abend mit Miles einmal groß ausgehen wollte. Es wäre sicher gut für mich, wenn ich endlich mal aus diesen vier Wänden käme und etwas anderes sehen würde. Ich schaute beide an und sie erklärten, dass sie hier bleiben und auf die Kids aufpassen würden, bis wir wieder kommen würden. Kathy machte außerdem den Vorschlag Zoe und Wes mit zu Owen zu nehmen, um dort zu übernachten. Ein Blick in Miles Richtung bestätigte mir, dass auch er es für gut hielt, diesen Bunker wenigstens für eine Nacht zu verlassen. Ich musste lachen und signalisierte an Miles gerichtet, dass er mir das Nachtleben sehr gerne zeigen könnte. Miles scheuchte mich sofort zurück ins Schlafzimmer zum Umziehen. Ich bedankte mich und verschwand Richtung Schlafzimmer. Seufzend öffnete ich meinen Schrank und wühlte in meinen Klamotten nach etwas passendem. Ich entschied mich für ein langes Kleid und hörte kurze Zeit später auf einmal Miles hinter mir auflachen. Erschrocken drehte ich mich um und schaute ihn erstaunt an. Miles stand in Jeans, Sweatshirt und Chucks vor mir. In dieser saloppen Kleidung hatte ich ihn noch nie gesehen und es gefiel mir, was ich da sah.

„Sag mal Kim?", fragte er mich, „auf was für eine Party willst du denn gehen. Es ist wirklich etwas zu strength, was du da an hast. In die Disco kannst du ruhig etwas flippigeres anziehen."

Miles und Disco? Ich dachte erst ich hatte mich verhört und fragte vorsichtshalber noch einmal nach.

„Kim, du hast schon richtig verstanden oder muss ich es buchstabieren", meinte er lachend und grinste mich dann an.

Ich zog das Kleid aus und suchte mir ein heißes Outfit für den Discobesuch aus.

„Miles, ich warne dich jetzt schon vor. Ich kann bei guter Musik meine Füße einfach nicht stillhalten. Hoffentlich bist du gut gewappnet, um diesen Abend durchzustehen."

„Keine Angst, Kim. Auch hier kann ich dich mehr als zufrieden stellen", lachte er.

Im Stillen dachte ich, na erst einmal abwarten lieber Miles, ob du auch wirklich meinem Tanzstil gerecht werden kannst.

Miles verließ mit mir gut gelaunt das Schloss und fuhr zu einer der Nobeldiskotheken in der Stadt. Mit etwas eigenartigem Gefühl machte ich mich mit ihm auf den Weg in die Unteretage der Location und die war mehr als proppevoll. Miles wurde von etlichen Leuten, die er kannte, begrüßt und er stellte mich als seine Freundin vor. Was mir nicht so ganz passte war, dass etliche Frauen, die er von früher zu kennen schien, sich an ihm herumschmierten. Miles schien dies auch noch zu genießen. Ich holte tief Luft und suggerierte mir selbst, mich auf alle Fälle zu beherrschen und nicht wieder auszuflippen. Er schob mich bis zur Bar und bestellte uns beiden das Spezialgetränk. Der Barkeeper grinste mich an.

„Hey! Süße, bitte vorsichtig mit diesem Gesöff. Für Außenseiter ist es besser, wenn sie dieses Getränk mit Vorsicht und ganz langsam genießen. Spätestens nach ein paar Riesenschlucken ist man nicht mehr ganz so nüchtern und das kann ziemlich schief gehen", meinte er zwinkernd.

Ich lachte, nahm ihm das Glas aus der Hand und bedankte mich für seine Warnung. Die Musik in dieser Disco war wirklich genau nach meinem Geschmack und es kribbelte in meinen Füßen. Miles bemerkte es, zog mich auf die Tanzfläche und ich stellte erstaunt fest, dass er meinem Tanzstil standhalten konnte. Ich war sichtlich in meinem Element und fuhr zur Hochform auf. Miles staunte nur noch.

„Wow! Kim, ich wusste zwar schon immer, dass du Feuer im Hintern hast, aber wie ich sehe, gehst du bei dieser Musik ab wie ein Zäpfchen und bist schärfer als eine Peperoni. Die Kerle hier bekommen schon lange Hälse und warten nur darauf, dich zum Tanzen auffordern zu können."

„Tja Miles, ich habe dich ja gewarnt und erklärt, dass dies erst der Anfang und nur die Aufwärmphase für mich ist. Warte erst einmal ab, bis Rave, Black und RnB aufgelegt wird, dann bin ich nicht mehr zu bremsen", gab ich lachend zurück.

Er grinste und zog mich nach kurzer Zeit zur Bar zurück. Ich konnte gerade einen Schluck von meinem Getränk machen, als ich bereits von einem Typen aufgefordert wurde, den Miles kannte. Ich stutze und schaute Miles an.

„Geh ruhig Kim, dann bin ich wenigstens nicht so schnell ausgepowert", meinte er.

Erstaunt über diese positive Reaktion, ließ ich mich auf die Tanzfläche ziehen und hatte die ganze Nacht keine Chance mehr mit Miles zu tanzen. Ständig war ich von anderen Kerlen umringt, die sich anscheinend etwas anderes erhofften. Leider hatten die Jungs da Pech, denn für mich zählte nur Miles. Dieser stand an der Bar und beobachtete mich grinsend beim verzweifelten Kampf, endlich wieder zu ihm zu gelangen. Irgendwann konnte ich mit der Ausrede verschwinden, dass ich einmal wohin müsste und gesellte mich wieder zu ihm. Ich war inzwischen so verschwitzt und durstig, dass ich den Ratschlag des Barkeepers in den Wind schlug und ganz in Gedanken mein Getränk auf Ex austrank. Nach zwei Minuten hatte ich das Gefühl zu schweben, den Boden unter den Füßen zu verlieren und klammerte mich an Miles.

„Ups, das fetzt aber ziemlich durch", wandte ich mich erschrocken an ihn.

Dieser lachte sich über mich wieder einmal halb kaputt und bestellte ein Wasser zum Verdünnen.

„Kim, du brauchst dich nicht zu beschweren und hast selbst Schuld an der Wirkung. Du kannst ja nie genug bekommen und meinst immer wie ein Kerl saufen zu müssen", meinte er.

Ich knuffte Miles in die Rippen, trank auch das Glas Wasser mit einem Zug leer und hoffte, dass es mir danach besser gehen würde. Es dauerte ungefähr eine halbe Stunde, bis die Wirkung des Cocktails nachließ. Das Getränk drückte nun doch auf meine Blase und ich verschwand in Richtung Toiletten. Als ich danach wieder an die Bar zurückkehren wollte, sah ich mit Entsetzen, dass neben Miles plötzlich Helen und Jack standen. Vor mir begann sich alles zu drehen und ich beschwor mich selbst, jetzt nur nicht auszurasten und ihnen an die Wäsche zu gehen. Mein Verdacht hatte sich doch bestätigt, dass auf Miles und mich noch etwas zukommen würde. Was zum Teufel hatten beide zusammen, ausgerechnet hier und heute zu suchen. Jack und Helen schienen sich sehr gut zu verstehen und ich war mir sicher, dass sie etwas ausheckten. Langsam schritt ich an die Bar, atmete ein paar Mal kräftig ein und aus und sah diese Situation für mich als Feuerprobe. Miles sah mich kommen, wurde sichtlich unruhig und nervös und suchte meinen Blick. Ich gesellte mich zu ihm, hakte mich ein und begrüßte Helen und Jack, als wenn nichts gewesen wäre. Beide grüßten zurück und ich lud sie auf einen Drink ein.

Miles sah mich ziemlich verständnislos von der Seite an und Jack und Helen nahmen dankend an. Der Barkeeper mixte zwei dieser höllischen Getränke und übereichte sie den beiden. Ich schaute Miles in der Zwischenzeit an und grinste ihm provozierend ins Gesicht. Er verdrehte die Augen und schüttelte mit dem Kopf, dann zog er mich fest an sich und küsste mich wieder bis zur Atemlosigkeit. Kaum hatte ich mich von Miles gelöst, bemerkte ich die stechenden Blicke von Jack und Helen. Besonders Jack blickte mir wieder recht lange und tief in die Augen, was mich unruhig werden ließ. Ich stöhnte auf und verkrallte mich in Miles Hand. Dieser hatte mitbekommen was mein Problem war, zog mich auf die Tanzfläche und ich bedankte mich bei ihm, mich aus dieser Situation erlöst zu haben. Zum Glück wurden gerade ein paar Schmusesongs gespielt und ich klammerte mich an Miles fest, wie ein Ertrinkender an einem Strohhalm.

„Kim? Möchtest du lieber nachhause oder bekommst du diesen Umstand unter Kontrolle", fragte er nach.

„Miles, ich verspreche dir, mich nicht provozieren zu lassen. Deine Hilfe gerade in Bezug auf Jack habe ich jedenfalls unbedingt nötig. Diese intensiven Blicke von ihm bringen mich dauerhaft aus der Fassung. Miles ich beschwöre dich, lass mich heute Abend nicht aus den Augen."

Miles legte seine Arme um mich.

„Steigere dich doch nicht so in diese Sache hinein. Irgendwann hast du den Punkt erreicht, wo selbst Jacks Blicke dir egal sein werden. Ich mache dir einen Vorschlag. Stelle dich Jacks blauen Augen und dann siehst du, ob du etwas für ihn empfindest oder nicht", gab er locker von sich.

„Äh? Hallo? Miles geht es eigentlich noch? Willst du

wirklich, dass ich mit dem Feuer spielen soll?", schaute ich ihn entsetzt an.

„Kim, verbreite doch keine Panik. Ich verspreche dir, die aufkommenden Flammen rechtzeitig zu löschen", lachte Miles.

Die Musik endete und der DJ spielte wieder flottere Stücke. Miles begleitete mich an die Bar und Helen und Jack schienen auf uns gewartet zu haben. Helen schnappte sich Miles und zog ihn auf die Tanzfläche zurück. Ich schaute beiden hinterher und hatte ein Problem, dass eben Gesehene irgendwie zu verdauen. Miles hatte überhaupt keine Anstalten gemacht, um Helen den Tanz abzuschlagen. In mir stieg eine unbändige Wut auf Miles hoch und ich hörte noch in meinen Ohren, wie er mir vorher gesagt hatte, dass ich ruhig tanzen sollte, damit er nicht so ausgepowert wäre. Helen durfte ihn also jederzeit ungehindert auspowern und ich blieb wieder einmal an zweiter Stelle übrig. Meine Atmung wurde schneller, ich bestellte wütend beim Barkeeper noch einen dieser Höllencocktails und trank das Glas mit einem Zug leer. Jack den ich ganz vergessen hatte, lachte neben mir auf.

„Hältst du das jetzt für intelligent und taktisch klug, dir die Kanne mit diesem Getränk zu geben?", meinte er amüsiert.

Mein Kopf flog in seine Richtung.

„Verdammt noch mal Jack, was willst du eigentlich von mir oder was erhoffst du dir von mir?", fragte ich ihn mit gereizter Stimme. „Willst du die Situation und die Umstände der Beziehung, zwischen mir und Miles, die du ja leider kennst, ausnützen, um uns gegenseitig auszuspielen? Oder bist du auf ein kleines Abenteuer mit mir aus, da du mich ständig mit deinen Augen absichtlich fixierst und genau weißt, wie ich darauf reagiere. Wenn du das willst, kann dir hier und jetzt sofort abgeholfen werden."

Ich knallte mein Glas mit Nachdruck auf den Tresen, schaute Jack tief und fordernd in die Augen, wollte es wissen und bewegte mich in seine Richtung. Jacks Blick wurde plötzlich unruhig und er versuchte mir auszuweichen, was die Theke in seinem Rücken leider verhinderte. Ich schritt unbeirrt weiter und kam direkt vor ihm zum Stehen, ohne meinen Blick abgewandt zu haben. Konzentriert und wie hypnotisiert schaute ich ihm in die Augen und sah, dass er zwar das blau wie Miles hatte, aber auch ein kleiner Unterschied zu sehen war. Jacks Iris hatte lauter kleine Punkte, die bei Miles nicht zu finden waren. Miles Blick war klar und ohne jegliche Pigmentierung. Ich grinste nach dieser Erkenntnis in mich hinein und schwor, Miles wie Jack sofort eine Lektion zu erteilen. Miles, weil er mich nicht ernst zu nehmen schien und Jack, damit dieser endlich Ruhe gab. Blitzschnell und ohne Vorwarnung griff ich in sein blondes Haar, zog seinen Kopf zu mir und küsste ihn lange und fordernd auf den Mund. Jack stutzte zuerst, erwiderte dann meine Küsse und zog mich in seine Arme. Die einzige Genugtuung, die mir blieb, war, dass ich überhaupt nichts für Jack fühlte, aber dieser anscheinend für mich. Innerlich hoffte ich, dass Miles wie versprochen endlich zum Flammen löschen kommen würde, doch ich wartete vergebens. Ich löste mich aus Jacks Umarmung und grinste ihn überlegen an.

„Nicht schlecht, Jack. Küssen kannst du ja echt super, aber du hast nicht die geringste Chance, bei mir zum Zuge zu kommen. Das Blau deiner Augen ist leider ein anderes als das von Miles. Somit bist du aus dem

Rennen", gestand ich ihm.

Nach dieser Offenbarung bekam Jack einen extrem hochroten Kopf und schaute auf die Tanzfläche. Ich folgte seinem Blick und sah direkt in Helens Gesicht. Dieses Miststück hatte anscheinend schon wieder ihre Finger im Spiel und versuchte mir doch tatsächlich mit ihrer Unverfrorenheit Miles auszuspannen. Dieser war so intensiv damit beschäftigt Helen anzutanzen, dass mir der Geduldsfaden riss. Ich hatte ihn gebeten, mich diesen Abend nicht aus den Augen zu lassen und er hatte wieder versagt. Irgendwie hatte ihn Helen immer noch in ihrer Gewalt und ich hatte nun absolut keine Lust, dass Schauspiel noch einmal durchzumachen. Im Stillen dankte ich Jack für seine Hilfe, mir in diesem Falle erneut unbewusst die Augen geöffnet zu haben. Ich überlegte kurz, zog meinen Verlobungsring vom Finger, lief entschlossen auf die Tanzfläche und tippte Miles auf die Schulter. Dieser drehte sich um, blickte mich fragend an und sah an meinem Verhalten, dass etwas nicht stimmte. Helen durchbohrte mich mit Blicken und hielt besitzergreifend Miles Hand. Ich dachte ich sehe nicht ganz richtig, war kurz vor dem Explodieren und schaute Miles mehr als durchdringend an. Miles schüttelte Helens Hand ab.

„Kim, was ist passiert? Du bist blass im Gesicht und siehst aus, als wenn du jeden Moment ausrastest".

Ich schnappte mir seinen Arm und zog ihn energisch von der Tanzfläche in Richtung Tresen. Hier konnte ich mich besser mit ihm verständigen und die Musik war nicht mehr so laut. Ich schaute Miles lange an.

„Hast du überhaupt mitbekommen, was vor ungefähr fünf Minuten hinter deinem Rücken passiert ist?", fragte ich bohrend.

Miles stutzte, schüttelte schuldbewusst mit dem Kopf

und ich musste auflachen.

„Das ist wieder typisch für dich. Nun Miles, nachdem du ja so sehr mit Helen beschäftigt warst, habe ich auf die Schnelle mit Jack den Knutschtest absolviert. Helen und Jack haben sich ja wohl abgesprochen und gerade versucht, zwischen uns einen Keil zu treiben. Da du ja nun lieber mit Helen, als mit mir bis zum Auspowern getanzt hast, ist mir Jack mal wieder mit seinen dummen Sprüchen auf die Pelle gerückt. Ich habe deshalb auf deinen Rat hin, die Chance genutzt, um herauszufinden, was der Unterschied zwischen Jacks und deinen Augen nun ist. Dabei habe ich Jack intensiv fixiert und bin dahinter gekommen, welcher Unterschied nun zwischen euch besteht. Mich hat es tierisch gereizt dir und Jack eins auswischen. Darum habe ich ihn intensiv geküsst und dabei feststellen müssen, dass er mich völlig kalt lässt. Leider habe ich auf das Löschen der Flammen durch dich vergeblich gewartet. Meiner Bitte, mich diesen Abend nicht aus den Augen zu verlieren, bist du schon gleich gar nicht nachgekommen." Miles setzte zu einer Antwort an und ich schnitt ihm das Wort ab. „Verdammt Miles, halte deinen Mund und höre mir wenigstens einmal in deinem Leben genau zu."

Zwischenzeitlich war Helen an unsere Seite getreten und hatte die Szenerie grinsend verfolgt. Ich drehte mich in ihre Richtung und beglückwünschte sie.

„Okay Helen, du hast nun endlich das erreicht, was du schon die ganze Zeit angestrebt hast. Hiermit gebe ich auf, trete den Rückzug an und räume für dich das Feld. Ich hoffe du bist nun endlich glücklich", und drückte ihr mit diesen Worten meinen Verlobungsring in die Hand.

Miles wurde kreidebleich im Gesicht und entriss Helen

den Ring. Entgeistert schaute er mich an.

„Spinnst du? Was soll das Kim und was hat das nun wieder zu bedeuten?", fragte er mich.

„Siehst du Miles, genau das ist der Punkt. Du hörst mir nie richtig zu", entgegnete ich ihm. „Ich habe dir doch gerade ausführlich erzählt und erklärt um was es hier geht. Du lässt mich immer wieder spüren, dass ich bei dir nur an zweiter Stelle komme. Dein Vertrauen in Ehren, aber wenn ich es heute darauf angelegt hätte, wäre dir nicht einmal aufgefallen, wenn ich mit Jack verschwunden wäre, um mich mit ihm zu vergnügen. Weißt du was, Miles? Ich habe das Gefühl, dass es besser ist, wenn wir uns trennen. Anscheinend passen wir doch nicht zusammen."

Nach diesen Worten drehte ich mich auf dem Absatz um und verließ schnell die Lokalität. Auf der Treppe begegnete ich Dana und Bill, die mich fragend anschauten. Ich blieb kurz stehen, begrüßte sie beide und antwortete auf die Frage wo denn Miles sei, nur mit den Worten, „Hier bei Helen."

Dana schaute mich entsetzt an und Bill hörte ich nur noch sagen, dass Miles ein Vollidiot der besonderen Art wäre. Ich verabschiedete mich, brauchte einfach nur frische Luft und machte mich zu Fuß auf den Weg nach Hause. Ein Taxi konnte ich bei Bedarf trotzdem noch anfordern. Mir schwirrte der Kopf, ich verstand die Welt nicht mehr und wusste nicht einmal, wie ich mich verhalten sollte. Unbewusst schlug ich den Weg in Richtung meines alten Appartements ein und stand Minuten später vor verschlossener Türe, da ich keine Schlüssel hatte. Ich lachte über meine eigene Blödheit auf und schüttelte meinen Kopf. Nun blieb mir nichts anderes übrig und ich musste mir doch ein Taxi rufen. Ich kramte mein Handy aus der Tasche, um meinen

Gedanken in die Tat umzusetzen, als eine Gestalt neben mir auftauchte. Ich erschrak ziemlich heftig und schaute wieder einmal direkt in Miles Augen. Dieser schien mir nach unserem Streit mit Abstand gefolgt zu sein. Er räusperte sich, zog den Schlüssel für die Wohnung aus seiner Hosentasche, schloss auf und ließ mir den Vortritt.

„Was soll das Werden Miles und was erhoffst du dir damit?", fragte ich ihn.

„Kim! Bitte, mach jetzt keine Szene und lass uns die Angelegenheit wegen Helen, in einem vernünftigen Gespräch klären", forderte er mich auf.

Mein Gott, wie oft wollte Miles eigentlich noch mit mir reden.

„Verdammt noch mal, du zerredest doch nur wieder alles wie immer, Miles. Im Moment bin ich einfach nur noch müde, will nicht mehr reden und endlich schlafen. Du kannst im Wohnzimmer verbleiben und ich werde mich schnurstracks in die Oberetage der Wohnung verziehen", schlug ich ihm vor.

Miles holte schweigend den Aufzug nach unten und wir stiegen beide ein. Die Luft zwischen uns war wieder einmal zum Schneiden und ich vermied, Miles definitiv anzusehen. Meine Gedanken drehten sich immer wieder um die Geschichte heute abend. Ich schämte mich für das, was ich getan hatte. Jack geküsst zu haben. Ich lehnte mich an die Innenwand des Aufzuges, schloss meine Augen, fragte mich, wie das alles noch weitergehen oder enden sollte, als der Lift plötzlich stoppte. Erschrocken riss ich meine Augen auf und dachte erst Miles habe diesen Halt verursacht. Miles schaute mich ebenso erstaunt an und uns wurde klar, dass der Aufzug streikte. Ich stöhnte auf und dachte bitte nicht jetzt auch noch dies. Ich hatte panische Angst in Aufzügen hängen zu bleiben. Mein Problem war, dass ich mit Sicherheit in kürzester Zeit in eine Panik ausbrechen und völlig hysterisch werden würde. Ich hatte als Kind schon einmal das Vergnügen über sieben Stunden in einem Aufzug eingesperrt zu sein, bis man mich endlich fand und befreite. Miles konnte sich jetzt schon auf etwas gefasst machen und würde hoffentlich seine Nerven behalten. Er drückte den Notrufknopf, wurde mit der Zentrale verbunden und erklärte unsere Situation. Wir bekamen Auskunft, dass es länger dauern würde uns aus dieser misslichen Lage zu befreien. Am Wochenende herrschte immer Großkonjunktur und der Notdienst könnte ungefähr in einer Stunde erst eintreffen. In mir schrie alles auf und ich bemerkte, dass ich nach dieser Nachricht bereits anfing, die Kontrolle über mich zu verlieren. Mit weit aufgerissenen Augen blickte ich Miles an und dieser schien zu verstehen was in mir vorging. Er kam auf mich zu, nahm mich in die Arme, hielt mich fest und redete ruhig auf mich ein. Nach ein paar Minuten meldete sich die erste Attacke, die sich äußerte, dass ich Schweißausbrüche bekam und zu zittern anfing. Obwohl ich mir gezielt einredete, dass nichts passieren konnte, merkte ich wie sich meine Panik steigerte, ich bekam schlecht Luft, meine Atmung wurde schneller und um mein Herz zog sich eine Schlinge. Ich löste mich aus Miles Armen, tigerte ein paar Mal im Aufzug hin und her, setzte mich dann aufstöhnend auf den Boden des Aufzuges und zog meine Beine an. Miles gesellte sich zu mir und redete mir gut zu, dass es nicht mehr lange dauern würde bis Hilfe käme.

„Halt endlich deinen dummen, unqualifizierten Mund und blubbere mich nicht mit blöden Sprüchen voll, die in diesem Falle überhaupt nichts bei mir bringen!", schrie ich inzwischen Miles genervt an.

Völlig von der Rolle, legte ich meinen Kopf auf meine Beine und versuchte mich immer wieder selbst zu beruhigen. Nach einiger Zeit konnte ich nicht mehr, hatte das Gefühl ersticken zu müssen und fing das Heulen an. Miles tat in diesem Moment genau das Falsche, er berührte mich. Ich schrie und sprang hoch. „Verfluchter Mist, Miles! Ich bin wieder nur wegen dir in solch eine bescheuerte Lage geschlittert. Ich habe wirklich das Gefühl, dass du der Teufel persönlich bist, um mich wieder und wieder zu quälen. Heute Abend ist wieder eine dieser Situationen entstanden, in der du mich schmählich auf die zweite Stelle verwiesen und mir wieder einmal klar gemacht hast, nur fürs Bett gut zu sein!", brüllte ich.

Miles erhob sich ebenfalls und schaute mich mit unruhigem Blick an. Ich schmiss ihm etliches an den Kopf, was ich nicht wollte und ging zwischendurch auf ihn los, um mit Fäusten auf ihn einzuschlagen. Miles stand mit gesenktem Kopf nur da, ließ alles über sich ergehen und hörte mir geduldig zu. Irgendwann war ich so fertig, dass ich mich erschöpft auf den Boden setzte und nur noch heulte. Miles setzte sich erneut zu mir und zog mich ganz vorsichtig in seine Arme. Gerade als ich mich aus seiner Umarmung winden wollte, ruckte der Fahrstuhl wieder an und wir fuhren weiter in Richtung Appartement. Ich stöhnte befreit auf und versuchte schwankend auf die Beine zu gelangen. Als sich die Fahrstuhltür öffnete, rannte ich würgend in Richtung Badezimmer und erbrach mich wieder einmal übelst. Ich zog mich aus, stellte mich unter die Dusche und bekam langsam, aber sicher meinen Kopf wieder klar. Mir fiel ein, dass ich ja gar keine Badetücher mehr hier hatte und war erstaunt, als

Miles mir eines überreichte und wieder verschwand. Nachdenklich, woher er dies plötzlich hatte, wickelte ich es um mich und lief in die Küche. Dort stand Miles und machte gerade frischen Kaffee. In mir stieg sofort wieder der Argwohn auf, woher das alles kam und mir wurde schlagartig klar, dass Miles hier wohl ein Liebesnest eingerichtet hatte. Nachdem was ich heute wieder erleben durfte, konnte es nicht anders sein und er hatte ja auch noch den Schlüssel besessen.

„Erklär mir bitte, woher eigentlich die ganzen Sachen hier in der Wohnung kommen, Miles?", stellte ich ihn zur Rede. „Wir hatten doch alles ausgeräumt und nun ist sie teilweise wieder mit allem so gut bestückt?"

„Ich habe eben für solche Fälle wie heute vorgesorgt. Ich dachte, wenn wir nach nächtlichen Ausflügen in der Stadt und den Lokalitäten nicht mehr so nüchtern wären und es ziemlich spät werden würde, könnten wir hier ausschlafen", gab er zurück.

Diese Erklärung war mir etwas zu einfach gestrickt.

„Miles, nachdem was ich wieder mit Helen erlebt habe, hast du dir doch vorsorglich ein Liebesnest hier mit ihr eingerichtet! Die blöde Kim bekommt das ja sowieso nicht mit und so kann man wieder einmal zwei Fliegen mit einer Klappe schlagen!", brüllte ich erneut.

Miles schüttelte mit dem Kopf und lachte.

„Kim, du wirst langsam völlig paranoid und bildest dir wieder Dinge ein, die nicht existierten", konterte er.

Ich stand kurz davor die Nerven vollends zu verlieren.

„Ach, dann habe ich mir das Händchenhalten und das Tanzen heute mit ihr auch nur eingebildet, oder wie?", hakte ich nach.

Miles blieb mir eine Antwort schuldig und drehte sich wie schon so oft, einfach um und ließ mich stehen. Er wusste genau, dass ich dies hasste und er zelebrierte es immer und immer wieder. Ich verlor die Kontrolle über mich.

„Miles! Verdammt noch mal, rede endlich mit mir und drehe mir gefälligst nicht immer den Rücken zu, wie bei einem Kleinkind!", schrie ich hinterher.

Er reagierte nicht, ich stürmte auf ihn zu, riss ihn wütend herum und erntete nur einen gleichgültigen Blick.

„Kim, das können wir alles gemütlich und vernünftig bei einer großen Tasse Kaffee besprechen", erklärte er ganz ruhig.

Wütend über dieses Verhalten, stampfte ich auf und fing das Schreien an.

„Mein Gott Kim, du benimmst dich schlimmer als eine sechsjährige Göre, der man gerade den Lutscher geklaut hat. In diesem Zustand kann ich mit dir kein klärendes Gespräch führen", lachte Miles.

Mir blieb über soviel Gelassenheit die Luft weg und ich guckte Miles mit offenem Mund an. Er kam auf mich zu und nahm mich an der Hand.

„Nun komm schon, Kim. Lass uns endlich vernünftig miteinander reden."

Wir setzten uns an den Küchentisch und Miles schob mir eine bereits gefüllte Tasse entgegen.

„Ach und noch eines Kim, wirf die Tasse nicht wieder gegen die Wand, ich habe nur zwei mitgebracht", bat er mich.

Miles schien meine Gedanken durchschaut zu haben und ich musste urplötzlich lachen. Er grinste ebenfalls.

„Kim, ich habe dir doch versprochen dich in den Griff zu bekommen. Für wie blöd hältst du mich eigentlich, dass ich hier ein Liebesnest einrichten würde. Ich habe dir doch den Kaufvertrag überreicht und hätte ich das getan, wenn ich hier ein Techtelmechtel mit Helen anfangen würde? Wohl sicher nicht", meinte er.

„Miles, was nützt mir dieser bescheuerte Kaufvertrag, wenn du die Schlüssel hast", erwiderte ich ernst.

Er zog den Schlüssel erneut aus seiner Hosentasche und knallte ihn mir auf den Tisch.

„Hier steck diese verdammten Schlüssel ein, damit ich endlich meine Ruhe habe", blaffte er mich an.

„Alles schön und gut, Miles. Ich hätte nun auch noch gerne den Zweitschlüssel und sämtliche Nachschlüssel dazu, denn man kann ja nie wissen", gab ich von mir.

Miles wurde wütend.

„Verdammt! Kim! Sperr endlich deine Augen auf!", schrie er mich an. „An dem Bund befinden sich alle Schlüssel deines Appartements. Ich warne dich jetzt und hier zum letzten Mal. Ich werde dich irgendwann einmal verlassen, wenn du nicht aufhörst mir immer und immer wieder zu misstrauen."

„Na ist doch super Miles, du wiederholst dich. Dachte ich es mir, dass du das bereits in Erwägung gezogen hast. Du hast ja bereits den Verlobungsring und bist mir somit nicht in irgendeiner Weise etwas schuldig", meinte ich grinsend.

Miles verlor entgültig die Fassung.

„Scheiße! Kim, was muss ich denn noch anstellen, um endlich Gnade bei dir zu finden!", brüllte er zurück.

„Das du zum Beispiel heute abends auf die Tanzerei mit Helen verzichtet und mir in Sachen Jack zur Seite gestanden hättest", meinte ich ruhig.

„Verflucht, lass mich endlich mit diesem Jack in Ruhe. Außerdem hast du sicherlich auch deinen Spaß dabei gehabt, während du ihn abgeknutscht hast. Hast du wenigstens herausgefunden, welche Augen dir mehr zusagen?"

„Ja, Miles das habe ich mit Sicherheit. Ich habe den Unterschied zwischen euren Augen herausgefunden. Somit ist diese Angelegenheit für mich geklärt. Und rufe dir ins Gedächtnis, dass du mir den Vorschlag gemacht hast, mich dieser Situation zu stellen und nicht andersherum."

Ich stand auf, knallte Miles die Schlüssel auf den Tisch und lief Richtung Aufzug. Nur weg hier und zurück ins Schloss, dachte ich mir. Auf keinen Fall würde ich die Nacht im Appartement verbringen.

„Kim! Kim, bleib sofort stehen!", rief Miles mir nach, rannte hinterher und bevor ich in den Aufzug steigen konnte, zog er mich aufgebracht zurück. „Verdammt noch mal, ich will hier und jetzt von dir wissen, wie du dich entscheidest! Und zwar für oder gegen mich!", brüllte er mich wieder an.

Er ergriff meine Hand und steckte mir wieder den Ring auf.

„Kann es sein Miles, dass du dir nur alles mit Gewalt und ohne meinen Willen von mir nehmen kannst?", zischte ich ihn wütend an.

Empört riss ich mir den Ring vom Finger und hielt ihn Miles entgegen.

„Okay! Kim, es ist deine Entscheidung. Wenn du mir diesen Ring jetzt und hier zurückgibst, ist unsere Beziehung beendet. Ich werde dich nie mehr fragen, ob du meine Frau werden möchtest", sagte Miles und schaute mir dabei ganz ruhig in die Augen.

In mir zog sich alles schmerzhaft zusammen. Dann blickte ich Miles eiskalt in die Augen, lachte trocken auf und ließ den Ring einfach fallen.

„Jetzt wo Helen wieder aufgetaucht ist, passt dir das doch bestens in den Kram. Deine Entscheidung werde ich so hinnehmen müssen und es ist vielleicht doch besser, wenn wir uns eine zeitlang nicht mehr sehen. Ich habe vor langer langer Zeit schon verloren, Miles. Morgen packe ich meine Sachen zusammen und verschwinde. Dann hast du endlich Ruhe vor mir", meinte ich nur.

Miles der mit dieser Reaktion von mir nicht gerechnet hatte, stand nur noch sprachlos vor mir. Ich drehte mich auf dem Absatz um und marschierte in den Aufzug in der Hoffnung, dass er nicht wieder stecken blieb. Verdammt schrie alles in mir auf, was mache ich da eigentlich wieder in meiner Sturheit. Der Aufzug war mir gnädig, blieb nicht stecken und entließ mich im Erdgeschoss. Ich bestellte mir per Handy ein Taxi und wartete ungeduldig darauf. Miles war mir gefolgt, versuchte mich in ein Gespräch zu verwickeln und ich war mir hundertprozentig sicher, dass ihm seine Worte schon wieder leid taten. Nein, dachte ich mir, auch ich hatte noch ein Fünkchen Stolz und ich würde nun für die nächste Zeit mit Miles auf freundschaftlicher Basis verkehren. Inzwischen traf das Taxi ein und Miles fragte nach, ob er mit mir ins Schloss fahren durfte und ich nickte. Ich nahm im Fond Platz und verwies Miles auf den Beifahrersitz.

Tausend Gedanken schwirrten mir wieder durch den Kopf und als das Taxi vor dem Schloss hielt, stieg ich aus, um schnellstens ins Haus zu verschwinden. Mehr rennend als laufend machte ich mich auf den Weg, in der Hoffnung, dass ich schneller als Miles war. Dieser holte mich bereits an der Haustür ein, denn ich hatte meine Schlüssel vergessen. Wütend hämmerte und trat ich gegen die Tür und schimpfte innerlich über meine andauernde Schusseligkeit. Miles zog mich grinsend an sich und versuchte mich zu küssen. Ich wurde so wütend über diese Aktion, dass ich ihn wegstieß.

„Miles, hast du den überhaupt keinen Funken Anstand mehr?", hakte ich nach. „Gerade noch hast du mir deutlich gemacht, dass du keine Beziehung mehr mit mir wünschst und zeitgleich willst du mich küssen?" Er schaute mich schweigend an, schloss auf und betrat die Vorhalle. Ich folgte nach, schlug die schwere Holztür mit Nachdruck zu und setzte mich auf einen meiner Fensterplätze. Milly schien uns gehört zu haben, denn sie eilte aus dem unteren Wohnzimmer auf mich zu und wich erschrocken zurück.

„Kim, du siehst ja schrecklich aus, als wenn du ein Gespenst gesehen hättest", meinte sie.

„Nur keine Angst, Milly", beruhigte ich sie, „wir sind im Aufzug des Appartements stecken geblieben und ich bin einfach nur in Panik geraten."

Milly atmete erleichtert auf und teilte mir mit, dass Kathy mit den Kids bereits gegangen sei und sie bei Owen schlafen würden. Sie würde im Kavaliershaus nächtigen und wäre morgen früh pünktlich zur Stelle. Ich bedankte mich bei Milly und informierte sie, dass ich morgen gleich mit ihr sprechen musste. Ich erzählte im Telegrammstil, dass sich heute Abend mit einer Person, namens Helen etwas ergeben hätte, was mich Veranlasste für längere Zeit, mit den Kids, in meine Eigentumswohnung zu ziehen. Milly verstand, schüttelte mit dem Kopf und fragte nicht weiter nach. Ich wünschte ihr eine gute Nacht und begleitete sie noch zur Tür. Nachdenklich setzte ich mich auf meinen Lieblingsplatz und vollzog in Gedanken die ganze Situation des heutigen Abends noch einmal nach. Miles konnte wieder einmal seinen Willen nicht bei mir durchsetzen und hatte mir deutlich gemacht, dass er mich deshalb nicht zur Frau haben wollte, da ich nicht spurte, wie er es sich vorgestellt hatte.

Trocken lachte ich auf und dachte mir, na Kim, wieder einmal voll auf die Schnauze gefallen. Aus den Augenwinkeln sah ich, dass Miles auf mich zukam und schaute ihm entgegen. Er räusperte sich und bat mich um eine Unterredung. Ich verdrehte meine Augen, dachte, was soll es, ich hatte mich eh entschieden und bat ihn sich neben mich zu setzen, mich aber nicht anzurühren. Miles zuckte zusammen und tat wie ihm geheißen. Er streifte mich absichtlich, als er neben mir Platz nahm und ich bekam wieder dieses eindeutige Herzklopfen. Nein, schrie es in mir auf, diesmal bleibst du kalt.

„Kim, ich möchte mich bei dir entschuldigen wegen meines vorherigen Verhaltens. Ich würde gerne von dir wissen, was nun weitergeschehen soll", fragte er.

„Miles, ich werde morgen ins Appartement mit den Kindern ziehen, um auf Abstand zu gehen, denn ich bin mir auch noch etwas Wert", erklärte ich ihm im ruhigen Ton.

Er wollte zum Sprechen ansetzen und ich schnitt ihm erneut das Wort ab.

„Nein Miles, ich bin jetzt mit dem Reden an der Reihe und du solltest zuhören, wenn dir noch ein kleines bisschen an unserer Beziehung liegt. Die Gründe für meine Entscheidung kennst du ja und ich habe auch noch so etwas wie Stolz in mir. Kein Mann braucht mich zu fragen oder zwingen, ob ich seine Frau werden möchte. Nach dem heutigen Erlebnis ist die Sache für mich im Moment erledigt. Denn so wie du dich wieder um mich gekümmert hast, trotz meiner Bitte, bin ich dir doch egal. Du merkst gar nicht, dass du Helen völlig verfallen bist und ich nur noch am Rande in diesem schlecht inszenierten Theaterstück mitspielen darf. Die Kids kannst du jederzeit sehen, da ich dir keine Steine in den Weg legen werde. Entweder holst du sie ab oder lässt sie durch Kathy abholen. Wenn du allerdings meinst die Behörden einschalten zu müssen, weil Helen dir das sicher wieder einreden wird, kannst du das versuchen. Du musst dir aber dann im Klaren sein, dass dies der entgültige Bruch in unserer Beziehung ist und ich kämpfen werde wie eine Löwin. Das Thema Helen hatten wir schon mehr als genug und es wird für mich auf Dauer nervend. Von mir verlangst du Nachsicht, hältst dich aber selbst nicht daran und bist anscheinend, wirklich nur auf eine bestimmte Ebene im unteren Bereich fixiert. Deine Spielchen kannst du ja dann ab morgen, täglich mit Helen fabrizieren, da sie mit dir in dieser Beziehung auf gleicher Stufe zu stehen scheint. Helen wird eine gewisse Faszination für den Bereich Schlafzimmer empfinden und dort kannst du alle Sexpraktiken mit ihr anstellen, die ich dir vielleicht verweigere und die sie sicherlich besser beherrscht als ich. Ich habe es entgültig satt, nur das Auffangbecken deiner Spermien zu sein, wenn du gerade Bock auf mich hast."

Miles sprang nach diesen Worten auf, drehte sich wütend zu mir um, holte ohne Vorwarnung aus und gab mir eine Ohrfeige, dass mein Kopf mit voller Wucht gegen die Fensterscheibe knallte. Erschrocken schrie ich auf, schluckte und schaute ihn entsetzt und unverständlich an. Miles wurde sich im Augenblick klar, was er gerade wieder in seiner Unbeherrschtheit getan hatte und stöhnte verzweifelt auf. Unsere Blicke trafen sich und verschmolzen für kurze Sekunden miteinander. Ich rieb mir die Backe, die wie Feuer brannte, stand ganz langsam und wortlos auf und lief Richtung Wohnzimmer. Miles rief nach mir und ich hörte, wie er auf mich zuschritt. Ich drehte mich zu ihm um und schaute ihn lange an.

„Was willst du noch von mir Miles?", fragte ich kalt, „ich bin müde und gehe jetzt schlafen. Die Fronten zwischen uns sind nun geklärt und du hast mich heute das letzte Mal geschlagen."

Miles stand mir gegenüber und versuchte verzweifelt Worte zu finden, was ihm nicht gelang. Da fiel mir ein, dass Miles noch die Schlüssel zum Appartement hatte und ich forderte ihn auf, mir diese unverzüglich zu übergeben. Er holte sie ohne Kommentar aus seiner Hosentasche und reichte sie mir mit gequältem Blick. Ich nahm sie entgegen, bedankte mich bei ihm und machte mich auf den Weg in das alte Kinderzimmer, um dort auf der verbliebenen Couch zu nächtigen. Miles rief noch ein paar Mal meinen Namen, doch ich ging weiter, ohne ihn nur eines Blickes zu würdigen. Mir war nur noch nach heulen zumute. Ich schloss das Zimmer ab, warf mich auf die Couch und ließ meinen Tränen freien Lauf. Warum immer wieder ich, fragte ich mich und hielt meinen schmerzenden Kopf. Mein Plan stand bereits fest, wie ich ab morgen mein Leben gestalten würde und das ich von nun an keinem Kerl mehr ohne weiteres vertraute. Ich schlief irgendwann ein und erwachte am nächsten Morgen total gerädert und unausgeschlafen. Nachdem ich geduscht hatte und Miles Handabdruck weiterhin meine Backe zierte, machte ich mich auf den Weg in die Küche zu Milly und traf fast gleichzeitig mit Miles ein. Ich vermied jeden Blick- und Körperkontakt mit ihm und setzte mich ganz ans andere Ende des Tisches. Milly schaute von einem zum anderen.

„Kann mir einer von euch beiden vielleicht sagen, was wieder vorgefallen ist. Kim, warum zeichnen sich in deinem Gesicht fünf Finger einer Hand ab?", fragte sie mich.

Ich schluckte, schaute in Miles Richtung und senkte meinen Blick, da mir Tränen in die Augen schossen. Milly sah kopfschüttelnd zu Miles und fixierte ihn. „Miles, das Maß ist voll. Ich kündige hiermit fristlos. Ich habe jetzt gründlich die Schnauze voll. Ich kann dieses ganze Elend nicht mehr ertragen, mit welcher Brachialgewalt du Kim ständig behandelst. Miles! Kim ist eine Frau, falls du es noch nicht bemerkt hast und nicht gerade die kräftigste. Weißt du eigentlich, was du ihr seelisch ständig damit antust? Ich werde mir eine Anstellung bei einem älteren Herrn suchen, der mir sicher keine solchen Schwierigkeiten macht wie du", erklärte sie.

Miles riss es regelrecht herum und er wurde schlagartig blass, als Milly ihm diese Hiobsbotschaft mitteilte. Diese schaute ihn durchdringend an.

„Ich habe außerdem keine Lust, dich irgendwann wieder halbtot vorzufinden", fügte sie hinzu.

Sein Blick traf mich, er stand wortlos auf und verließ die Küche durch die Hintertür. Milly schimpfte und bemerkte, dass dies wieder einmal typisch für Miles sei, einfach kommentarlos zu verschwinden, als sich der Sache zu stellen. Ich wusste wohin er wollte und folgte ihm kurze Zeit später nach. Mein Weg führte mich in Richtung Familiengruft, ich sah am offenen Eisentor, dass ich recht behalten hatte und stieg ganz langsam die Stufen hinab in die Grabkammer. Miles saß auf einer der Marmorbänke und hatte seinen Kopf in die Hände gestützt. Ich lief zögernd auf ihn zu, setzte mich neben ihn und berührte vorsichtig seinen Arm. Er zuckte unmerklich zusammen.

„Miles? Ich bin dir nicht böse wegen der Ohrfeige. Bitte verstehe mich doch", flehte ich ihn an. „Deine

Wutausbrüche flössen mir Angst ein und ich kann sie nicht mehr verkraften."

Er reagierte diesmal völlig anders, als ich erhofft hatte und entzog sich meiner Hand. Wütend stand er auf und blickte mich hasserfüllt an.

„Kim, tu mir einen Gefallen und verschwinde sofort aus meinen Augen, bevor ich wieder etwas tue, was ich hinterher bereue! Du hast mein komplettes Leben in wenigen Sekunden, als ich dich das erste Mal gesehen habe, ins negative gekehrt. Du bist wirklich die Wurzel allen Übels und ich hätte dich wohl besser sterben lassen sollen nach dem Selbstmordversuch hier in der Gruft. Außerdem hast du durch deine selbstsüchtige Aktion mein ungeborenes Kind getötet, somit auf dem Gewissen und ich werde dir das nie verzeihen", schrie er.

Ich schluckte, sah Miles mit weit aufgerissenen Augen an und versuchte das soeben gehörte zu verdauen. So dachte Miles also über mich, schoss es mir durch den Kopf. Ich stand zitternd auf.

„Entschuldige Miles, wenn ich dein Leben so negativ beeinflusst haben sollte. Es war nie von mir gezielt beabsichtigt und eine Verstrickung von unglücklichen Umständen", erklärte ich verstört. „Ich danke dir für die wunderschöne, wenn auch nur kurze Zeit, die wir zusammen haben durften."

Ich drehte mich um und verließ die Grabkammer. Die Worte von Miles verfolgten mich auf den ganzen Weg bis ins Schloss, alles widersprach sich, was er mir bis jetzt beteuert hatte und ich verstand im Moment überhaupt nichts mehr. Nachdenklich betrat ich durch den Hintereingang die Küche, riss unbeabsichtigt eine Glasschale vom Büfett die klirrend zersprang und erhaschte mit einem Seitenblick, dass Milly mich besorgt anschaute. Ich setzte mich völlig abwesend auf einen Stuhl und bat um einen Kaffee. Sie schenkte mir diesen ein, stellte die Tasse auf den Tisch, setzte sich zu mir und wartete bis ich von selbst das Sprechen anfing. Kopfschüttelnd hörte sie zu und ich beschwor sie, dass sie Miles nicht im Stich lassen sollte, da ich ihn trotzdem noch liebte und irgendwann, bestimmt alles gut würde. Milly versprach mir die Angelegenheit zu überdenken und eigentlich wollte sie Miles auch nicht alleine lassen, da er ja fast wie ein Sohn für sie war. Erleichtert atmete ich auf und bat sie, mich über alles auf dem Laufenden zu halten, egal was es war. Sie versprach es mir, erhob sich, kehrte die Glassplitter zusammen und im gleichen Moment erschien auch wieder Miles auf der Bildfläche. Sein Blick wanderte in Richtung kaputte Glasschale und er lachte auf.

„Das ist doch wieder einmal typisch für dich, Kim. Du besitzt wirklich das seltene Glück, alles in einen irreparablen Scherbenhaufen zu verwandeln", meinte er an mich gewandt.

Er schaute mir dabei kalt in die Augen, ich erwiderte seinen Blick, stand auf und verließ wortlos die Küche. Im alten Kinderzimmer suchte ich meine Tasche und die Schlüssel für meine Wohnung zusammen und machte mich auf den Weg in mein Atelier. Ich schaute mich nochmals in dem Raum um und ließ alles vorangegangene Revue passieren. Dann schnappte ich mir mein Cape aus der Silvesternacht und so ging ich wieder einmal, ohne mich von Miles zu verabschieden. Bewusst lief ich noch einmal durch den herrlichen Park, warf einen letzten Blick auf das Schloss zurück und verließ dann schweren Herzens das Anwesen. Um meinen Kopf wieder einigermaßen klar zu bekommen, beschritt ich die Strecke zu Fuß und zog mir das Cape über. In diesem Augenblick kam es mir wie ein Schutzschild vor. Mir war in diesem Moment egal, dass dieses Kleidungsstück äußerst unpassend war und zog mir die Kapuze bis ins Gesicht. So bemerkte ich nicht, dass Miles mir mit seinem Wagen in einem geringen Abstand folgte. Ich versuchte verzweifelt einen Ansatzpunkt zu finden, wo es angefangen hatte bei uns schief zu laufen und brach zwischendurch immer wieder in Tränen aus. Miles letzte Worte hatten mich mit voller Wucht getroffen und so sehr verletzt, dass ich völlig fertig war. Es wurde mir bewusst, dass mein Verhalten im Appartement wahrscheinlich der entgültige Bruch in unserer Beziehung gewesen war und somit keine Chance mehr auf eine Gemeinsamkeit bestand. Diese Erkenntnis traf mich mit immenser Gewalt, dass ich schluchzend zusammenbrach und mich am Straßenrand auf einen Grenzstein setzen musste. Ich durfte und wollte Miles auf keinen Fall verlieren. Heulend verbarg ich meinen Kopf auf meinen Beinen und zitterte am ganzen Körper. Miles schien angehalten zu haben und ausgestiegen zu sein. Ich bemerkte nicht einmal, dass er langsam auf mich zuschritt, so fertig war ich. Er zog mich vorsichtig hoch, ich erschrak und blickte in seine Augen. Miles machte mir klar, dass er mich in das Appartement fahren würde, da ich in diesem Zustand nicht fähig sei, alleine weiterzugehen. Ich ließ es einfach geschehen und war trotz allem froh, dass er mir in dieser Situation half. Er bugsierte mich ins Auto, stieg dann selbst ein und fuhr los. Ich war völlig apathisch und antwortete das eine oder andere Mal überhaupt nicht auf die Fragen von Miles und bekam nur am Rande mit, dass er mit jemand telefonierte.

Miles fuhr mich auch nicht in die Stadt, sondern in ein Sanatorium für psychisch Kranke. Das realisierte ich erst, nachdem sich das Tor hinter uns schloss und ich Doc Morris und Pflegepersonal auf uns zueilen sah. Ich schrie erschrocken auf, war wieder voll da und blickte Miles entsetzt von der Seite an.

„Miles, warum machst du das mit mir? Hast du nicht schon genug im Vorfeld angerichtet? Muss das sein? Zeigst du mir nun dein wahres Gesicht?"

Miles hielt und blickte mich an.

„Kim, du wirst doch nicht denken, dass ich dich in diesem Zustand auch nur eine Sekunde mit den Kindern alleine lasse. Auf keinen Fall werde ich das Tun und es ist an der Zeit und zu deinem Besten, wenn du etwas zur Ruhe kommst", antwortete er mit ernster Stimme.

Ich geriet völlig in Panik und es schoss alles Mögliche im Zusammenhang mit dem Thema Therapie und Anstalt durch meinen Kopf. Wütend riss ich die Tür auf, stieg aus dem Auto, riss die Kapuze vom Kopf und rannte in Richtung Ausgang los, obwohl mir klar war, dass dies sinnlos sein würde. Miles, Doc und das Personal rannten hinter mir her. Ich sah zurück und musste im ersten Moment über diese Szenerie lachen, da sie mir wie aus einem alten Stummfilm vorkam, dabei stolperte ich über meinen Umhang und stürzte. Ich fluchte, dass ich diesen übergeworfen hatte und schon war Miles bei mir und hielt mich völlig außer Atem fest. Erneut bekam ich Panik und trat und schlug nach ihm, was taktisch sehr unklug in diesem Augenblick von mir war. Ich spürte noch einen Nadelstich, sah nochmals Miles erstaunt in die Augen und dann war ich von einer zur anderen Sekunde weg.

Traumlos erwachte ich und schaute mich etwas orientierungslos um. Dann fiel mir wieder alles ein und mein Gehirn suggerierte mir, dass ich mich lieber ruhig verhalten sollte, um nicht aufzufallen. Ich setzte mich auf und war wenigstens schon zufrieden, dass man mich nicht im Bett angeschnallt hatte. In was für einer Art Sanatorium war ich eigentlich eingeliefert worden und warum hatte sich Doc so gegen mich gestellt? Viele Fragen schwirrten durch meinen Kopf und ich wartete, dass endlich jemand vom Personal erscheinen würde, um mir diese zu beantworten. Seufzend lehnte ich mich im Bett zurück, schloss meine Augen und erschrak, als mich Doc ansprach.

„Kim? Wie geht es dir für den Moment?", fragte er mich besorgt.

„Hallo Doc, dass trifft sich gut. Ich hätte gerne einige Fragen beantwortet", warf ich ihm ganz leger zu, „und war dieser Weg wirklich nötig?"

Er nickte.

„Ja! Kim, es ist nötig, damit du endlich zur Ruhe kommst und etliches aufarbeiten kannst", meinte er.

Ich lachte belustigt auf.

„In welchem Zimmer ist denn Miles untergebracht? Oder bekommt er eine Spezialbehandlung?", fragte ich nach.

Doc schaute mich unverständlich und fragend an.

„Eigentlich müsste Miles hier liegen und nicht ich. Denn er ist derjenige, der nicht ganz richtig tickt", gab ich von mir.

„Ja, Kim, eigentlich bin ich nach den Ausführungen und Erzählungen von ihm, eher der Meinung gewesen, dass du dringend Hilfe brauchst. Du kannst mir das jetzt in einem Gespräch erklären, da ich schon ein paar Mal über ein paar Äußerungen von dir in Richtung

Miles stutzig geworden bin."

Ich nickte und erzählte Doc meine ganze Geschichte von Anfang bis zum jetzigen Zeitpunkt. Doc ließ mich erzählen und er unterbrach mich kein einziges Mal, wofür ich ihm sehr dankbar war. Am Ende meiner Erzählung schüttelte er mit dem Kopf.

„Oh Gott, Kim! Miles hat die Schwerpunkte dieser Beziehung komplett weggelassen und somit ein ganz anderes Bild von dir vermittelt. Er hat viele Sachen nicht erwähnt und ich bin im Nachhinein vollkommen entsetzt", erklärte er.

„Okay Doc, dass ist ja nun geklärt. Nun hätte ich aber gerne gewusst, in was für einer Art Sanatorium ich mich eigentlich befinde."

„Es ist ein ganz spezielles. Hier werden Depressionen, Angstzustände, Erschöpfungszustände wie Burnout und traumatische Belastungsstörungen behandelt", bekam ich zur Antwort.

„Ich schluckte und dachte, dass auch nur mir so etwas passieren konnte. Eine Frage hatte ich noch an Doc.

„Wann komme ich frühestens hier wieder heraus?"

„Ja, Kim, dass ist nicht einfach", erklärte er mir. „Erst einmal wird man dich vierundzwanzig Stunden zur Beobachtung hier behalten. Dies ist der Standard und muss hingenommen werden, auch wenn es in deinem Falle nicht mehr nötig ist. Ich sehe die Dinge jetzt aus einer anderen Perspektive. Miles hat sich hier als dein zukünftiger Verlobter ausgegeben und auch noch beweisen können, dass er seine Kinder in Gefahr sieht und so hat man für einen Aufenthalt gestimmt."

Für mich brach eine Welt zusammen, ich verstand die Reaktion von Miles nicht mehr und war stinksauer auf ihn. Doc beruhigte mich und versprach alles Mögliche zu tun, um mich schnell hier heraus zu bekommen.

Ich dankte und bat ihn, Miles eine Nachricht zu bringen, dass er bitte noch einmal heute hier vorbei kommen sollte, da ich mit ihm reden musste. Doc versprach es und verschwand. Mir wurde nicht klar, was Miles mit dieser Aktion bezweckte und warum er die Kinder als Rückendeckung brauchte. In der Hoffnung, dass Miles hier erschien, schlief ich wieder ein und erwachte, als sich jemand an meinem Bett räusperte. Ich schlug meine Augen auf und sah Miles vor mir stehen, der mich genau studierte. Miles Verhalten mir gegenüber, war irgendwie kalt und unpersönlich. Es lag sicher an der gegebenen Situation.

„Was willst du Kim?", fragte er.

„Miles? Bitte erkläre mir den Grund, warum du das getan hast?", forderte ich ihn auf.

„Nun, dass ist zu deinem eigenen Schutz und dem der Kinder nötig gewesen. Denn so wie du dich in letzter Zeit verhalten hast, ist es einfach untragbar für alle Beteiligten", meinte er.

Ich schluckte.

„Miles, was wird nun weiter mit den Kids geschehen? Wer wird sich für die Zeit meines Aufenthaltes hier um beide kümmern?", fragte ich zurück.

„Kim, ich habe das Sorgerecht beantragt und es unter diesen Umständen sofort bekommen. Hier lies selbst", teilte er mir schonungslos mit.

Wie zur Bestätigung reichte er mir das Schreiben des Amtes, ich las es, schloss meine Augen und mir wurde hundeelend. Mir fiel es schwer mich unter Kontrolle zu halten, denn am liebsten hätte ich geschrieen und wäre Miles gerne an die Gurgel. Das wäre aber im Moment nicht klug gewesen, da ich ja schnellstens hier wieder heraus wollte. Ich atmete tief durch und sah

Miles nur schweigend an.

„Gut Miles, ich werde es hinnehmen müssen, da ich im Moment im Nachteil bin. Das ist nun schon dein zweiter Versuch, um die Kids von mir fernzuhalten. Nun bin ich wohl diejenige, die immer um Gnade winseln muss, wenn ich die beiden sehen möchte."

Er verabschiedete sich bei mir und blieb mir somit eine Antwort schuldig.

„Warum tust du das? Macht es dir Spaß mich ständig so zu quälen? Sind alle deine Liebesbeteuerungen nur Lügen gewesen?", rief ich ihm vorwurfsvoll nach.

Miles blieb abrupt stehen, drehte sich um, setzte zu einer Antwort an, winkte ab und verschwand. Ich saß wie vom Donner gerührt und heulte still in mich hinein. Nur hier keine emotionalen Regungen zeigen, sonst hatte ich mit Sicherheit verloren und musste länger bleiben. Die Nacht verging wie im Fluge und am Morgen stand Doc mit Entlassungspapieren vor mir. Ich freute mich und dankte ihm tausendmal für sein Engagement. Doc winkte ab und ich erzählte ihm von Miles gemeinem Plan. Doc versprach mir, sich auch um diese Angelegenheit zu kümmern, obwohl sich das schwieriger gestalten würde als hier. Ich zog mich an und sah zu, dass ich so schnell wie möglich aus der Klinik verschwand. Doc hatte alles gemanagt, dass Miles keine Auskunft und keine Besuchserlaubnis für mich hier bekam. Wir wollten ihn ein paar Tage im Unklaren lassen, damit ich alles auf den Ämtern regeln konnte. Insgeheim lachte ich über meine Gegenaktion und freute mich, Miles erstauntes Gesicht zu sehen, wenn ich plötzlich vor der Tür stand, um die Kinder abzuholen. Doc fuhr mich ins Appartement und ich bestellte per Internet aus einem bekannten Warenhaus vor Ort, ein paar Klamotten und was ich sonst noch so benötigte, zur sofortigen Lieferung. Zum Glück war ich von Miles nicht finanziell abhängig und war auch froh darüber. Die Sachen wurden mir innerhalb der nächsten Stunde per Kurierdienst zugestellt und nun konnte ich mich auf die wichtigste Sache in meinem Leben konzentrieren, auf meine Kinder. Ich machte mich nach zwei Tagen endlosen Wartens auf den Weg ins Schloss, um Miles zur Rede zu stellen. Das Schreiben vom Amt, dass ich die Kinder mit nach Hause nehmen durfte hatte ich dabei und freute mich schon über Miles dummes Gesicht. Doc hatte mich tatkräftig unterstützt, um die Zwillinge wieder bei mir haben zu können. Miles wusste allerdings nicht, dass ich das Sorgerecht auf uns beide übertragen hatte und ich würde ihn auch erst einmal im Unklaren darüber lassen. Ich stieg aus dem Auto, klingelte an der Tür und es dauerte einige Zeit, bis mir geöffnet wurde. Miles stand urplötzlich vor mir, erschrak und machte einen Schritt zurück. Ich grinste ihn frech an.

„Hallo! Na, Miles! Willst du mich nicht hereinbitten?", begrüßte ich ihn.

Miles war so verdattert als er mich sah, dass er zu keiner Antwort fähig war und mich nur hereinwinkte. Ich betrat die Vorhalle und freute mich irgendwie, wieder in den alten Gefilden verweilen zu können.

„Was willst du hier? Wieso bist du jetzt schon aus dem Sanatorium entlassen worden? Mir hat man doch die Auskunft und den Besuch verweigert, so dass ich dachte dein Zustand hat sich verschlechtert und du brauchst nur Ruhe?", fragte er stotternd nach.

„Tja Miles, ich bin eben nicht klein zu bekommen. Kann ich mich hier in Ruhe mit dir ganz vernünftig unterhalten?", hakte ich nach.

Ich lachte ihm überlegen ins Gesicht und er nickte.

Dann bat er mich in die Küche und ich setzte mich ohne Aufforderung an den Tisch.

„Möchtest du Kaffee, Kim", wollte er wissen.

„Ich hätte gerne Kaffee, wenn es dir keine Umstände macht, Miles."

Während ich zusah, wie er zwei Tassen einschenkte und sie auf den Küchentisch stellte kam ich ohne Umschweife zur Sache. Die Erklärung, dass ich die Kinder nun mitnehmen wollte, passte Miles nicht ins Konzept. Ich machte ihm klar, dass man dies auch mit polizeilicher Gewalt regeln konnte, wenn er sich nicht vernünftig einigen würde. Miles legte mir daraufhin keine Steine in den Weg und ich versprach ihm, dass er Zoe und Wesley jederzeit besuchen und mitnehmen konnte ohne Einschränkung meinerseits. Er nickte und verließ die Küche um Kathy zu bitten, dass sie die Kinder ankleiden sollte. Diese kam kurz darauf mit den Beiden in die Küche und freute sich, mich zu sehen.

„Kim, ich werde nachher in der Wohnung auf die Kinder aufpassen. Du kannst dann hier solange deine persönlichen Sachen abholen. Außerdem werde ich die nächsten drei Wochen bei Owen verbringen und dir tagsüber zur Hand gehen."

„Danke Kathy, dass passt ja gerade, denn ich arbeite wieder und da kommt mir das sehr gelegen."

Ich drückte ihr den Zweitschlüssel in die Hand. Kathy nickte und stand auf.

„Gut, ich fahre schon einmal voraus und warte dann auf dich im Appartement", sagte sie und warf Miles einen bösen Blick beim Gehen zu.

Zoe und Wes eilten mir entgegen und begrüßten mich herzlich. Mir liefen vor Freude die Tränen über die Wangen, ich schniefte und sah aus dem Augenwinkel wie Miles sich betreten abwandte.

„Zoe, Wesley, ihr müsst nun mit in die Stadtwohnung kommen. Papa muss das Schloss renovieren und da ist im Moment leider zuviel Krach und sehr viel Schmutz hier", erklärte ich beiden.

Auf die Frage, ob er denn nicht mitkommen würde, schaute ich Miles an.

„Nein! Er muss hier bleiben und aufpassen, dass die Handwerker alles anständig herrichten. Papa kommt ab und zu vorbei und schaut nach uns, ob es uns auch gut geht", versprach ich beiden.

Miles schaute mich erstaunt und dann dankbar an, ich verabschiedete mich und er begleitete uns noch zum Auto. Da fiel mir ein, dass ich keine Kindersitze dabei hatte und bat ihn uns in die Stadtwohnung zu fahren. Er nickte und beeilte sich, meinem Wunsch schnell nachzukommen. Ich sah eine gewisse Erleichterung in seinem Gesicht, dass er uns fahren durfte.

„Auf dem Rückweg müsstest du mich wieder hierher mitnehmen. Ich packe dann alles hier in mein Auto und somit ist jedem geholfen", sagte ich zu ihm.

Auf der Fahrt ins Appartement herrschte wieder eisige Stimmung vor und ich war froh, als ich dort endlich ankam. Kathy wartete bereits, nahm die Zwillinge in Empfang und ich fuhr wieder mit Miles zurück.

„Kim? Ich hätte gerne mit dir im Schloss noch eine Unterredung", bat er mich während der Rückfahrt. Ich verdrehte genervt meine Augen.

„Miles, es ist zwecklos. Du stimmst mich nicht um. Aber ich werde dir zuhören, was du zu sagen hast."

Kaum dort angekommen, stieg ich aus und eilte zum hinteren Kücheneingang. Miles folgte, schloss auf, bat mich herein und forderte mich auf Platz zu nehmen. Ich tat ihm den Gefallen. Miles stellte erneut frischen

Kaffee auf den Tisch und setzte sich.

„So Kim, wie wollen wir diese ganze Angelegenheit nun weiterführen?"

Ich schaute Miles etwas geschockt an, da er dies als Angelegenheit bezeichnete.

„Nun Miles, was hast du dir denn vorgestellt?", fragte ich.

„Erst einmal möchte ich dir danken, dass du den Kids vorhin die Geschichte mit den Handwerkern erklärt hast. Ich wäre nie auf die Idee gekommen", meinte er.

„Ist schon okay, Miles. Das war das mindeste, was ich in diesem Moment tun konnte, um es für die Kids etwas plausibel erscheinen zu lassen. Außerdem kannst du die Kinder ja täglich sehen, denn ich habe keine Absicht dir diese zu entziehen. Die Kids können nämlich nichts dafür, dass wir uns nicht verstehen."

Miles wollte wissen, ob er beim Packen der Kleidung behilflich sein konnte und ich bejahte. Die Kleidung der Kids war schnell verstaut, da ich noch etwas hier lassen musste, wenn sie auf Besuch kamen. Meine Klamotten waren das größere Problem. Ich entschloss mich auch hier erst einmal das Nötigste mitzunehmen und den Rest dann später zu holen. Mir wurde etwas mulmig, als ich das neue Schlafzimmer betrat. Ich sah mich um und bekam dieses eindeutige Herzklopfen. Da ich abrupt stehen geblieben war, lief Miles voll auf mich auf und ich verlor das Gleichgewicht. Er hielt mich fest damit ich nicht stürzte, ich drehte mich zu ihm um und unsere Blicke trafen sich wieder einmal mit einer Intensität, die mich erschauern ließ. Ich roch sein Rasierwasser, das mich jedes Mal fast irre machte, fast alles vergessen ließ und schloss stöhnend meine Augen. Miles nutzte die Gelegenheit, zog mich an sich, küsste mich und bugsierte mich Richtung Bett. Wie unter Trance ließ ich alles mit mir geschehen. Und so kam es, wie es kommen musste, dass ich mich Miles ohne jegliches, schlechte Gewissen für den Moment hingab. Hinterher wurde mir erst wieder einmal so richtig bewusst, was ich da getan hatte und rutschte, die Decke vor mich haltend bis ans Kopfende des Bettes zurück. Ich saß wie erstarrt, hielt mir die Hände vor die Augen und schämte mich fast zu Tode. Ich verstand mich einfach nicht mehr. Mir kam es langsam so vor, als wenn ich sexuell von Miles abhängig war, wie ein Alkoholiker von seinem Schnaps. Er nahm mir die Hände vom Gesicht und bat mich, dass ich heute Nacht bei ihm bleiben sollte. Ich focht einen stillen Kampf mit mir aus, verlor auf der ganzen Linie und versprach zu bleiben. Miles seufzte erleichtert auf und nahm mich in den Arm.

„Kim ich liebe dich über alles", beteuerte er.

Erst wollte ich sagen, dass dies nur ein Standardspruch von ihm wäre und er mich deshalb auch ins Irrenhaus gestopft hatte, ließ es dann aber doch bleiben.

„Miles, an meiner Entscheidung, dass ich wieder ins Appartement ziehe ändert sich überhaupt nichts. Auch nicht, wenn wir gerade miteinander geschlafen haben", teilte ich ihm mit.

Miles war es egal. Hauptsache er musste die Nacht nicht alleine verbringen. Er holte Sekt und zwei Gläser und ich hatte in kürzester Zeit wieder einen Schwips. Ich unterhielt mich noch ein wenig mit ihm über alles Mögliche und schlief dann ein. Mein Handy riss mich am frühen Morgen aus dem Schlaf.

„Kim? Alles okay?", fragte Kathy besorgt nach. „Du bist nicht nachhause gekommen und ich habe schon mit dem schlimmsten gerechnet."

„Alles okay", beruhigte ich sie und erklärte, „ich habe

mich mit Miles fast die ganze Nacht unterhalten, um einiges abzuklären. Ich komme gleich nachhause."

Ich zog mich an. Suchte dann meine Post im Atelier zusammen, um endlich meine Aufträge in Angriff zu nehmen. Beschwingt machte ich mich auf den Weg in die Küche, um dort mit Miles zu frühstücken, als dieser bereits mit einem Tablett erschien. Enttäuscht, dass ich schon aufgestanden war, machte er wieder kehrt und deckte in der Küche den Tisch. Milly war auch noch nicht zur Arbeit erschienen und so konnte ich Miles noch einmal fragen, wie er sich die Zukunft vorstellen würde. Er konnte von mir nicht erwarten, dass ich dieses Spiel zwischen uns ständig mitmachen würde. Miles wusste auch nicht, was auf uns zukam und war erst mal damit einverstanden, dass wir getrennte Wege gingen, um uns endlich klar zu werden, was wir wollten. Ich nickte, beendete das Frühstück, packte meine Sachen und verabschiedete mich von ihm. Dieser drückte und küsste mich noch einmal ganz herzlich und winkte mir beim Wegfahren nach. Meine Gefühle schlugen wieder Purzelbäume, ich war völlig verstört und fuhr so in die Tiefgarage des Appartements. Nachdem ich den Lift zu meiner Wohnung verlassen hatte, dankte ich Kathy recht herzlich und begrüßte meine Kids. So, nun konnte eine neue Ära beginnen und ich würde ja sehen, was sich daraus entwickelte. Kurz nach meiner Ankunft rief mich Miles an und druckste etwas herum.

„Bist du sicher zuhause angekommen? Kim, kann ich heute Nachmittag vorbeikommen?", fragte er nach.

Ich musste innerlich auflachen.

„Du kannst kommen und gleich meine Malutensilien aus dem Atelier mitbringen. Die habe ich tatsächlich vergessen und brauche sie dringend."

Miles freute sich über die Zusage und versprach alles so zu erfüllen, wie ich es ihm aufgetragen hatte. Ich lachte, dachte typisch Miles, verabschiedete mich von ihm und legte auf. Kathy verabschiedete sich ebenfalls und wollte mich gegen Abend nochmals anrufen, da sie ja drei Wochen bei Owen verbringen wollte. Ich klärte sie auf, dass sie sich keine Gedanken machen brauchte und ich die Kids ohne Probleme mit zur Arbeit nehmen konnte und sie anrufen würde, falls ich nicht klar kam. Nachdem Kathy gegangen war, machte ich mich an die Arbeit, um mit meinem Klientel in Verbindung zu treten und die Termine zu vereinbaren. Einige alte Bekannte waren wieder darunter, die sich darüber freuten, dass ich wieder zur Verfügung stand. Ich lachte und freute mich schon auf meine Arbeit und auf ein Wiedersehen. Die Kids saßen bei mir im Arbeitszimmer und brachten ihre ersten Kunstwerke zu Papier, die ich grinsend begutachtete. So verging die Zeit und ich hatte völlig vergessen, dass Miles ja noch kommen wollte. Dies fiel mir erst wieder ein, als es an der Tür klingelte und ich zusammenschrak. Ich schickte wie immer den Aufzug nach unten und kurz danach stiefelte Miles wie in alten Zeiten in meine Wohnung. Er zog mich an sich, küsste mich ungefragt und begrüßte Wesley und Zoe, die ihm freudig ihre kleinen Kunstwerke präsentierten. Miles lobte sie und kam dann zu mir in die Küche, wo ich gerade den Kaffee aufsetzte.

„Hast du meine Utensilien dabei?", hakte ich nach.

Er klatschte sich vor den Kopf und eilte zum Auto. Innerlich musste ich über ihn lachen. Ich machte ihn darauf aufmerksam, als er zurückkam, dass er langsam vergesslich wurde. Miles grinste. Er setzte sich zu mir und wir unterhielten uns über alle möglichen Dinge.

Danach spielte Miles mit den Kindern und ich konnte schnell ein paar wichtige Aufträge zu Papier bringen. Ich dankte ihm dafür, indem ich ihn wieder zum Abendessen einlud. Nachdem wir Zoe und Wesley ins Bett gebracht und eine Geschichte vorgelesen hatten, schliefen diese wieder schnell ein. Miles und ich gingen in die Küche zurück, um das Essen fertig zuzubereiten. Miles konnte es einfach nicht lassen und versuchte ständig Körperkontakt mit mir zu pflegen. Ich musste mich wirklich stark unter Kontrolle halten, um ihn nicht zu küssen.

„Sag mal, Miles? Ist Milly eigentlich schon weg oder bleibt sie doch?"

Dies war genau das falsche Gesprächsthema, dass ich angeschnitten hatte, denn Miles riss mich plötzlich an sich, dass ich erschrak.

„Danke, dass du sie überredet hast zu bleiben. Milly hat mir klar gemacht, dass sie nur deshalb nicht geht, weil du sie innig darum gebeten hast."

Ich stöhnte auf und dachte, na Kim, prima hast du das wieder hinbekommen und löste mich umständlich aus seinen Armen. Er war über meine Reaktion enttäuscht und machte sich daran den Tisch zu decken. Ich atmete innerlich auf und schwor mir, dass ich heute Nacht sicher nicht in seinen Armen verbringen würde. Das Essen war schnell fertig und wir nahmen es zu uns.

„Nur zu deiner Info, Miles. Ich habe dir die Hälfte des Sorgerechtes für die Kids übertragen lassen", erklärte ich so nebenbei.

Miles verschluckte sich, hustete und rang verzweifelt nach Luft. Ich sprang auf, klopfte ihm nachhaltig auf den Rücken, bis es ihm besser ging. Er nutzte wie immer diese Situation aus, um mich auf seinen Schoß zu ziehen.

„Bitte lass mich los", bat ich ihn ganz ruhig. „Ich bin noch nicht mit dem Essen fertig und habe keine Lust, es kalt werden zu lassen."

Miles folgte enttäuscht meiner Aufforderung.

„Kim ich möchte mich bei dir bedanken, dass du mir im Bezug auf das Sorgerecht entgegengekommen bist. Außerdem entschuldige ich mich noch einmal, für mein Verhalten dir gegenüber in letzter Zeit."

Ich lachte.

„Miles, dass kannst du dir schenken. Diese Streiterein bringen nichts und es ist im Moment gut, dass wir getrennte Wege gehen. Es fällt zwar schwer, aber nur so kann jeder für sich entscheiden, was er wirklich will. Ich möchte in Ruhe und auf normaler Ebene mit dir verkehren."

Miles schaute mich sehr lange an und blieb mir eine Antwort schuldig. Innerlich war ich aufgewühlt und hoffte, dass er nicht wieder in die Fänge von Helen geriet, denn dann ging das ganze verdammte Spiel von vorne los. Ich stöhnte laut auf bei diesem Gedanken, Miles schaute mich fragend an und ich räusperte mich.

„Hast du morgen Nachmittag kurzfristig Zeit, um auf die Zwillinge aufzupassen? Ich habe einen schwierigen Kunden und der mag anscheinend keine Kinder."

Miles lachte auf und freute sich, dass er gleich morgen einen Einsatz als Babysitter haben durfte. Er würde mich sicher nicht enttäuschen und Kathy so gut wie möglich ersetzen. Ich schmunzelte und dachte, armer Miles, hast du eine Ahnung was für Energiebündel unsere Kids sind und das er danach sicher völlig fertig sein würde. Nach dem Essen setzten wir uns noch etwas zusammen und besprachen die nächsten Tage, in wieweit ich Miles einsetzen musste. Miles freute sich sehr und als ich hinter vorgehaltener Hand verstohlen gähnte, stand er auf und verabschiedete sich. Ich war sehr erstaunt über sein verständnisvolles Verhalten, brachte ihn zum Aufzug und belohnte ihn dafür mit einem langen, intensiven Kuss. Miles trat in den Lift, winkte mir lächelnd zu und die Tür schloss sich. Ich seufzte auf, kehrte in die Küche zurück und machte mich daran noch ein paar Aufträge zu bearbeiten.

Ich war wieder über dem Schreibtisch eingeschlafen, denn mich weckte das anhaltende Klingeln meines Telefons. Ich schrak hoch, hob ab und meldete mich verschlafen. Miles war am anderen Ende der Leitung.

„Morgen, Kim. Hast du Lust, dich mit mir und den Kids zum Mittagessen zu treffen?", fragte er zaghaft.

Ich überlegte kurz und sagte zu. Miles versprach uns abzuholen, ich beendete dass Gespräch und machte mich auf den Weg in die Küche. Nachdem ich das Frühstück für die Kids und mich vorbereitet hatte, duschte ich und warf auf dem Rückweg einen kurzen Blick ins Kinderzimmer. Zoe und Wes schliefen noch und ich schenkte mir einen Kaffee ein, damit ich langsam munter wurde. Kurze Zeit später meldete sich erneut mein Telefon und Bill hing am anderen Ende der Leitung.

„Hallo Kim, wie geht es dir denn so?", erkundigte er sich. „Milly hat mich über die Neuigkeiten informiert, dass du wieder ins Appartement gezogen bist."

Ich erzählte Bill in Kurzform, was passiert war und er fragte ob ich darüber reden wollte, denn er habe auch Neuigkeiten für mich und wollte mir diese mitteilen.

„Weißt du was, Bill. Komm doch einfach jetzt gleich vorbei. Am Nachmittag bin ich nicht zu erreichen, aber im Moment habe ich Zeit."

Bill freute sich und wollte schnellstens hier erscheinen.

Im Stillen erahnte ich schon, was Bill mir erzählen wollte. Ich ging davon aus, dass Dana schwanger war und freute mich schon für beide, da er sicher ein guter Vater würde. Bei diesem Gedanken schossen mir die Tränen in die Augen und ich musste an Miles und unsere eigenartige Beziehung denken, was mich dann wütend werden ließ. Verdammt noch mal, warum konnte bei uns nicht genauso eine herzliche Harmonie bestehen, wie bei anderen Paaren. Ich entschloss mich spontan, schnellstens ein Antiaggressionstraining zu machen. Vielleicht bekam ich meine unkontrollierten Wutausbrüche in den Griff. Vielleicht würde sich dann dadurch etwas in Miles und meiner Beziehung ändern. Bevor ich diesen Gedankengang wieder verwarf oder vergaß, suchte ich mir im Telefonbuch ganz in der Nähe ein Therapiezentrum aus und meldete mich an. Ich hatte auch noch das Glück, dass gerade in dieser Woche neue Kurse stattfanden und ich einen Platz bekam, da diese sehr gefragt waren. Ich bedankte mich und dachte mir, dass anscheinend noch mehr Leute ein Problem hatten ihre Gefühle in den Griff zu bekommen.

Zwischenzeitlich meldeten sich Zoe und Wes und ich genoss ein ausgiebiges Frühstück mit ihnen. Ich blühte richtig auf und knuddelte meine beiden, die ich öfters vernachlässigt hatte als ich wollte. Das sollte sich ab heute vollkommen ändern. Nach dem Frühstück zog ich die beiden an und setzte sie wieder zu mir ins Arbeitszimmer. Bill erschien wie versprochen und ich freute mich, ihn zu sehen. Bill trat aus dem Fahrstuhl, drückte mich herzlich an sich und begrüßte danach die Zwillinge. Wir setzten uns wie gewohnt in die Küche und tranken wie immer einen Kaffee zusammen.

„So Kim, nun erzähle mir doch einmal, was dich dazu

veranlasst hat, wieder hierher zu ziehen?", bat er mich. Ich war froh endlich jemanden mein Herz ausschütten zu können und erzählte. Bill hörte mir schweigend bis zum Ende zu und schüttelte den Kopf.

„Also, Miles ist wirklich ein Fall für sich und ich frage mich langsam, warum er sich und sein Leben nicht in den Griff bekommt. Er hat doch durch dich eigentlich genug Halt und Rückendeckung. Kapiert er immer noch nicht, dass ihm etwas Besseres nicht passieren konnte."

„Mein Gott, Bill. Ich bin auch nicht gerade das Gelbe vom Ei und mache es ihm manchmal sicherlich auch nicht leicht mit meinen Launen", erklärte ich ihm.

„Miles braucht sich gar nicht wundern, warum du oft negativ reagierst. Miles ist der Anlass und nicht du. Warum lässt du dich immer wieder grundlos von ihm extrem demütigen. Nun ist auch noch die Verlobung geplatzt. Ich bewunderte dich, dass du solange an Miles festhältst, obwohl er dir doch manchmal seine Abneigung spüren lässt", antwortete mir Bill.

„Bill ich weiß auch nicht, warum ich an Miles hänge. Aber glaube mir, ich liebe ihn wirklich über alles und hoffe, dass ich ihm irgendwann doch näher komme", erwiderte ich und schluckte.

„Tja, Kim, dann rate ich dir ernsthaft, es doch einmal so richtig auf einen Machtkampf ankommen zu lassen. Gehe bis zum Äußersten und stelle dich ihm. Dann wirst du sehen, wie er reagiert und was ihm wirklich an dir liegt", gab mir Bill den Tipp.

Ich zog es in Erwägung und bedankte mich bei ihm, dass er mir zugehört hatte.

„So, und wie geht es Dana und dem Kind?", wollte ich wissen.

Bill stutze und sah mich erstaunt an.

„Äh? Kim? Woher weißt du, dass Dana schwanger ist? Diese Nachricht wollte ich dir selbst überbringen. Es weiß doch noch niemand davon."

Ich lachte.

„Tja, Bill. Erinnere dich einmal daran, dass wir doch so etwas wie Seelenverwandte sind und es eigentlich zwischen uns keiner Worte bedarf. Außerdem habe ich aus deiner Stimme herausgehört, dass sich etwas Erfreuliches ereignet haben muss. Ich habe geraten."

„Kim, du bist wirklich ein sehr einfühlsamer Mensch. Deshalb verstehe ich Miles nicht, dass ihm das noch nicht aufgefallen ist", warf Bill grinsend ein.

„Herzlichen Glückwunsch, dass du Vater wirst und sicher ein Guter. So und ich habe auch eine Neuigkeit. Ich werde zu einem Antiaggressionstraining beginnend in dieser Woche gehen. Angemeldet habe ich mich vorhin. Vielleicht komme ich dadurch besser mit Miles zurecht."

„Da hast du dir aber einiges vorgenommen. Wo und bei wem findet denn diese Therapie statt?", wollte Bill wissen.

„Nicht weit von hier, Bill. Nur ein paar Häuser von hier und für mich dadurch günstig", antwortete ich.

„Miles kann an dem Abend auf die Kids aufpassen, da Kathy erst einmal entlastet werden muss und zurzeit bei Owen ist. Allerdings weiß Miles nicht, was ich an diesem Abend veranstalte und es soll ein Geheimnis für ihn bleiben."

Bill nickte.

„Deine Idee dieses Training zu absolvieren ist nicht einmal schlecht. So was kann man immer gebrauchen. In allen Lebenslagen."

Ich stimmte zu und wir verplauderten uns derart, dass mir durch das Klingeln an der Haustüre in Erinnerung kam, dass ich mich mit Miles zum Essen verabredet hatte. Bill lachte und freute sich, Miles nach langen Wochen wieder zu Gesicht zu bekommen. Dieser stürmte aus dem Aufzug, schaute mich erstaunt an, dass ich noch nicht fertig war und erblickte dann Bill. Beide begrüßten sich herzlich.

„So, Miles. Ich werde mich sofort verziehen und dir Platz machen. Du hast ja nun die älteren Vorrechte", versprach Bill grinsend.

Miles stutzte kurz und brach in schallendes Gelächter aus.

„Ich habe eine Neuigkeit für dich Miles. Stell dir vor, Bill wird Vater", teilte ich ihm mit.

Anscheinend stand irgendjemand auf Miles Leitung, da er mich verstört musterte und zwischen mir und Bill hin und herblickte. Bill musste herzhaft über Miles verwirrtes Gesicht lachen.

„Hallo? Miles? Dana ist schwanger und nicht Kim", erklärte er ihm.

Miles schüttelte seinen Kopf, hieb sich die Hand vor die Stirn und stimmte in das Lachen mit ein.

„Na dann herzlichen Glückwunsch zu diesem Erfolg", gratulierte er Bill.

Ich stand daneben und machte mir meine Gedanken über Miles. Er hatte mir wieder unmissverständlich mit seinen Blicken vermittelt, dass er mir nicht so ganz vertraute. Eigentlich hatte ich schon wieder gar keine Lust mit Miles und den Kids zum Mittagessen zu gehen, da mir diese künstliche und zur Schau gestellte kleine heile Welt gar nicht in den Kram passte. Ich atmete tief ein.

„Tschüß Bill, mach es gut und ganz liebe Grüße an Dana. Ich werde sie einmal besuchen", verabschiedete ich mich von ihm.

Bill dankte mir, zwinkerte und entschwand im Aufzug. Miles wandte sich zu mir.

„So Miles, wir sind gleich soweit, um mit dir zum Mittagessen zu gehen", erklärte ich ihm.

Die Zwillinge waren schnell angezogen und ich drückte sie Miles in die Hand. Danach verschwand ich schnell im Badezimmer, um mich frisch zu machen. Ich schloss meine Augen und hoffte, dass ich mich unter Kontrolle halten konnte, um nicht wieder hoch zu gehen wie eine Rakete. Ich musste mir eingestehen, dass es eine Superidee von mir gewesen war, dieses Antiaggressionsprogramm in Anspruch zu nehmen. Angespannt verließ ich das Bad und stieg mit Miles und den Kids in den Aufzug. Miles musterte mich ohne erklärlichen Grund dauerhaft von der Seite, was mich nervös machte.

„Meine Güte, Miles. Was ist denn so interessant an mir, dass du deinen Blick dauerhaft an mir kleben hast?", fragte ich ihn gereizt.

Er lachte und blieb mir eine Antwort schuldig. Das Mittagessen verlief nach dem Vorfall recht harmonisch und ich verabschiedete mich kurz darauf von ihm und den Kids, um meinen kinderfeindlichen Kunden zu besuchen. Ich fragte mich, was da wohl wieder für ein eigenartiger Kauz auf mich zukam und war überzeugt, dass alle Männer bis auf ein paar Ausnahmen, ab einem gewissen Alter voll etwas an der Klatsche hatten. Mein Auftraggeber schien anscheinend ein alter vergrämter Typ zu sein, denn man hatte mich aus Insiderkreisen vorgewarnt und ich machte mich schon auf das schlimmste gefasst. Dem Namen nach schien er von einem der Clans abzustammen und aus den Highlands zu kommen. Der Name O´Connor war landesüblich hier und ich war schon sehr gespannt.

Auch hier befuhr ich wieder ein sehr anspruchvolles Anwesen mit Riesenpark und einem alten Schloss. Schien ja langsam Gewohnheit bei mir zu werden, dass ich alte Schlösser renovieren musste. Ich hielt auf dem Parkplatz vor dem Gebäude, stieg aus, lief zum Haupteingang und klingelte. Es verging eine Weile, bis mir ein Butler die Tür öffnete und geschwollen nach meinen Wünschen fragte. Ich konnte mich nur schwer beherrschen, um nicht laut aufzulachen und stammelte hervor, dass ich hier eine Verabredung mit Mister O´Connor hätte. Der Butler fragte nach meinem Namen, den ich ihm mitteilte und er bat mich zu warten um dass er seiner Lordschaft die Nachricht bringen konnte. Nachdem dieser etwas eigenartige Mensch die Tür vor meiner Nase zuschlug, konnte ich mich nicht mehr beherrschen und bekam einen Lachanfall, bis mir die Augen tränten. Ich setzte mich auf eine vor der Tür befindlichen Steinfiguren und erschrak heftigst, als sich hinter mir jemand laut räusperte und nachfragte, was denn hier so zum Lachen wäre. Erschrocken sprang ich auf. Ich drehte mich um und sah in das Gesicht eines jungen Mannes, der ungefähr mein Alter hatte, womit ich nun wiederum nicht gerechnet hatte. Mir blieb die Luft weg, als ich in sein Profil sah. O´Connor hatte das gewisse Etwas, war das ganze Gegenteil von Miles, was zumindest die tiefbraunen Augen anbetraf, die mich von oben bis unten genüsslich musterten. Oh mein Gott, nicht schon wieder das Thema Augen, dachte ich und stammelte meinen Namen hervor, was mir eigentlich sonst nicht passierte. Im Stillen dachte ich mir, dass dies sicher der Sohn des Hauses war und der Besitzer gar nicht so kinderfeindlich sein konnte, bis ich kapierte, dass der Hausherr vor mir stand. Mein

Gegenüber stellte sich als Patrick O´Connor vor und er war erfreut, dass ich die Innenausstattung seines Schlosses übernehmen würde. Er reichte mir seine Hand, die ich zaghaft ergriff und hielt meine etwas länger als gewohnt fest. Ich starrte in seine Augen und hatte das Gefühl, auch hier in endlose Tiefen zu versinken. Verwirrt schüttelte ich meinen Kopf und entzog O´Connor meine Hand, der mich daraufhin angrinste. Im gleichen Augenblick öffnete sich die Tür, der schrullige Butler erschien wieder, stutzte und bemerkte nüchtern, ohne mich zu beachten, dass ich seine Lordschaft zu sprechen wünschte. Ich atmete tief ein, hatte erneut das Problem nicht laut auflachen zu müssen und bemerkte den amüsierten Seitenblick von meinem Auftraggeber, der mich aufforderte, ihm zu folgen. So betrat ich das Schloss, das mich, was die Ausstattung betraf, fast umhaute. Wir standen in einer riesigen Halle mit imposantem Deckengemälde und großen Spiegeln. Sie waren so angeordnet, dass dieser Raum unendlich erschien. Völlig perplex schaute ich meinen Auftraggeber an, dieser grinste zurück und bat mich in einen der Salons zu Tee oder Kaffee. Ich entschied mich für Kaffee, mein Gegenüber schloss sich mir an und gab den Auftrag an den Butler weiter. Wir unterhielten uns erst über das geschäftliche und so nach und nach ging O´Connor ins private über.
„Wie sind sie ausgerechnet auf Irland gekommen?", wollte er wissen.
„Ganz einfach. Dieses Land hat mich schon als Kind unheimlich fasziniert und meine Tante lebt hier ganz in der Nähe", erklärte ich ihm.
O´Connor hörte schweigend zu.
„Sind sie ledig oder verheiratet? Besitzen sie Kinder?", hakte er nach.

Nach dieser geschwollenen Formulierung konnte ich mich nun wirklich nicht mehr zusammenreißen, brach in schallendes Gelächter aus und hatte Mühe mich wieder zu beruhigen. O´Connor schaute mich erstaunt an.

„Was ist der Grund und der Anlass zu einer erneuten Lachattacke?", wollte er wissen.

Ich erklärte ihm, was mich gerade so belustigt hatte.

„Ledig, aber in Besitz von einem Zwillingspärchen", offerierte ich ihm.

Entsetzt schaute er mich an. Ich konnte es mir einfach nicht verkneifen seinen Blick zu kommentieren.

„Eigentlich hat man mich vorgewarnt und ich habe einen alten, vergrämten Zausel mit dieser Einstellung gegen Kinder erwartet, aber nicht einen jungen Mann mit dieser Abneigung", erklärte ich ihm.

Erschrocken schlug ich mir die Hand vor den Mund und dachte, Kim dass wäre dein Auftrag gewesen, als O´Connor in schallendes Gelächter ausbrach und sich nicht mehr beruhigen konnte. Nachdem er wieder einigermaßen heruntergekommen war, klatschte er beifällig in die Hände.

„Bravo! So deutlich hat noch nie jemand mit mir gesprochen. Ich freue mich wirklich schon auf die Zusammenarbeit mit ihnen. Da wird es sicher sehr viele Streitpunkte zum diskutieren geben, was äußerst interessant werden könnte."

Ich war ziemlich erstaunt über diese Reaktion.

„Kann ich nun die zu renovierenden Räume sehen, um mir ein Bild davon zu machen?", fragte ich nach.

O´Connor stand auf und führte mich in die Räume.

Seine Vorstellung Alt und Neu zusammenzubringen, würde für mich diesmal zu einer Herausforderung werden, da ich die Wand- und Deckengemälde überall mit einbinden musste. Ich hatte schon eine ungefähre Vorstellung und teilte diese O´Connor mit, der mich daraufhin erstaunt anblickte.

„Sie müssen wirklich etwas besonderes sein, denn bis jetzt hat jeder das Handtuch geworfen und konnte mir nicht helfen", bemerkte er.

Lachend bedankte ich mich für dieses Kompliment und sein Vertrauen und merkte wie mir die Röte ins Gesicht stieg. Verdammt noch mal Kim, schoss es mir durch den Kopf, was ist denn plötzlich mit dir los, du reagierst doch sonst immer recht forsch auf solche Ansagen. Ich schaute O´Connor an und wartete schon darauf, dass er wie Miles in Lachen ausbrechen würde über meine Verlegenheit. Er erwiderte meinen Blick und zwinkerte mir lächelnd zu, was mich noch mehr erröten ließ. Ich schluckte und wollte hier nur noch schnell weg.

„Ist soweit alles für sie geklärt? Wenn ja, würde ich jetzt gerne wieder gehen, da ich meine Kinder noch abholen muss und es sonst zu spät für sie wird."

O´Connor wollte nur noch wissen, wann ich beginnen konnte und ich versprach ihm, in zwei Tagen die entgültigen Entwürfe vorzulegen. Er war sofort damit einverstanden und verabschiedete sich von mir. So ganz nebenbei erwähnte er, dass ich meine Kids doch beim nächsten Treffen einfach einmal mitbringen sollte. Ich glaubte mich verhört zu haben und sah in sein frech grinsendes Gesicht. Dankend reichte ich ihm meine Hand, er ergriff sie und küsste sie mir ganz gentlemanlike. Was ich an Miles immer so vermisst hatte, bekam ich hier tausendmal zurück, ließ mich für Sekunden nachdenklich erstarren, bis ich meine Hand ruckartig entzog. Mir wurde bewusst, dass ich gerade von O´Connor umworben wurde und ich konnte und wollte dies im Moment nicht in Erwägung ziehen. Fluchtartig verließ ich das Anwesen, fuhr zurück und kam völlig aufgelöst in der Tiefgarage an. Ich stellte den Motor ab, lehnte mich mit geschlossenen Augen in den Autositz zurück und atmete stöhnend aus. Mein Gott, dachte ich verzweifelt, hörte diese ganze Geschichte denn nie auf und warum musste es ausgerechnet ein junger O´Connor sein und kein alter Greis, der mir im Augenblick lieber gewesen wäre. Seine Augen kamen mir wieder in den Sinn und ich stellte fest, dass sie genauso intensiv blicken konnten wie die von Miles, nur in einer anderen Farbe. Auch das Erscheinungsbild von O´Connor sprach mich voll an und auch er schien mir gegenüber nicht ganz abgeneigt zu sein. Ich wünschte mich auf einen anderen Planeten ohne Bewohner, vor allen der männlichen Art, um endlich meine Ruhe zu haben. Irgendwie musste ich mich arrangieren oder absagen und war froh, dass ich die Kids beim nächsten Besuch als Rückendeckung mitnehmen konnte. Ich stieg aus, fuhr in meine Wohnung und wurde bereits von Miles und den Zwillingen erwartet. Er begrüßte mich und sah ziemlich erschöpft aus, was mich zum Grinsen anregte.

„Mein Gott Kim, die Zwillinge haben ganz schön Feuer im Hintern. Das musst du ihnen wohl vererbt haben. Ich bin fix und fertig.“

Ich begrüßte Zoe und Wes und machte mich auf den Weg in die Küche, um das Abendessen vorzubereiten. Erstaunt hielt ich inne. Miles hatte schon vorgesorgt, gekocht und den Tisch gedeckt. Ich freute mich, bedankte mich mit einem Kuss bei ihm und stellte fest, dass ich wenigstens für den Moment noch Gefühle dabei entwickeln konnte. Erschrocken über diesen Gedankengang zuckte ich zurück und Miles schaute mich mehr als fragend an, was mir heute zum wiederholten Male die Röte ins Gesicht schießen ließ. Er schien bemerkt zu haben, dass etwas nicht mit mir stimmte und hakte nach.

„Miles bitte, ich kann im Augenblick nicht mit dir darüber reden", gestand ich ihm. „Vielleicht in den nächsten Tagen. Apropos, nächsten paar Tage. Kannst du vielleicht am Freitagabend auf die Kids aufpassen, da ich etwas Privates zu erledigen habe", versuchte ich abzulenken.

Miles nickte und erklärte sich kommentarlos dazu bereit. Ich atmete erleichtert auf, schnappte mir die Kleinen und bat Miles mit an den Tisch. Der Abend verlief ganz harmonisch und Miles verabschiedete sich, nachdem er die Kids mit ins Bett verfrachtet hatte. Erleichtert setzte ich mich ins Atelier und entwarf die Zeichnungen für O´Connor, wobei ich mich wieder einmal selbst übertraf. Der nächste Tag verging ohne besondere Vorkommnisse, ich besuchte den einen oder anderen Kunden und gegen abends schaute Miles kurz vor dem Zubettgehen der Kinder vorbei.

„So! Kim nun erzähle mir doch einmal, wie du mit dem kauzigen Kunden vom Montag verblieben bist?"

„Auweia, Miles! Dieser Knabe hat unser Alter, ist gar nicht so komisch und er hat mir erlaubt, die Kids morgen mitzubringen", gestand ich ihm. „Der einzige der dort alt und kauzig erscheint, ist dieser Butler, über den ich mich bereits schief gelacht habe."

Miles schaute ziemlich erstaunt.

„Kannst du mir dann bitte erklären, was der Grund gewesen ist, dass du dich so eigenartig und abweisend verhalten hast?", fragte er nach.

Ich schaute ihn lange an, wurde rot und schwieg.

„Kim ich hege den Verdacht, dass du dich Hals über Kopf in diesen neuen Kunden verliebt hast. Wenn ja, bitte rede jetzt mit mir darüber. Dein ganzes Verhalten spricht dafür und du bist seit der Auftragserteilung recht komisch", sagte er mir auf den Kopf zu und fixierte mich.

Mir wich nach dieser Offenbarung, sämtliches Blut aus dem Gesicht und mir wurde wieder einmal kotzübel. Verdammt, also hatte Miles doch etwas bemerkt und ich überlegte, wie wir beide ohne seelische Schrammen aus diesem Dilemma entkamen. Miles verstand sicher wieder alles falsch. Ich bat ihn mit mir die Kinder noch ins Bett zu bringen und dann würde ich ihm klar Rede und Antwort stehen. Miles stand auf, schnappte sich Zoe und Wesley und brachte sie nach oben ins Kinderzimmer. Ich folgte ihm und dachte, dass der Abend wieder einmal voll daneben verlief. Nachdem die Kids wieder schliefen, machte ich mich mit Miles auf den Weg in die Küche zurück, um das Gespräch hinter mich zu bringen. Er setzte sich mir stumm und abwartend gegenüber und ich fing an die Geschichte mit O´Connor zu erzählen, nannte aber vorsorglich nicht dessen Namen, falls Miles vielleicht ausrasten würde. Nachdem ich geendet hatte, starrte mich Miles lange an.

„Anscheinend entwickelst du so langsam, aber sicher ein Faible für braune Augen und somit bin ich wohl abgeschrieben", meinte er trocken.

Ich atmete tief ein.

„Miles, du bist nicht abgeschrieben. Bitte überbewerte nicht wieder alles. Im Moment hast du keine Ansprüche auf mich, da wir einvernehmlich eine Auszeit genommen haben. Eigentlich hat überhaupt keiner Ansprüche auf mich, da ich ein eigenständiger Mensch bin. Ich bin dir außerdem keinerlei Erklärung schuldig und habe es dennoch getan."

Ich schaute Miles verzweifelt in die Augen.

„Bitte mache es mir doch nicht immer so schwer und interpretiere nicht alles falsch", bat ich ihn.

Am liebsten hätte ich ihn angeschrieen, ob er denn nicht merkte, dass ich ihn über alles lieben würde und er mir nur einen kleinen Schritt entgegenkommen müsste. Miles schaute mich lange an.

„Kim? Wie würde es dir gefallen, wenn ich wieder eine Affäre mit Helen anfangen würde?", fetzte er mir entgegen.

Bei diesem Namen zuckte ich zusammen, schloss kurz meine Augen, schaute Miles dann an und war den Tränen nahe.

„Wenn du meinst dies tun zu müssen, dann tu es. Ich kann dich leider auch nicht daran hindern und werde es nie wagen, deinen Entschluss in Frage zu stellen", meinte ich kraftlos.

Enttäuscht über diese Ansage von Miles erhob ich mich.

„Miles würdest du jetzt bitte gehen, ich möchte über unsere Beziehung nachdenken und dazu brauche ich Ruhe", bat ich ihn.

Er wurde sich bewusst, dass er einen erneuten Fehler gemacht hatte, da er wusste wie ich zu dem Thema Helen stand und entschuldigte sich bei mir. Ich ging nicht weiter darauf ein.

„Eine Bitte habe ich an dich. Nimm die nächsten Tage etwas Abstand von mir, Miles. Ich werde Kathy damit beauftragen, dass sie die Kids bei dir vorbeibringt. Falls sich eine Terminverschiebung bei dir ergeben sollte, kannst du Bescheid sagen und Kathy wird dann an diesem Tag die Beetreuung für beide übernehmen. Ich brauche die nächsten Tage eine Auszeit von dir, um allgemein wieder normal denken zu können."

Er verabschiedete sich und ich verzog mich heulend in mein Atelier. Am nächsten Tag rief ich Kathy an und erzählte ihr die ganze Geschichte.

„Kathy? Könntest du heute ausnahmsweise auf die Zwillinge aufpassen?"

Sie erklärte sich damit einverstanden.

„Weißt du was, Kim? Was hältst du davon, wenn ich mit Owen und den Kids einen Ausflug machen würde. Ist das okay für die dich?"

Ich stimmte zu, bedankte mich und legte erleichtert den Telefonhörer auf. Kurze Zeit danach rief Miles an.

„Kim? Ich hätte da einen Vorschlag. Was hältst du davon, wenn ich mir die Zwillinge hole und mich heute um sie kümmere?", fragte er nach.

„Dankeschön, Miles. Das ist sehr lieb, aber Kathy und Owen haben sie bereits übernommen und machen einen Ausflug mit ihnen. Wenn du Lust hast, kannst du dich ihnen gerne anschließen", machte ich den Vorschlag.

„Weniger Kim. Ist es dir recht, wenn ich dich dann zu dem neuen Kunden begleite?", hakte Miles nach.

„Nein! Was soll das schon wieder, Miles? Wir haben doch eine klare Abmachung getroffen", antwortete ich ihm bestimmend und legte einfach auf.

Die Schwierigkeiten fingen erneut an und ich war vor dem Verzweifeln, da Miles mich wieder auf Schritt und Tritt zu verfolgen schien. Ich brauchte jemand zum Reden, rief Bill an, erzählte ihm alles und er hatte eine Idee, wie er Miles zur Vernunft bringen konnte. Ich bedankte mich bei ihm, richtete liebe Grüße an Dana aus und machte dann die Kids für den Ausflug fertig. Kurze Zeit später klingelte es, Kathy holte die beiden ab und schaute mich erschrocken an.

„Kim, ist auch wirklich alles in Ordnung bei dir? Du siehst völlig blass aus und ich hege den Verdacht, dass du wieder in dein altes Verhalten zurückfallen wirst."

„Mir geht es den Umständen nach entsprechend gut. Ich habe wieder einmal eine schreckliche Nacht hinter mir, wegen Miles", gab ich lachend zurück.

Kathy drückte mich, wünschte mir alles Gute und verschwand mit Zoe und Wes. Ich verzog mich in die Dusche, ließ das warme Wasser über mich rieseln und versuchte etwas abzuschalten. Hinterher kleidete ich mich an, um für den Besuch bei O´Connor gewappnet zu sein, als es erneut an der Türe klingelte. Bestimmt hatte Kathy etwas für die Kids vergessen und war noch einmal zurückgekommen. Ich drückte völlig in Gedanken auf den Türöffner, wartete bis der Lift nach oben kam und sah aus den Augenwinkeln, dass Miles aus dem Aufzug stürmte. Erschrocken wich ich zurück, da ich nun wirklich nicht mit ihm gerechnet hatte. Miles kam zielstrebig auf mich zu.

„Na Kim, das hast du dir ja schön ausgedacht! Gehst alleine zu dem Kunden und seinen unwiderstehlichen braunen Augen. Die Kids und mich versuchst du zu einem Ausflug abzuschieben, was überhaupt eine absolute Frechheit ist. Du wirst doch nicht denken, dass ich mir das gefallen lasse", schrie er mich an.

Total verdattert über diesen Ausbruch von Miles und dessen empörten Ausdruck in seinem Gesicht, brach ich in schallendes Gelächter aus und konnte mich gar nicht mehr beruhigen. Ich hätte das wohl vorher überdenken und lieber lassen sollen, denn Miles rastete aus und ging auf mich los. Er schien angetrunken zu sein, umgriff brutal mein rechtes Handgelenk und zog mich die Treppen hoch in Richtung Schlafzimmer. Obwohl ich mich sträubte, wehrte und hart auf den Treppen mit meinen Knien aufschlug, konnte ich mich nicht aus seinem Griff befreien. Er riss die Tür auf und schleuderte mich aufs Bett, wo ich verstört und mit schmerzenden Beinen liegen blieb. Miles zog sich einen der Stühle zu sich und setzte sich rittlings darauf.

„Ich will sofort eine Erklärung wie du zu mir stehst!", blaffte er mich an.

Ich rutschte entsetzt bis an das Kopfende zurück.

„Was Miles, wenn ich dir im Moment keine geben kann? Was meinst du dann mit mir tun zu müssen?", fragte ich ihn ganz ruhig.

Miles stand ruckartig auf und bewegte sich langsam auf mich zu, was mich in Panik versetzte. Innerlich redete ich mir immer wieder ein ganz ruhig zu bleiben und ihm keinen Anlass zum Ausrasten zu geben. Miles setzte sich zu mir auf das Bett.

„Dann wird dir genau dasselbe noch einmal passieren wie vor der Entstehung der Zwillinge, damit du weißt zu wem du gehörst", meinte er eiskalt.

„Oh nein, bitte nicht schon wieder. Miles warum tust du mir das immer wieder an und versuchst alles mit Gewalt zu erzwingen," stöhnte ich auf und starrte ihn erschrocken an.

Ich schloss verzweifelt meine Augen, in der Hoffnung, dass mir das soeben angedrohte erspart blieb. Mir wurde schlecht, ich bekam keine Luft mehr, mein Puls raste und ich hatte Mühe mich unter Kontrolle zu halten, um nicht zu schreien. Die Anspannung und die Angst waren für meine Nerven zuviel, ich schaltete wieder völlig in meinen Trancezustand um und musste einige Stunden so verbracht haben. Irgendwann kam ich wieder in die reale Welt und sah, dass Miles immer noch bei mir saß und völlig aus dem Häuschen war. Er stöhnte erleichtert auf, zog mich an sich und war froh, dass ich zurück war. Ich drückte ihn bestimmend von mir und schaute ihn verständnislos an.

„Kim, du hast diesmal über vier Stunden regelrecht abgeschaltet und warst nicht ansprechbar. Doc konnte ich nicht erreichen, einen anderen Arzt wollte ich nicht konsultieren. Ich habe verzweifelt gebetet, dass du nicht kollabierst und wegbleibst", eröffnete er mir.

Ich warf einen Blick auf meine Nachttischuhr und zuckte zusammen.

„Super! Nun habe ich meinen Termin bei O´Connor verpasst", bemerkte ich trocken.

Miles beruhigte mich.

„Den kannst du morgen nachholen. Dein Kunde hat hier angerufen und nach deinem Verbleib gefragt. Ich habe ihm erklärt, dass es dir nicht gut geht und du morgen den Termin einhalten wirst. O´Connor hat zugestimmt und dir gute Besserung ausrichten lassen."

Miles hatte sich darum gekümmert, dass die Zwillinge bei Kathy und Owen schlafen konnten. Owen hatte ihn für den morgigen Tag zu einer Unterredung gebeten und er würde dann später die Kids wieder mit nach Hause nehmen und hier vorbei bringen. Ich bekam alles nur am Rande mit, war völlig erschöpft und legte mich zurück.

„Miles verschwinde einfach und lass mich endlich in Ruhe", bat ich ihn entnervt. „Du machst durch deine Eifersuchtsszenen und Drohungen, mich wieder zu vergewaltigen, alles nur noch schlimmer und ich kann dich irgendwann überhaupt nicht mehr ertragen. Im Moment will ich überhaupt keinen Mann mehr sehen, noch eine Bindung mit irgendjemand eingehen, egal

ob er blaue, braune oder sonstige Augen hat."
Ich rollte mich zusammen, zog mir die Decke über den Kopf und schlief ein.
Der nächste Tag fing genauso beschissen an, wie er endete. Ich hatte wahnsinnige Kopfschmerzen, wie schon oft in letzter Zeit, mir war hundeelend und ich wollte eigentlich im Bett bleiben. Ich musste aber den erneuten Termin bei O´Connor einhalten. So quälte ich mich stöhnend aus dem Bett und machte mich auf den Weg in die Küche, um mir mein Frühstück vorzubereiten. Zum Glück waren Zoe und Wes nicht da, denn ich hatte das Gefühl, damit heute völlig überlastet zu sein. Im Stillen dankte ich Kathy und Owen für ihre Bereitschaft, mir die Zwillinge öfters abzunehmen. Ich lief ins Badezimmer und prallte dort überraschenderweise und völlig unerhofft mit Miles zusammen, der gerade in nacktem Zustand aus der Dusche kam. Aufstöhnend machte ich auf dem Absatz kehrt, um im oberen Bad zu duschen. Miles hielt mich zurück und erklärte, dass er das Frühstück für uns fertig machen würde und das Badezimmer für mich frei sei. Ich wartete, bis er das Bad verlassen hatte, schloss ab und stellte mich unter die Dusche. Mir ging es danach auch nicht besser und ich hatte das Gefühl, dass sich der Druck in meinen Kopf eher verstärkt hatte. Ich litt an Orientierungsschwierigkeiten und war zeitweise völlig neben der Kappe. Wer weiß, was ich gestern durch den Trancezustand verursacht hatte und ich beschloss so schnell wie möglich einmal mit Doc zu reden, denn irgendetwas stimmte da überhaupt nicht. Torkelnd und mit immer mehr zunehmenden Kopfschmerzen, schleppte ich mich regelrecht in die Küche zurück. Ich setzte mich auf einen Stuhl und versuchte mir verzweifelt einen Kaffee einzuschenken,

was mir nicht gelang, da meine Hand fürchterlich zitterte. Miles schaute mich etwas irritiert über den Tisch an, ich erwiderte seinen Blick und sah alles verschwommen. Ich stellte die Kanne auf den Tisch, schloss und öffnete meine Augen mehrmals, aber der Schleier blieb. Die Kopfschmerzen wurden urplötzlich so heftig, dass mir speiübel wurde und ich mich zurückhalten musste, um nicht zu erbrechen. Ich bekam Panik, hielt aufstöhnend meinen Kopf fest, hatte das Gefühl, dass im gleichen Augenblick etwas in meinen Kopf platzte und merkte, dass mir ein Schwall Blut aus der Nase und über meine Hände lief. Miles schrie erschrocken auf, rannte ins Badezimmer und kam mit einem nassen Handtuch zurück, dass er mir in den Nacken legte. Miles drückte ganz vorsichtig meinen Kopf nach hinten und wollte wissen, wie ich mich fühlte. Da mir das Blut in den Hals lief, konnte ich nur gurgelnde Geräusche von mir geben. Ich schluckte verzweifelt. Das nasse Handtuch half etwas und nach einiger Zeit hörte die Blutung auf. Miles holte neue Eiswürfel aus dem Kühlfach, wickelte sie in das Tuch und legte es mir erneut in den Nacken, um auf Nummer sicher zu gehen. Beim Anblick der Eiswürfel konnte ich ein Grinsen nicht verkneifen und dachte an vergangene Zeiten. Miles verstand meinen Gedankengang und fand es überhaupt nicht lustig, da ich ihm einen enormen Schrecken eingejagt hatte.

„Konsultiere endlich Doc Morris. Das ist doch nicht normal. Kim, wenn ich nicht über Nacht geblieben wäre, hätte diese Situation gerade für dich ziemlich übel ausgehen können."

„Verdammte Scheiße, Miles! Ich wäre erst gar nicht in diese Situation gekommen, wenn du gestern nicht aufgetaucht wärst und so ein bescheuertes Spektakel hier veranstaltet hättest!", brüllte ich wütend.

Ich hatte die Schnauze entgültig voll. Miles ewige Selbstbeweihräucherung ging mir auf den Keks. Genervt riss ich mir das Handtuch aus dem Nacken, warf es in die Ecke, was den Effekt hatte, dass durch die ruckartige Bewegung meines Kopfes, meine Nase erneut das Bluten anfing. Miles holte das Tuch ohne Worte wieder, zog mich hoch, bugsierte mich ins Wohnzimmer auf die Couch und drückte mir das Handtuch erneut in den Nacken. Ich blieb liegen, da mir ziemlich schwindelig war und hoffte, dass die Blutung endlich aufhörte, denn mein Termin für heute Nachmittag rückte immer näher.

„Du hast echt einen Knall. In diesem Zustand werde ich dich nicht mit dem Auto fahren lassen", meinte Miles.

„Mein Gott, Miles. Es gibt auch noch Taxis", blaffte ich zurück. „Aber du kannst mich in Gottes Namen zu diesem Termin begleiten, um sicher zu gehen, dass ich nichts unrechtes mit O´Connor anstellen werde."

Miles stand auf, holte noch ein weiteres Tuch mit Eiswürfeln und legte es mir auf die Stirn, was ich als sehr angenehm empfand. Der Druck auf meinen Kopf ließ langsam nach, mir fielen ständig die Augen zu und ich schlief erneut ein.

Der Kurzschlaf war mir gut bekommen. Meine Kopfschmerzen waren verschwunden und ich fühlte mich wieder einigermaßen fit. Langsam erhob ich mich und machte mich auf den Weg in die Küche. Mein Magen knurrte und ich verspürte Hunger. Miles saß am Tisch und trank einen Kaffee. Er erkundigte sich nach meinem Befinden und ich deutete auf die Tasse mit dem Hinweis, dass ich genau so etwas jetzt vertragen konnte. Er stand auf, holte eine Tasse aus dem Schrank und schenkte mir frischen Kaffee ein. Ich beschmierte mir ein Brot mit Erdbeermarmelade und verschlang dieses mit einem Heißhunger. Miles schaute mir grinsend zu und ich konnte es mir nicht verkneifen ihm die Zunge heraus zustrecken. Nach dem kleinen Imbiss fühlte ich mich wieder gestärkt, schaute auf die Uhr und schrie erschrocken auf.

„Warum zum Teufel noch mal, hast du mich nicht eher geweckt, Miles! Mein Termin findet in weniger als fünfzehn Minuten statt und wenn ich Pech habe, komme ich Dank dir wieder zu spät."

Ich beeilte mich und zog mich schnell um.

„Willst du mir nun auch noch die Kunden vertreiben mit deiner verdammten Eifersucht und selbstsüchtigen Sturheit", meinte ich so nebenbei zu ihm.

Miles blieb mir die Antwort schuldig, stieg in den Aufzug und fuhr mit in die Tiefgarage. Unterwegs fiel mir ein, dass ich meine Arbeitsmappe mit O´Connors Zeichnungen im Appartement vergessen hatte und lief fluchend zurück. Diese Hektik liebte ich überhaupt nicht und wurde schon wieder ziemlich wütend auf Miles. Er wartete im Auto und als ich eingestiegen war, fuhr er gezielt los. Ich war etwas erstaunt, dass er den Weg wusste, den ich ihm noch gar nicht genannt hatte und fragte nach.

„Sorry, Kim. O´Connor ist ein Freund von mir und wir haben früher gemeinsam die Schulbank gedrückt. Ab und zu spielen wir einmal etwas Golf zusammen", gab er preis.

Mir blieb nach dieser Nachricht die Spucke weg. Ich fand Miles Verhalten ziemlich link, dass er mich nicht aufgeklärt hatte und wunderte mich gar nicht mehr. Was für Überraschungen hatte er denn noch für mich parat und ich stellte fest, dass er immer rätselhafter für mich wurde und ich mich stetig von ihm entfernte. Miles hielt vor dem Anwesen O'Connors, stieg aus, half dann mir aus dem Auto und übernahm meine Zeichenmappe. Mir wurde etwas mulmig zumute, als ich daran dachte gleich wieder in O'Connors braune Augen zu blicken und dabei Miles neben mir zu wissen. Dieser klingelte und nach längerem Warten öffnete uns wieder dieser schrullige Butler. Diesmal bat er uns herein und eilte davon, um schnellstens seine Lordschaft zu holen. Ich musste wieder lachen. Miles schaute mich von der Seite an und verlangte etwas mehr Ernsthaftigkeit von mir. Diese Ansage rief genau das Gegenteil in mir hervor und ich bekam einen heftigen Lachkrampf, dass es nur so durch die Halle schallte und in kleinen Echos zurückgeworfen wurde. Inzwischen war O'Connor erschienen und grüßte grinsend, was mich plötzlich verstummen und rot werden ließ.

„Na, Miss Webster. Nach ihren Lachattacken zu urteilen, die nicht zu überhören sind, scheint es ihnen besser zu gehen", meinte er.

Ich räusperte mich und schaute in Miles Richtung, der die ganze Situation genau verfolgte. O'Connor ging auf Miles zu und begrüßte ihn sehr herzlich.

„So, Miles und nun kläre mich mal auf, in welchem Zusammenhang ihr beide eigentlich zueinander steht."

„Nun Patrick, ich bin der Vater der Zwillinge und so gut wie verlobt mit Kim", lachte er.

Ich sog nach diesem Satz hörbar zischend die Luft ein, fixierte Miles mit zusammengekniffenen Augen und musste mich beherrschen, um ihm nicht an die Gurgel zu gehen. O'Connor ließ grinsend seinen Blick von Miles zu mir wandern und schien kapiert zu haben, was hier gerade ablief. Neugierig schaute er auf die

Mappe, die Miles noch in seinen Händen hielt und wollte wissen, was ich ihm in Sachen Umgestaltung der Räume bieten konnte. Miles wollte die Mappe öffnen, ich eilte auf ihn zu, verdrehte wütend meine Augen und riss sie ihm aus den Händen. Patrick amüsierte sich über dieses Schauspiel und schaute mir wieder gezielt in die Augen, was Miles nicht entgehen konnte. Ich wich dem Blick O´Connors aus, reichte ihm die Zeichnungen, die er sehr lange und genau studierte. Er pfiff anerkennend durch die Zähne.

„Sie verstehen wirklich etwas von ihrem Fach, Miss Webster und präsentieren mir ja regelrecht genau das, was ich mir auch vorgestellt habe. Sie machen ihrem Ruf als Superarchitektin wirklich Ehre. Okay, somit haben sie nun freie Hand und können sofort loslegen, wenn sie wollen."

Patrick beglückwünschte Miles zu so einer kreativen und auch noch sehr gut aussehenden Freundin und ich wurde wieder bis unter die Haarspitzen rot. Miles schielte mich schräg von der Seite an und ich vermied absichtlich seinen Blick zu erwidern. Ich hoffte nur, dass diese Sache nicht wieder ein neuer Aufhänger für Miles Eifersuchtsszenen war und ich nachher nicht wieder darunter leiden musste. Patrick lud uns in einen seiner Salons ein und wir tranken wieder gemeinsam Kaffee zusammen. Miles und Patrick unterhielten sich über Gott und die Welt. Ich geriet in den Hintergrund und fing an mich nach kurzer Zeit furchtbar zu langweilen. Die Geschichten, wie sie früher die Mädels haufenweise flach gelegt hatten, fand ich in meinem Beisein sehr unpassend und peinlich. Ich schämte mich für Miles und wusste nun, dass er früher auch nicht gerade so ohne gewesen war, wie er immer vermitteln wollte. Nach einiger Zeit entschuldigte ich mich, dass ich einmal kurz wohin musste und Patrick erklärte mir den Weg. Miles schaute mich kurz an, ich warf ihm einen vernichtenden Blick zu und er hatte verstanden. Ich stand auf und verschwand nicht auf die Toilette, sondern verließ die Räumlichkeiten, um mich etwas im Park umzusehen, der sicher genauso wunderschön angepflanzt war, wie das Anwesen von Miles. Ich wurde nicht enttäuscht und fand hinter dem Schloss auch noch Springbrunnen mit Wasserspeiern in allen Variationen, die mich fasziniert innehalten ließen. Nachdem ich die Wasserspiele alle gesehen hatte, machte ich mich auf den Weg zurück, denn ich war sicher, dass man mich schon vermisste. Immer noch beeindruckt von der Vielfältigkeit in diesem Park hörte ich plötzlich hinter mir ein tiefes, bösartiges knurren. Ich wurde stocksteif, drehte mich langsam um und sah mich diesem Geschöpf von Baskerville gegenüber stehen. Nein, bitte nicht. Verfluchter Mist. Ausgerechnet wieder ich, schoss es mir durch den Kopf. Jetzt nur keine falsche Bewegung machen und ausflippen, es war keiner da, der mir helfen konnte. Ich setzte mich intuitiv ganz langsam ins Gras und vermied jeglichen Blick mit diesem Riesenmonster. Irgendwo hatte ich einmal etwas gelesen, dass man Hunden nicht unmittelbar in die Augen schauen sollte, da sie sich sonst bedroht fühlten. Mit gesenktem Kopf harrte ich der Dinge, rief innerlich um Hilfe und bemerkte, dass dieses Monster ganz langsam auf mich zuschritt. Dann stand dieser Riesenhund über mir und fing an mich zu beschnuppern und abzuschlecken, was ich gar nicht einmal als so unangenehm empfand. Als er in den Bereich meines Halses und Nacken kam, musste ich auflachen, da ich an diesen Stellen ziemlich kitzelig war. Ich versuchte das schwarze Monster verzweifelt von diesen Bereichen fern zu halten. Aus Spaß nannte ich ihn Blacky und schien damit auch noch wortgetreu ins Schwarze getroffen zu haben. Dem Hund schien unser Spiel zu gefallen, er legte seinen Kopf in meinen Schoß und ich streichelte sein weiches Fell. Blacky schien meine Streicheleinheiten zu genießen denn er konnte gar nicht genug davon bekommen. Ich war über mich selbst erstaunt, wagte aufzustehen und suchte in der Nähe nach einem längeren, stabilen Stock. Blacky erhob sich, wedelte mit dem Schwanz und sprang freudig auf der Stelle hin und her. Ich warf den Stock, Blacky jagte los und brachte ihn mir wieder zurück. Das Spiel wiederholte sich etliche Male, bis der Hund eine neue Variante probierte. Jedes Mal, wenn ich ihm den Stock aus dem Maul nehmen wollte, hielt er diesen eisern fest und zog dagegen. Blacky hatte immense Kraft, ich fiel mehr als einmal hin und wir balgten uns dann im Liegen weiter, wobei ich laut lachend und er freudig knurrend auf das Spiel einging. In dieser Situation trafen uns Miles und O´Connor an, die mich schon vermisst hatten. O´Connor pfiff nach Blacky und der Hund schien das erste Mal in seinem Leben nicht auf seinen Herren zu hören. Blacky stutzte kurz, sah Patrick an, legte sich dann zu meinen Füßen nieder und guckte mir treuherzig in die Augen. Ich brach in schallendes Gelächter aus und dachte, nun auch noch ein tiefer Blick durch Hundeaugen. Beide Männer schritten auf uns zu und O´Connor war über das Verhalten seines Hundes völlig verblüfft, da dieser eigentlich nicht so umgänglich war und Unbekannte eher stellte und verbellte. Miles schaute mich fragend an.

„Kim? Ist mit dir alles in Ordnung oder haben sich

deine Kopfschmerzen wieder bemerkbar gemacht?"
Ich stand auf, was auch Blacky dazu veranlasste das
gleiche zu tun.

„Ja, mir geht es gut. Meine Kopfschmerzen sind wie
weggeblasen und ich habe schon lange nicht mehr so
viel Spaß gehabt wie heute."

Miles zupfte mir einige Blätter aus den Haaren.

„Kim, du bist einfach unmöglich. Du siehst selbst wie
ein Straßenköter aus. Völlig verschwitzt, mit wirren
Haaren und deine ganze Kleidung ist verdreckt und
verschmiert", gab er von sich.

O'Connor brach in schallendes Gelächter aus und
versuchte verzweifelt seinen Hund unter Kontrolle zu
bekommen, der alle Versuche von ihm ignorierte und
immer wieder zu mir hochblickte. Ich schickte Blacky
zu Herrchen, er gehorchte mir aufs Wort und trottete
zu O'Connor, was dieser mit einem anerkennenden
Blick in meine Richtung quittierte. Nach diesen
Aktionen mit dem Hund war ich völlig ausgepowert
und bat um einen Schluck Wasser.

„Am Besten wird es sein, wenn du dich über Blackys
Wassernapf hermachst. Dieser hat sicherlich nichts
dagegen und wird ihn gerne mit dir teilen", kam Miles
mit der Bemerkung herüber.

Ich streckte Miles die Zunge heraus. O'Connor brach
vor Lachen bald zusammen und lotste uns wieder ins
Innere des Schlosses. Der Hund trottete an meiner
Seite und ließ mich nicht aus den Augen, worüber ich
wieder grinsen musste. In der Küche holte Patrick ein
Glas aus dem Schrank und schenkte es mir voll
Wasser, was Blacky neben mir zu einem Fiepen und
Hecheln veranlasste. Ich trank einen Schluck aus dem
Glas, schüttete mir etwas in die hohle Hand und hielt
sie Blacky entgegen, der das kühle Nass dankbar

aufschlabberte.

„Nicht zu fassen, diese Frau verdreht sogar Hunden den Kopf", gab Miles entsetzt von sich und O´Connor brach erneut in Lachen aus und konnte sich fast nicht mehr beruhigen.

Ich ignorierte beide Männer und machte mich auf den Weg zur Gästetoilette, um mich etwas in Fasson zu bringen. Blacky sah das als Anlass mir zu folgen und ich hatte Mühe ihm klar zu machen, dass er dorthin nicht mitkommen konnte. O´Connor lachte nur noch Tränen und Miles musste sich stark unter Kontrolle halten um nicht brüllend loszulachen. Ein giftiger Blick von mir in seine Richtung hielt ihn vorerst noch zurück. Ich befahl Blacky hier zu warten und der Hund hatte endlich verstanden. Mit hoch erhobenem Kopf marschierte ich in Richtung Toilette und dachte mir nur noch, wie dämlich Männer waren. Ich machte mich so gut es ging wieder etwas frisch, musste selbst über meinen Anblick im Spiegel grinsen und lief dann zurück in die Küche. Als ich Miles mit einem Blick streifte, sah ich, dass er verstohlen ein paar Lachtränen aus den Augen wischte und versuchte ernst zu bleiben. Blacky sprang hoch und gesellte sich wieder zu mir, was erneute Lachsalven bei O´Connor auslöste. Ich fing nun auch zu lachen an, mit Miles Beherrschung war es auch vorbei und er und Patrick konnten sich nicht mehr beruhigen. Ich machte die Männer darauf aufmerksam, dass ich in der Auffahrt warten würde, bis sie ihr kindisches Benehmen im Griff hatten und verschwand mit dem Tier im Schlepptau. Kurze Zeit später gesellten sich beide zu mir und O´Connor freute sich darauf, dass ich demnächst das Renovieren anfangen würde. Er reichte mir die Hand und klopfte Miles zum Abschied auf die Schulter.

„Du kannst dich echt glücklich schätzen, Miles, dass du eine außergewöhnliche Frau gefunden hast, der sogar bissige Hunde zu Füßen liegen", bemerkte er erneut. Blacky stand mit hängenden Ohren neben mir und schaute mich traurig an als ich mich auch von ihm verabschiedete. O´Connor fing wieder das Lachen an und Miles wandte sich schnellstens ab, bevor auch er wieder die Beherrschung verlor. Genervt stieg ich ins Auto und Miles hatte selbst da noch Mühe ernst zu bleiben. Ich lehnte mich im Sitz zurück, schloss meine Augen und war kurz darauf eingeschlafen. Miles weckte mich, als wir in der Tiefgarage angekommen waren und ich stieg verschlafen aus dem Auto. Der heutige Tag war ein Energieschub für mich gewesen, auch wenn ich vorhin kurz eingenickt war. Ich verzog mich schnellstens unter die Dusche, wickelte mich danach in ein Badelaken und eilte in die Küche. Kathy hatte einen Zettel auf dem Küchentisch hinterlassen, den mir Miles reichte. In der Nachricht teilte sie mir mit, da ich noch nicht zuhause gewesen und Miles nicht bei Owen erschienen war, hatte sie spontan die Kids wieder mitgenommen. Mir war dies heute auch recht so und ich ließ mich erleichtert auf einen Stuhl fallen. Miles hatte inzwischen einen Kaffee gekocht, schenkte mir eine Tasse ein und stellte sie mir vor die Nase. Ich dankte ihm, schnappte sie mir, verzog mich damit ins Wohnzimmer und schaltete das Radio ein. Entspannt lehnte ich mich auf der Couch zurück, schloss meine Augen und gähnte herzhaft vor mich hin. Miles gesellte sich dazu, nahm neben mir Platz und versprach mir nachher ein schönes Abendessen zu zaubern.

„Danke und noch etwas, Miles? Warum hast du mir nicht erzählt, dass du O´Connor von früher kennst", sprach ich ihn nach Minuten des Schweigens an. „Ich finde dein Verhalten äußerst fies und link. Du kannst es irgendwie doch nicht lassen und lügst mich immer wieder gezielt an."

„Kim, bis zum Zeitpunkt deines Zusammenbruches wusste ich ja nicht, dass es ausgerechnet Patrick ist, in den du dich verguckt hast. Erst nach dem Anruf von dessen Seite, habe ich verstanden für wen du arbeitest. O´Connor war schon früher in Bezug auf Frauen ein Schwerenöter gewesen", antwortete er sarkastisch.

Ich lachte laut auf.

„Ich habe mich in niemanden verguckt. Gerade du hast es nötig, mir Vorwürfe zu machen. Du brauchst keinesfalls so auf Unschuldslamm zu machen. Ich habe euer Gespräch genau verfolgt und du kannst im Bezug auf Schwerenöter, punktgenau O´Connor das Wasser reichen, lieber Miles. Weißt du, ich habe es als außerordentlich peinlich empfunden, dass in meinem Beisein überhaupt dieses Thema angeschnitten worden war. Dementsprechend habe ich mir ein Bild über Patrick O´Connor gemacht und würde eben nie aus diesem Grund mit ihm etwas anfangen. Männer, die über Frauen in dieser Art und Weise sprechen sind das Letzte und haben es überhaupt nicht verdient, dass man sie liebt", warf ich ihm entgegen.

„Kim? Du denkst doch jetzt nicht auch so über mich, oder?", fragte er mich.

„Doch Miles, ab heute denke ich so über dich", nickte ich.

Miles schluckte.

„Bedeutet das jetzt für dich, dass entgültige Aus in unserer Beziehung", wollte er wissen.

„Das liegt allein an dir und wie du dich in Zukunft mir gegenüber verhältst. Jedenfalls werde ich persönlich deine Wutausbrüche und Gewaltattacken nicht mehr dulden. So etwas wie heute, kannst du dir sparen. Aus diesem Grund ist der heutige Abend erst einmal unser letzter gemeinsamer", erklärte ich Miles. „In Zukunft bringt entweder Kathy die Kids bei dir vorbei oder meine Wenigkeit. Ich will dich in nächster Zeit auf keinen Fall mehr hier in der Wohnung haben um mir so, Schläge zu ersparen. Miles und ich rate dir, etwas gegen dein ständiges aggressives Verhalten und deine unerträgliche Eifersucht zu tun. Wenn du das machst, kannst du wieder bei mir punkten."

Miles stand nach diesen Worten auf.

„Gut, Kim. Es ist wohl besser wenn ich gehe", meinte er und verabschiedete sich von mir.

Ich begleitete ihn bis zum Aufzug und wünschte ihm noch einen schönen Abend. Miles stieg in den Lift, warf mir noch einen kurzen Blick zu, die Tür schloss sich und er verschwand. Seufzend ging ich in die Küche und machte mir etwas zu Essen. Nachdenklich kaute ich vor mich hin und hoffte, dass Miles meine Worte beherzigte und etwas gegen sein Verhalten tun würde, denn ich hatte das Gefühl, dass ich mich immer weiter von ihm entfernte. Genervt schaute ich auf die Uhr und dachte, dass es eigentlich noch zu früh war, um ins Bett zu gehen. Spontan entschloss ich mich dieser Nobeldisco, die ich letzthin mit Miles unsicher gemacht hatte, einen Besuch abzustatten, um auf andere Gedanken zu kommen. Wie immer war dieser Schuppen brechend voll und einige der Typen die Miles kannten, begrüßten mich mehr als herzlich und schon war ich für den Rest des Abends nur noch auf der Tanzfläche. Zuerst hatte ich ein schlechtes Gewissen Miles gegenüber, dachte mir dann aber, was soll's ich musste ja nicht gleich mit den Kerlen ins Bett hüpfen und etwas Spaß stand mir auch zu. Ich genoss es, dass ich auch für andere Männer interessant war und geizte nicht mit meinen Reizen, bis ich auf einmal durch einen dummen Zufall Miles erblickte. Dieser saß etwas abseits an einem der Tische und musste mich bereits längere Zeit fixiert haben. Ich erstarrte mitten im Tanz, unsere Blicke trafen sich und mein Herz fing das Rasen an. Mein Tanzpartner schien bemerkt zu haben, dass etwas nicht stimmte und verfolgte meinen Blick in Miles Richtung. Er winkte ihm zu, bedankte sich bei mir und stupste mich an, dass ich wie aufgezogen in seine Richtung lief. Kurz davor erwachte ich aus meiner Erstarrung, schüttelte meinen Kopf, dachte nur noch, falsche Richtung und machte auf dem Absatz kehrt. Miles stand urplötzlich neben mir, zog mich am Arm an seinen Tisch, drückte mich in einen der Stühle und fragte was ich trinken wollte. Ich starrte ihn nur an und war im Moment zu keiner Antwort fähig. Er winkte der Bedienung, bestellte für mich das Spezialgetränk und wandte sich dann wieder mir zu. Miles wedelte mit seiner Hand vor meinen Augen, ich zuckte zusammen, er fing an zu grinsen und meinte, dass es mir genauso wie ihm ergangen sei und er auch noch etwas Abwechslung gebraucht hätte. Ich nickte, immer noch keiner Antwort fähig und ließ erst einmal den Umstand, dass ich hier auf Miles gestoßen war, ganz langsam sacken. Damit hatte ich überhaupt nicht gerechnet, aber Miles konnte tun und lassen was er wollte, genau wie ich. Inzwischen brachte die Bedienung mein Getränk, ich bedankte mich, wurde von meinem Gedankenfluss abgelenkt und trank unbewusst das Glas leer. Miles versuchte verzweifelt ein Gespräch in Gang zu bringen, was ihm natürlich nicht gelang, da ich völlig abwesend war und ihm fast nicht zuhörte. Er erhob sich, bat mich um einen Tanz und ich bemerkte, dass die Musikrichtung gewechselt hatte und Schmusesongs gespielt wurden. Ich wollte Miles nicht so dumm dastehen lassen und erhob mich. Das Teufelsgetränk fing zu wirken an, ich schwankte leicht und ließ mich von Miles auf die Tanzfläche bugsieren. Er zog mich an sich und ich funktionierte in diesem Moment wie eine Marionette, der man die Richtung bestimmte. Ich roch wieder sein Rasierwasser und mir wurde ganz anders. Verwirrt schloss ich meine Augen, lehnte meinen Kopf an seine Schulter und Miles legte seine Arme schützend um mich, so dass wir beide ziemlich engen Körperkontakt hatten. Wir genossen beide diese Gemeinsamkeit, bis jemand Miles auf die Schulter klopfte und Abschlag rief. Ich schrak zusammen und sah, dass O'Connor grinsend neben uns stand und darauf wartete mit mir tanzen zu können. Verstört blickte ich Miles an. Der nickte und reichte mich kommentarlos an Patrick weiter. In mir sträubte sich alles, ich warf Miles einen verzweifelten Blick zu, dieser zuckte mit den Schultern und räumte das Feld. Staunend blickte ich hinter ihm her und sah, dass er wieder am Tisch Platz nahm und zu uns herübersah. O'Connor schnappte mich und ich hielt ihn verzweifelt auf Abstand, was mir nicht ganz gelingen wollte, da er sehr bestimmend führte und bei mir immer noch der Alkohol nachwirkte. Er bot mir während des Tanzens das du an, blickte mir dabei tief in die Augen und ich konnte mich diesem Blick nicht entziehen. Wie in Hypnose schaute ich auf dieses intensive braun, dass mich langsam, aber sicher hinab zog und dann geschah es. Ich küsste Patrick und dieser schien schon darauf gewartet zu haben und erwiderte mein Verlangen. Mein Kuss war so intensiv, wie ich es eigentlich nur bei Miles kannte. Als mir dessen Name durch den Kopf schoss, schrie ich erschrocken auf und stieß Patrick von mir. Entsetzt schaute ich erst ihn an und dann in Miles Richtung. Dieser saß leichenblass am Tisch und starrte mich völlig entgeistert an. Das verdammte Gesöff dachte ich nur, machte auf dem Absatz kehrt, rannte wie von Sinnen los und versuchte mich verzweifelt durch die Menschenmenge nach draußen zu wühlen. Unterweg schoss mir alles Mögliche durch den Kopf und ich bemerkte nicht einmal, wie ich heulend ins Freie stolperte und mich jeder anblickte. Ich war überzeugt, dass dies nun das entgültige Aus für Miles und mich bedeutete und erreichte patschnass und aufgelöst mein Appartement. Ich hatte nicht einmal bemerkt, dass es zwischenzeitlich angefangen hatte zu regnen. Als ich aufschließen wollte, musste ich feststellen, dass sich meine Tasche und meine Jacke in der Nobeldisco bei Miles am Tisch befanden. Diese Erkenntnis ließ mich noch mehr losheulen und ich machte auf dem Absatz kehrt, um meine Utensilien zu holen. Wie sollte ich Miles nach dieser Aktion wieder unter die Augen treten, da ich doch noch großspurig verkündet hatte, nie etwas mit O'Connor anzufangen. Ich schwor, nie mehr dieses Teufelsgesöff zu trinken und war so in Tränen aufgelöst, dass ich gar nicht mitbekam, wie mir Miles auf halber Strecke entgegen kam. Ich lief glatt an ihm vorbei, ignorierte sowieso was um mich herum vorging und heulte wie ein Schlosshund. Erst als er mich schüttelte und meinen Namen rief, kam ich wieder zur Besinnung und starrte ihm verzweifelt in die Augen. Ich hörte nur noch wie er, „Ach Kimi" sagte, mich in die Arme zog und zärtlich über meinen

Rücken streichelte. Ich war über seine versöhnende Geste so erstaunt, dass ich noch mehr heulen musste, mich fast nicht mehr beruhigen konnte und nur noch alles irre fand. Miles brachte mich nach Hause und überreichte mir vor der Tür meine Jacke und die Handtasche. Ich wühlte in meiner Tasche, versuchte meine Schlüssel zu finden und geriet in Panik. Miles half mir, reichte sie mir und verabschiedete sich. Ich stand wie erstarrt und rief verzweifelt seinen Namen. Miles drehte sich um und ich bat ihn darum, mich bitte nach oben zu bringen, da ich stark alkoholisiert und völlig durchnässt war. Außerdem litt ich unter Orientierungsproblemen. Er kam auf mich zu, nahm mir den Schlüssel aus meiner zitternden Hand, schloss auf und fuhr mit mir in die Wohnung. Ich bedankte mich bei ihm und stürmte ins Bad. Als ich in den Spiegel sah erschrak ich über mein eigenes Aussehen und versuchte mich wieder einigermaßen in Form zu bringen. Mir war immer noch nicht klar, wie ich Miles um Verzeihung bitten sollte, da sich alles in mir sperrte und eine kleine Spur von Trotz auch noch mit hinein spielte. Ich verließ das Bad und fand ihn wie immer in der Küche beim Kaffee kochen vor. Miles warf mir einen kurzen Blick zu, ich setzte mich an den Tisch, hatte das Gefühl, dass mir die Energie abgesaugt worden war und wartete darauf endlich vor Erschöpfung umzufallen. Ich bat Miles das Radio in der Küche einzuschalten. Natürlich war wieder die passende Musik zu meiner Stimmung on Air und ich verfiel wieder in meine eigene Welt. Miles schien gemerkt zu haben was in mir vorging, eilte auf mich zu, schüttelte mich und schrie mir ein Mehrfaches, „Nein", entgegen.
Ich erschrak, schoss hoch und ging wütend auf ihn

279

los. Miles hatte enorme Mühe mich unter Kontrolle zu bekommen und hielt mich nach kurzer Zeit in seinem berühmten Klammergriff. Ich verlor vollends die Nerven, als ich wieder fast keine Luft bekam, schrie wie eine Irre und versuchte mich zu befreien. Miles gab nicht nach und als ich merkte, dass ich mich nur unnötig verausgabte, hörte ich auf, mich wie eine Verrückte zu benehmen. Ich war nach dieser Aktion ziemlich fertig und Miles setzte mich auf den Stuhl. Wortlos reichte er mir eine Tasse Kaffee.

„Komm aber nicht auf die Idee, sie vor Wut wieder an die Wand zu werfen, Kim", bemerkte er dazu.

„Ich habe das überhaupt nicht vorgehabt", erklärte ich ihm entkräftet.

Mit langsamen Schlucken trank ich den Kaffee, der meine Lebensgeister wieder in Schwung brachte und versuchte Miles fragenden Blicken auszuweichen, was mir nicht gelang. Die Luft war wieder einmal zum Schneiden, ich ertrug es nicht mehr länger, schnappte mir die Kaffeetasse, stand auf und verschwand ins Wohnzimmer. Dort setze ich mich auf den Boden vor die Couch und lehnte mich aufstöhnend zurück. Miles folgte mir nach kurzer Zeit und setzte sich gegenüber in den Sessel, wo er mich weiter anfixierte. Ich wurde nach ein paar Minuten nervös.

„Verdammt! Miles! Hör auf mich in dieser Art und Weise so vorwurfsvoll anzublicken", bat ich ihn.

Ich zog meine Beine an, umschlang sie und legte meinen Kopf auf diese. Erleichtert atmete ich auf, da ich Miles nun keine Angriffsfläche mehr in diesem Sinn bot. Leider hatte ich die Rechnung ohne den Wirt gemacht, denn Miles setzte sich neben mich und ich spürte weiterhin seinen bohrenden Blick. Mein Gott, nun auch noch Psychoterror von dieser Seite. Nach einigen Minuten stillen Schweigens hielt ich es nicht mehr aus. Ich hob meinen Kopf an und sah in Miles Richtung, der mich immer noch starr ansah. „Was, Miles? Was willst du von mir? Rede mit mir und veranstalte nun nicht auch noch diesen Psychoterror, denn ich halte das nicht aus. Okay, ich fühle mich schuldig, ziemlich mies und dreckig dir gegenüber, dass ich O´Connor geküsst habe. Ich wollte das nicht, bin eben angetrunken und fühle mich im Moment schutzlos der Männerwelt ausgeliefert. Du hast heute Abend auch wieder dein Bestes dazu getan. Warum hast du mich einfach an O´Connor abgegeben? Du hast doch bemerkt, dass ich durch den Alkohol, völlig außer Kontrolle war. Meine Gefühle sind wieder in ein heilloses Durcheinander ausgebrochen und dann ist es passiert."

Miles schaute mich durchdringend an und erhob sich. „Weißt du Kim, ich muss mir so etwas von dir nicht immer wieder anhören. Vergiss es einfach."

Er verabschiedete sich und ging in Richtung Aufzug. Ich saß wie vom Blitz getroffen da, dachte nur okay es war also wieder meine Schuld, schaute ihm entgeistert hinterher, erhob mich und verzog mich in Richtung Schlafzimmer. Ich hatte wieder einmal eine ruhelose Nacht hinter mir und war am nächsten Morgen wie gerädert. Aufstöhnend stand ich auf, duschte, machte mir Frühstück und rief dann bei Kathy an.

„Kathy? Ich habe eine Bitte an dich. Kannst du heute auf die Kids aufzupassen?", fragte ich vorsichtig nach.

„Kim, du hörst dich überhaupt nicht gut an", hakte sie nach.

Ich erklärte ihr wieder einmal im Telegrammstil was gestern vorgefallen war.

„Ich habe heute meine erste Antiaggressionsstunde.

Wenn Miles schon nichts gegen seine Wutausbrüche unternimmt, will ich zumindest den Anfang machen und ich hoffe, dass vielleicht alles wieder gut wird."

Kathy seufzte am anderen Ende der Leitung.

„Weißt du Kim. Ich verstehe nicht, dass ausgerechnet du immer wieder den Anfang machen musst, um Miles entgegenzukommen. Ich verspreche dir die Kids dann am Samstag gegen Nachmittag zu bringen. Schlaf dich erst einmal richtig aus."

Ich dankte ihr, richtete liebe Grüße an die Zwillinge und Owen aus und legte auf. Nachdenklich saß ich am Telefon, fasste einen Entschluss und rief O´Connor an.

„Kim Webster. Mister O´Connor ich wollte ihnen nur mitteilen, dass ich ihren Auftrag nicht übernehmen werde und sie sich einen anderen Innenarchitekten suchen müssen."

O´Connor fragte nach dem warum.

„Nachdem was gestern vorgefallen ist, kann ich das nicht verantworten auch Miles gegenüber nicht. Sie können die Entwürfe als Entschädigung behalten", erklärte ich ihm.

O´Connor akzeptierte, ich verabschiedete mich und legte erleichtert auf. Bis zu meinem Kurs hatte ich noch Zeit, arbeitete ein paar liegengebliebene Sachen auf und legte mich dann etwa hin, in der Hoffnung, dass ich mich danach besser fühlte. Ich schlief noch einmal acht Stunden am Stück und es war Nachmittag, als ich wieder aufwachte. Ich schoss erschrocken hoch, nachdem ich auf die Uhr geschaut hatte und fühlte mich seit Tagen zum ersten Mal wieder frisch und ausgeruht. Der Blick in den Badezimmerspiegel bestätigte mein Gefühl, worüber ich mich freute, denn meine dunklen Augenringe waren verschwunden und ich hatte ein neues Strahlen im Gesicht. Ich duschte schnell, fönte mein Haar und machte mich fertig. Eine ganz neue Kim schaute mir im Spiegel entgegen und mein Selbstwertgefühl bekam wieder einen kleinen Kick. Die Zeit für mein Antiaggressionstraining rückte immer näher und ich verließ nervös und angespannt die Wohnung. Was für Leute würden mir heute begegnen und wie würde ich mit dem Training zurechtkommen. Tausend Fragen dieser Art schossen mir durch den Kopf und ich wurde immer aufgeregter. Da ich nicht weit von dem Zentrum entfernt wohnte, war ich innerhalb von zehn Minuten vor Ort und betrat mit gemischten Gefühlen das Gebäude. Eine Informationstafel erklärte in welchem Stockwerk das Training stattfand und ich machte mich auf den Weg. Im entsprechenden Gang schlug mir bereits aus dem Zimmer Stimmengewirr entgegen, ich trat ein, grüßte, ließ meinen Blick in die Runde schweifen, erstarrte und blickte in Miles Augen. Dieser schien genauso erstaunt zu sein wie ich und starrte zurück. Nein, schrie alles in mir auf, ich drehte mich auf dem Absatz um und prallte genau in diesem Augenblick mit Bill zusammen.

„Na Kim? Wo willst du denn hin? Vergiss es einfach. Jetzt wird nicht gekniffen und ich erkläre dir dann alles."

Er lachte und schob mich mit Nachdruck zurück in den Raum.

„Bill, du bist ein elender Verräter", flüsterte ich ihm gerade so zu, als der Kursleiter mit einem Grinsen in seine Richtung, eintrat, ihm zunickte und mich zum Setzen aufforderte. Ich schaute mich suchend um und ausgerechnet neben Miles war noch ein Stuhl frei. Mir blieb nichts anderes übrig, als mich neben ihn zu setzen. Miles schaute mich völlig verdattert an.

„Und du halte bloß deine Klappe", zischte ich ihm zu.

Der Kursleiter schien sehr gute Ohren zu besitzen und blickte mich an.

„Oha, sehr interessant, was ich da gerade höre. Die erste Kratzbürste stellt schon ihr Aggressionspotential unter Beweis", meinte er in die Runde.

Alle schauten in meine Richtung und fingen an zu lachen. Ich wurde knallrot im Gesicht und rutschte auf meinem Stuhl etwas tiefer. Miles schielte mich von der Seite an und verkniff sich ebenfalls ein grinsen, was ich mit wütenden Blicken quittierte. Der Kursleiter stellte sich vor, rief nach und nach die einzelnen Namen auf, hakte ab und ich bemerkte, dass sich nur Pärchen in diesem Raum befanden. Ich stöhnte auf und verfluchte mich, dass ich mich von Bill hatte ausfragen lassen. Ich schwor mir, dass er nach dieser Stunde sein Fett von mir abbekommen würde.

Alle Pärchen, die zusammengehörten, forderte der Kursleiter auf, sich vorzustellen und warum sie hier waren. Ich dachte, na super aber nicht mit mir, stand auf und wollte gehen, als ich Miles Hand in meiner spürte. Er schaute mich an, schüttelte mit seinem Kopf, hielt mich eisern fest und ich setzte mich wieder hin. Im Laufe der Vorstellungsrunde erfuhr ich so einiges über die Leute hier im Raum und fast alle kämpften mit den gleichen Problemen wie Miles und ich. Es ging nach Alphabet und da unsere Buchstaben ganz am Ende kamen wurden wir auch zuletzt aufgerufen. Der Leiter forderte uns auf nach vorne zu kommen. Miles zog mich hoch. Ich fing an zu schwitzen und Schritt für Schritt, den ich machte, verlor mein Selbstbewusstsein an Kraft. Der Kursleiter bat um eine Kurzvorstellung und in welcher

Beziehung wir zueinander standen. Miles hielt immer noch meine Hand fest, stellte sich vor und gab dann an mich weiter. Ich nannte auch meinen Namen und dann versagte mir die Stimme. Verzweifelt blickte ich Miles an und dieser begann nach kurzem Zögern unsere Geschichte zu erzählen. Er ließ nichts bis zum heutigen Tage aus und nachdem er geendet hatte, herrschte erst einmal Totenstille in diesem Raum. Selbst der Kursleiter hatte Probleme, dass soeben gehörte zu verdauen und blickte uns lange an. Dann bedankte er sich bei Miles, dass er sich vollkommen geoutet hatte und wandte sich an mich. Ich griff meine Passagen zu Miles Geschichte auf und auch danach herrschte absolute Stille im Raum. Der Leiter bedankte sich auch bei mir über die Offenheit und meinte, dass wir eigentlich gute Chancen hatten, um nach diesem Training miteinander auszukommen. Er erklärte, dass viele Paare das Problem hatten, das Gleiche zu meinen, aber die Kunst beherrschten, perfekt aneinander vorbeizureden, bis zur Eskalation. Diese Situation würden wir in seinem Kurs intensiv üben und er würde uns ein paar kleine Hausaufgaben aufgeben. Wir sollten uns aber gleich von vornherein im Klaren sein, dass es auch ab und zu Tränen geben würde. Wer also meinte dies seelisch nicht verkraften zu können, hätte jetzt die Chance zu gehen. Einige Paare stöhnten auf und einige lachten. Der Kursleiter sah uns an, besonders mich und bat uns auf unseren Platz zurück zugehen. Miles hielt mich immer noch fest. Ich hatte mich regelrecht in seine Hand verkeilt und lief mit ihm zurück. Ich setzte mich, schluckte ein paar Mal und brach urplötzlich ohne Grund in Tränen aus. Sämtliche Köpfe flogen in unsere Richtung und blickten uns an. Mir war das im Augenblick völlig egal, ich konnte nicht aufhören und ich heulte und heulte und heulte. Miles saß neben mir und wusste nicht wie er sich verhalten sollte. Der Kursleiter schritt auf uns zu. Er fragte Miles ob er ein Taschentuch hätte und erkundigte sich bei mir, ob es mir gut ginge oder ich den Kurs abrechen wollte. Ich schaute hoch, schüttelte mit dem Kopf und schnappte mir Miles Taschentuch, das er mir reichte. Aus den Augenwinkeln sah ich, dass er Miles zu sich winkte und kurz etwas besprach. Miles nickte ein paar Mal, kam dann ziemlich blass wieder zu mir zurück und zog mich in seine Arme. Inzwischen schien sich auch bei anderen Paaren die Anspannung gelöst zu haben und ich hörte ab und zu jemanden, wie er sich ins Taschentuch schnäuzte. Der Kursleiter schaute in die Runde und bedankte sich bei uns für die gute Mitarbeit. Er bat alle, sich Gedanken zu machen inwieweit ein jeder das Problem meinte lösen zu können und wünschte uns einen guten Nachhauseweg bis zum nächsten Mal. Beim Hinausgehen trafen mich die Blicke einiger Frauen, die mir verständnisvoll zunickten. Bill erschrak, als er mich in diesem Zustand sah und wollte wissen, was geschehen war. Miles antwortete für mich, da ich immer noch nicht fähig war zu sprechen und Bill bot an uns nach Hause zu fahren. Miles bedankte sich bei ihm, nahm dankend an und wir stiegen bei Bill ins Auto. Miles setzte sich im Fond zu mir und hielt mich weiterhin fest. Ich schloss meine Augen und merkte, dass ich leicht zitterte und anfing zu frieren. Miles bekam dies mit, zog seine Jacke aus und legte sie um mich, worüber ich sehr dankbar war. Die Fahrt erschien mir recht lange und als ich meine Augen öffnete, bemerkte ich, dass wir gerade die Schlossauffahrt befuhren. Ich versteifte mich und bekam wieder Panik. Miles beruhigte mich und machte mir klar, dass der Kursleiter ihn darum gebeten hatte, mich heute Nacht auf keinen Fall alleine zu lassen. Bill fuhr auf den Parkplatz, hielt und stieg aus. Miles half mir ebenfalls behutsam aus dem Auto, drückte Bill die Haustürschlüssel in die Hand, hob mich hoch und lief mit mir in Richtung Schloss. Zuerst wollte ich protestieren, sah aber Bills Blick, der mit dem Kopf schüttelte und ließ es geschehen. Bill öffnete die Tür und Miles brachte mich in die Küche. Setzte mich wie schon oft auf einen der Stühle ab, holte Kaffeetassen aus dem Schrank und schenkte sie voll. Ich saß noch immer leicht verstört über meinen Gefühlsausbruch einfach da und schloss die Augen. Fest schlang ich mir die Jacke um die Schultern. Miles schnappte sich ebenfalls einen Stuhl, setzte sich neben mich und fragte, ob es mir besser gehen würde. Ich nickte und trank langsam meinen Kaffee, während ich mich halb tot schämte, wie ich mich heute benommen hatte. Ich hatte völlig die Kontrolle über mich verloren und das war mir noch nie vor einer Menschenmenge passiert. Stöhnend stellte ich meine Tasse hin, schlug mir die Hände vors Gesicht und bekam nicht mit, dass Bill sich diskret verabschiedete und sich zurückzog. Miles stupste mich an.

„Kim, ich glaube es ist jetzt vielleicht besser, wenn du dich hinlegen würdest. Du hast heute ziemlich viel durchgemacht", meinte er.

Ich nickte und erhob mich.

„Wo kann ich denn heute schlafen? Ich nehme auch mit der Couch im ehemaligen Kinderzimmer vorlieb", fragte ich Miles.

„Kim, was bist du doch für ein Dummerchen. Dir stehen alle Räume zur Verfügung", erwiderte er und schüttelte mit dem Kopf.

Ich entschied mich für mein Atelier, teilte es Miles mit und machte mich auf den Weg dorthin. Dieser ergriff meine Hand und zog mich an sich.

„Danke Kim, dass du dich heute ebenso geoutet hast, wie ich."

Ich schaute Miles an.

„Weißt du Miles, ich schäme mich noch immer für meinen Gefühlsausbruch vor der Gruppe und würde am liebsten hier und jetzt im Erdboden versinken."

Er streichelte mir über das Gesicht, hob mich hoch und brachte mich ins Atelierzimmer wie gewünscht. Da wir durch das neue Schlafzimmer mussten, warf ich einen kurzen verstohlenen Blick in die Runde und wurde feuerrot, als ich an die gemeinsamen Stunden mit Miles dachte, die wir hier verbracht hatten. Miles sah mich von der Seite an, ich bemerkte seinen Blick, schaute zurück und wartete schon wieder auf einen seiner dummen Sprüche und das er mich gleich wieder auslachte. Seine Miene verzog sich keinen Zentimeter, er lief Richtung Dachgeschoss, wo er mich behutsam auf dem Bett absetzte.

„Gute Nacht, Kim. Schlaf gut", wünschte er mir und wollte gehen.

Ich rief ihn zurück.

„Miles, würdest du bitte heute Nacht hier bleiben. Ich möchte nicht alleine schlafen."

Er schaute mich lange an.

„Okay Kim, ich verspreche dir, dass ich gleich wieder zurück bin."

Ich dankte ihm und legte mich gemütlich ins Kissen. Das Atelierfenster ließ wieder einen herrlichen Blick auf einen klaren Sternenhimmel zu und ich geriet ins Träumen. Miles kam kurze Zeit später zurück und setzte sich zu mir ins Bett.

„Miles? Darf ich mich wieder vor dich setzen und an deine Brust lehnen?", fragte ich vorsichtig nach.

Er nickte, umschlang mich und so hatten wir beide einen wunderbaren Blick in den Himmel.

„Ich habe heute O´Connor abgesagt, dass ich diesen Auftrag nicht übernehmen werde. Die Entwürfe habe ich ihm als Entschädigung zur Verfügung gestellt", erzählte ich Miles.

„Ich weiß, Kim. O´Connor hat mich angerufen und ich soll dir eine Entschuldigung ausrichten. Du hast so schnell aufgelegt, dass er nicht mehr dazugekommen ist", entgegnete Miles.

Er umarmte mich noch fester und küsste mir den Hals „Möchtest du immer noch eine Halloweenparty? Ich würde sie gerne für dich organisieren", fragte er nach.

Ich seufzte auf, drehte meinen Kopf in seine Richtung und überlegte kurz.

„Mit was für einem Hintergedanken spielst du gerade wieder? Irgendetwas steckt doch dahinter", fragte ich ihn.

„Kim! Meine Güte, bist du argwöhnisch. Ich spiele mit keinem Hintergedanken, sondern will dir eine Freude machen. Du hast mich doch darum gebeten", gab er lachend von sich.

„Miles, wenn du wirklich eine Party organisieren willst, dann tu es in Gottes Namen und ich freue mich sehr darüber", bedankte ich mich bei ihm.

„Hast du besondere Wünsche wegen der Deko? Oder lässt du mir da freie Hand", wollte er wissen.

Ich fing an zu erklären, wie ich mir die Gestaltung so vorstellte. Miles lachte.

„Du bist ja wirklich ein richtiger Halloweenfan und ich kann mich nur noch über dich wundern."

Ich erklärte Miles, dass mir sogar bekannt war, woher

Halloween stammte und gab ein Resümee von mir, obwohl er sowieso wusste um was es an diesem Tag ging. Miles hörte mir zu und war danach erstaunt, wie genau ich die Landeskunde studiert hatte.

„Wen möchtest du denn alles zu dieser Party einladen, Kim?", fragte er.

„Diese Entscheidung werde ich dir alleine überlassen, Miles. Du darfst gerne die Gästeliste erstellen, denn mit Sicherheit kennst du mehr Leute", entgegnete ich.

Miles dankte mir für das Vertrauen.

„Kann ich auch alte Freunde aus der Gothicszene mit einbeziehen oder ist es nicht so recht?", fragte er nach.

„Ja! Gerne Miles", meinte ich lachend, „ gerade diese Leute machen das Fest erst interessant und ich habe nichts dagegen."

Es blieben noch zwei Wochen, um alles auf die Füße zu stellen und zu organisieren. Miles versprach mir, sobald er die Liste fertig hatte, würde er sie mir zur Begutachtung vorlegen, damit ich mein okay geben konnte. Ich lachte, lehnte mich wieder zurück, starte in den Sternenhimmel, sah eine Sternschnuppe schloss meine Augen und wünschte mir etwas. Miles schien das gleiche Schauspiel verfolgt zu haben.

„Kim, hast du das gerade gesehen und dir auch etwas gewünscht?"

Ich nickte und lächelte vor mich hin.

„Was war es Kim, was du dir gewünscht hast?", wollte Miles wissen.

„Ich werde doch mein Geheimnis nicht preisgeben du Scherzkeks. Du weißt doch, sonst geht der Wunsch nicht in Erfüllung", antwortete ich ihm.

Er lachte und zog mich noch fester an sich. Da fiel mir ein, dass ich überhaupt nicht wusste, was Miles für ein Sternzeichen hatte, obwohl wir uns nun schon länger kannten und ich fragte danach. Miles musste wieder einmal über meine seltsamen Gedankengänge lachen.

„Ich bin ein Widder", gab er preis.

„Oh, mein Gott", entrutschte es mir.

„Danke für die Beförderung, Kim. Ist denn dieses Sternzeichen wirklich extrem schlecht?", fragte Miles lachend nach.

„Ja leider, Miles. Der Widder ist ein Feuerzeichen und wird durch Mars und Pluto beherrscht", klärte ich ihn auf. „Der Widder besitzt viel Kraft und Energie und ist damit immer bereit, die Initiative zu ergreifen. Er ist instinktiv und dynamisch und handelt manchmal unüberlegt, was zu folgeschweren Fehlern führt. Als erstes Tierkreiszeichen symbolisiert er außerdem den Frühling und verkörpert somit Energie, Impulsivität, Unabhängigkeit und Mut. Der Widder wird oft der Egozentrik bezichtigt. Er kann auch sehr romantisch sein und sehnt sich nach Zuneigung und Bestätigung. Oft hat er eine heftige Ausdrucksweise. Er lebt seine Liebesgefühle inbrünstig aus, ist aber kein Modell der Treue. Der wahre Widder liebt das Abenteuer und die Schnelligkeit. Das Faszinierende an diesem Zeichen ist seine Unberechenbarkeit, die man sowohl durch Aggressivität als auch durch rührende Schwäche äußern kann. Das trifft vollkommen auf dich zu. Jetzt verstehe ich auch, wenn du öfters ausrastest", erklärte ich ihm.

Miles schluckte und war über meine guten Kenntnisse erstaunt.

„Ich beschäftige mich seit meiner Jugend mit solchen Sachen, Miles. Da bleibt etliches hängen."

„Kim und was bist du für ein Sternzeichen?", wollte er wissen. „Durch die ganzen vorherigen Umstände weiß ich dies auch nicht."

„Ich bin im Tierkreiszeichen Krebs geboren und man kann im Krebs nicht wie in einem offenen Buch lesen, denn er zeigt Fremden eine undurchsichtige Seite. Er trägt sich sogar mit Geheimnissen, die er nie enthüllt, manchmal nicht einmal dem engsten Freund. Er ist ruhelos, neigt zum Grübeln, ist ein Idealist und ein sehr sentimentaler Träumer. Da er vom zunehmenden und abnehmenden Mond beherrscht wird, erlebt er gefühlsmäßig wunderbare Höhen und abgründige Tiefen und er hat die Fähigkeit, andere Menschen in die eine oder andere Richtung mitzuziehen. Krebs geborene Menschen, sind sehr zärtlich, romantisch, hingebungsvoll. Eine erfüllte Partnerschaft bedeutet für sie das größte Glück. Er liebt die Gesellschaft von Menschen, geistreiche Gespräche und unterhält sich gerne und ist oft sehr beredsam. Bei Diskussionen kommt ihm sein unglaubliches Gedächtnis zugute. Er ist empfindsam, unsicher und trennt sich ungern von Freunden, seinem Heimatort oder Gewohnheiten. Da er selbst unbedingt treu ist, verlangt er dies auch vom Partner. Der Krebs glaubt an die immerwährende Liebe."

Miles stöhnte auf.

„Oh je, dass trifft auch voll und ganz auf dich zu Kim. Nun kann ich dich auch gut verstehen."

„Miles, dann freue dich mal nicht zu früh. Es kommt noch dicker, was diese beiden Sternzeichen anbetrifft. Denn knapp vorbei, ist auch voll daneben. Diese Sternzeichen sind wie Feuer und Wasser im wahrsten Sinne des Wortes und passen nicht zusammen. Nun verstehe ich, warum wir nicht zusammenfinden können. Denn da gibt es ein Problem. Immer wieder will sich der Widder am Krebs vergreifen. Denn hier hat er jemanden, den er so richtig unterbuttern kann. Und höchst erstaunlich, dass sich der Krebs mit weit geschlossenen Augen zu gerne in diese Partnerschaft fallen lässt. Zuerst findet der Widder das ganz toll. falls er beruflich öfters Leute einladen muss. Hier ist der Krebs der absolute Bringer! Das Lob der Gesellschaft ist dem Widder wichtig und schmeichelt ihm, der Krebs erfüllt hier eine hingebungsvolle Aufgabe, was wiederum ihn zufrieden macht. Die ruhige Duldsamkeit des Krebses wird dem Widder über kurz oder lang gewaltig auf die Nerven gehen, denn letztendlich steht ihm doch der Sinn nach mehr Abwechslung. Nachdem der Krebs wiederum sehr glücklich eingesponnen in seinem Schneckenhaus lebt, wird er so gut wie nichts mitbekommen und auch die zunehmende Gereiztheit des Widders ignorieren. So kann der Widder nach Jahren angeblich trauten Zusammenseins plötzlich den Schlussstrich ziehen. Der Krebs fällt dann aus allen Wolken, weil er die Umstände immer noch nicht wahrhaben wollte."

Zwischen uns beiden herrschte lange Zeit Schweigen, da jeder diese Situation erst einmal sacken lassen musste. Ich räusperte mich.

„Miles? Meinst du nicht, dass dieses angeblich traute Zusammensein schon jetzt unter einem schlechten Stern steht? Du hast mir gedroht mich irgendwann zu verlassen." Ich drehte mich um und sah Miles in die Augen. „Denkst du nicht auch, dass es vielleicht gar keinen Sinn mehr hat eine Beziehung aufzubauen, die sich bereits jetzt schon in Luft auflöst?

Miles fixierte mich und zog mich in seine Arme.

„Kim, wir haben es doch gar nicht richtig versucht uns gegenseitig zu verstehen. Vielleicht hilft uns dieses Antiaggressionstraining weiter."

293

Ich schluckte, befreite mich aus Miles Armen und stand auf.

„Möchtest du auch einen Kaffee? Ich kann jetzt einen vertragen."

Miles nickte und folgte mir in die Schlossküche. Ich war anhand der Erkenntnis so nervös, dass mir alles aus der Hand viel. Miles schnappte mich, drückte mich auf einen Stuhl und kümmerte sich selbst um die Zubereitung. Ich fing das Grübeln an, verfiel wieder in meine Starre und er holte mich mit einem erneuten „Nein" zurück, indem er mich wieder heftig schüttelte. Ich zuckte zusammen und entschuldigte mich bei ihm.

„Kannst du damit aufhören, dich immer wieder bei Problemen in diese Phase zu steigern? Ich habe Angst, dass du einmal völlig wegbleibst, Kim", meinte er.

„Miles, ich mache es nicht mit Absicht. Ich kann es nicht kontrollieren, da es urplötzlich auftritt", erklärte ich ihm.

Ich erhob mich, da ich Hunger bekommen hatte. Ich fragte Miles ob er auch was wollte und machte uns einen kleinen Imbiss zurecht. Schweigend saß ein jeder von uns am Tisch und hing kauend seinen Gedanken nach. Miles unterbrach nach kurzer Zeit diese Stille.

„Kim und wie wollen wir nach diesem heutigen Abend miteinander sinnvoll und auch im Interesse der Kids verfahren?"

„Ich weiß nicht, wie es weitergehen soll oder kann. Es macht keinen Sinn mehr, wenn wir zusammen blieben. Ob dieses Antiaggressionstraining überhaupt etwas für ein gemeinsames Zusammenleben bringt, bin ich mir auch nicht mehr so sicher. Vielleicht für jeden von uns persönlich, aber nicht miteinander. Miles, ich kann es auch nicht verkraften, wenn du irgendwann einmal meiner überdrüssig wirst und dich anders orientierst.

Was meinst du dazu?"

Miles blieb mir wie immer eine Antwort schuldig.

„Ziehst du nun morgen ins Appartement zurück oder bleibst du hier?", fragte er nach.

Ich kämpfte wieder mit mir und teilte Miles mit, dass ich in die Stadt zurückkehren, aber ihm gerne bei den Vorbereitungen zu Halloween helfen würde. Miles Reaktion zeigte, dass es ihm überhaupt nicht passte und ich bat ihn, es mir nicht so schwer zu machen und mich meine Gefühle in Ordnung bringen zu lassen. Vielleicht hatte sich bis Ende nächster Woche schon eine positive Lösung für uns beide gefunden.

„Auch mich macht dieses Verwirrspiel wahnsinnig", gestand mir Miles. „Ich werde auf alle Fälle versuchen etwas zu ändern. Eine Frage habe ich jedoch an dich und antworte mir bitte ehrlich. Egal wie die Antwort ausfällt. Kim? Empfindest du überhaupt noch etwas für mich?"

Ich erschrak zutiefst, blickte Miles an und hörte ganz tief in mich hinein. Im Moment konnte ich meine Gefühle für ihn nicht koordinieren.

„Ganz ehrlich? Miles, Ich kann zurzeit keine Antwort auf deine Frage geben", erklärte ich.

Miles dankte mir für meine Offenheit und lenkte vom Thema ab, indem er sich schon ein paar Gedanken für die Halloweenfeier machte. Ich schluckte und war enttäuscht, dass er seine Gefühle mir gegenüber nicht offenbarte und diese verfluchte Entscheidung wieder einseitig an mir hängen blieb. Diesen Umstand wollte ich nicht mehr hinnehmen, denn hier musste sich auch radikal etwas verändern. Ich dachte an Bills Worte mich zu wehren. Ich räusperte mich und stellte Miles die gleiche Gegenfrage.

„Was empfindest du eigentlich noch für mich, Miles?

Wenn du überhaupt noch etwas für mich empfindest." Er stutzte, schaute mich etwas irritiert an, stand dann auf und verschwand im Schlafzimmer. Ich fragte mich, was er nun wieder vor hatte und kurz darauf erschien Miles wieder. Er setzte sich mir gegenüber, blickte mich an und schob mir wortlos den Verlobungsring über den Tisch. Verblüfft starrte ich auf den Ring und dann in Miles Gesicht.

„Antwort genug, Kim? Nun hoffe ich auf eine positive Entscheidung deinerseits. Entscheidest du dich für mich, freut es mich, wenn du den Ring zu Halloween trägst und mir damit zeigst, meinen Heiratsantrag anzunehmen. So werde ich an diesem Abend unsere Verlobung mit einer folgenden Hochzeitsfeier bekannt geben. Wenn du dich nicht dafür entscheidest, muss ich dies erst einmal akzeptieren und hinnehmen, wenn auch murrend", meinte er.

Verdammt noch einmal, dachte ich mir, nun hatte ich schon wieder die berühmte Zwickmühle zugeschustert bekommen und nicht einmal vierzehn Tage Zeit, um eine klare Entscheidung zu treffen. Meine Gedanken drehten sich im Kreis, ich nahm wie in Trance den Ring an mich und steckte ihn in meine Hosentasche.

„Miles, erwarte nicht zu viel. Du hast es gerade wieder sehr raffiniert angestellt, mich in eine Entscheidung zu zwingen."

„Du hast alle Freiheit dich zu entscheiden, egal wie", versicherte er mir.

„Und wie hättest du jetzt gehandelt, wenn ich dir diese Frage gestellt hätte und dir den Ring über den Tisch geschoben hätte?", wollte ich wissen.

Miles konnte sich ein Grinsen nicht verkneifen.

„Also, Kim. Ich mache dich darauf aufmerksam, dass es sich bei dem Ring um einen Damenring handelt. Es kommt doch wohl etwas dumm herüber, wenn ich ihn tragen würde."

Ich lachte genervt.

„Miles! Du weichst wieder einmal geschickt aus und lässt somit wieder alles für dich offen. Deine dummen Frage- und Antwortspielchen hängen mir langsam zum Hals heraus. Kannst du nicht irgendwann einmal eine konstruktive Antwort auf meine Fragen geben und mich nicht ständig wie ein unmündiges Gör behandeln?", hakte ich nach.

Miles zog seine Augenbrauen hoch und schaute mich erstaunt an.

„Also, entschuldige mal. Habe ich die Frage gestellt, ob du etwas für mich empfindest oder andersherum?", gab er von sich.

Ich merkte, dass ich hier nicht weiter kam, sprang wütend auf, kramte den Ring aus meiner Hosentasche und knallte ihn zurück auf den Tisch.

„Weißt du was, Miles? Deine dummen Spielchen regen mich nur unnötig auf. Überlege dir bis morgen früh eine gute Antwort auf meine Frage, sonst kannst du alles vergessen, inklusive Halloweenfeier."

Ich machte auf dem Absatz kehrt und lief zurück ins Atelier. Bewusst schloss ich die Tür ab, legte mich aufs Bett und hörte, wie Miles Minuten später klopfte. Wütend drehte ich mich um, zog mir die Decke über den Kopf und versuchte zu schlafen, was mir nicht gelang. Er wich mir immer wieder aus und solange das vorhielt, hatte es überhaupt keinen Sinn auch nur annähernd auf die Wünsche einzugehen. Irgendwann schien ich doch eingeschlafen zu sein und wachte wieder einmal völlig gerädert auf. Ich stellte mich unter die Dusche, rief den Abend in Erinnerung und war gespannt auf Miles Antwort an diesem Morgen.

Langsam machte ich mich auf den Weg in die Küche und stellte erstaunt fest, dass ich die einzige war, die zum Frühstück erschien. Es war nur für eine Person gedeckt und als ich mich setzte, lag da besagter Ring. Miles hatte einen Zettel mit Nachricht hinterlassen, worauf er vermerkte, dass er mich lieben würde. Ich lachte auf, war in keiner Weise überrascht und dachte nur noch, dass Miles voll feige war und mit Helen sicher nicht so verfahren würde. Ich musste mich ihm früher oder später doch stellen. Mein Frühstück würgte ich regelrecht hinunter, denn mir war der Appetit sichtlich vergangen. Wütend steckte ich den Ring ein und verließ das Anwesen. Mir kam der Gedanke, dass ich eigentlich die Kids bei Owen und Kathy abholen konnte und schlug die Richtung dorthin ein. Owen hatte ich auch sehr vernachlässigt und deshalb bereits ein schlechtes Gewissen, da er mich schon so oft eingeladen hatte. Heute wollte ich es wieder gut machen und besorgte unterwegs noch Kuchen und einen wunderschönen Herbststrauß für Kathy. Kaum fuhr ich auf das Anwesen zu, sah ich bereits von weitem, dass Miles Jaguar vor der Tür stand. Ich fluchte vor mich hin, überlegte was ich nun machen sollte und fragte mich, ob er Gedanken lesen oder in die Zukunft blicken konnte. Mit einem etwas mulmigen Gefühl hielt ich an, stieg ganz langsam aus und lief zur Eingangstür. Als ich klingeln wollte, wurde diese aufgerissen und Miles stürmte lachend mit Wes und Zoe heraus. Zu allem Unglück hatte er soviel Schwung, dass er mich erst im letzten Augenblick wahrnahm, nicht mehr abbremsen konnte und voll auf mich aufprallte. Ich verlor das Gleichgewicht, krallte mich haltsuchend in Miles Pullover, fiel nach hinten und riss ihn zu Boden. Da ich unsanft aufgekommen war und Miles Gewicht auf mir lastete, schrie ich schmerzerfüllt auf. Er schaute mich völlig verdutzt und überrascht an und unsere Blicke verschmolzen wieder ineinander. Die Zeit blieb wieder einmal für Sekunden stehen, seine extreme Nähe veranlasste meine Gefühle wieder dazu, Purzelbäume zu schlagen und ich war mir sicher, dass er meinen hämmernden Herzschlag verspürte. Miles musterte mich sehr lange, nahm meinen Kopf in seine Hände und fing an mich intensiv zu küssen. Ich erschrak im ersten Moment und wollte Miles von mir stoßen, da ich nicht die Absicht hatte seine Regung zu erwidern. Leider konnte ich dies nicht umsetzen, da es die Zwillinge unbewusst vereitelten. Beide dachten anscheinend, dass es sich um ein Spiel handeln würde, krabbelten auf Miles Rücken und so konnte ich mich nicht von ihm befreien, ohne dass die Kids zu Schaden gekommen wären. Miles kostete diese Situation, in der ich mich befand, voll aus und nahm mir mit seinen Küssen vollends die Luft und die Gelegenheit mich von ihm zu lösen. Ich schaute Miles starr in die Augen, blieb einfach nur liegen und ließ alles schweigend mit mir geschehen. Ich hörte Gelächter aus dem Hintergrund und vernahm Owens Stimme, der sich köstlich über dieses Schauspiel zu amüsieren schien. Er eilte auf uns zu und entfernte die Zwillinge von Miles Rücken. Somit hatte ich etwas Bewegungsfreiheit und drückte Miles bestimmend von mir weg. Dieser löste sich von mir, stand auf und reichte mir die Hand. Ich setzte mich ruckartig hoch, es krachte fürchterlich in meinem Rückgrat und ich schrie vor Schmerz auf. Durch den Sturz hatte ich mir wahrscheinlich einen Wirbel ausgerenkt, der nun wieder in seine ursprüngliche Position rutschte. Miles kniete sich erschrocken zu mir.

„Mein Gott Kim, ist alles in Ordnung bei dir?", fragte er nach.

Ich sah Miles in die Augen.

„Verflucht, überhaupt nichts ist in Ordnung! Dafür hast du gerade wieder gesorgt", meinte ich wütend.

Miles half mir hoch und ich wollte ihn nicht vor Owen blamieren, deshalb unterließ ich es, ihn von mir zu weisen. Suchend schaute ich mich nach der Tüte mit dem Kuchen um und bemerkte, dass Owen diesen bereits in den Händen hielt. Er freute sich, dass ich es nun endlich einmal geschafft hatte seiner Einladung Folge zu leisten und bat uns ins Haus. Langsam setzte ich mich in Bewegung und folgte in die Küche, wo uns Kathy schon erwartete. Sie freute sich ebenfalls, nahm Owen den Kuchen aus der Hand und forderte uns auf am Tisch Platz zu nehmen. Mir fiel ein, dass ich die Blumen im Auto vergessen hatte, drehte mich um und erklärte, dass ich gleich wieder zurück sein würde. Miles schien mir wieder einmal gefolgt zu sein und blieb abwartend hinter mir stehen. Ich ignorierte ihn, war über sein vorheriges Verhalten stinksauer und musste an mich halten, um nicht auf ihn loszugehen. Miles räusperte sich. Ich drehte mich ruckartig herum.

„Was willst du schon wieder von mir, Miles? Es nervt langsam, wenn du ständig wie ein Schatten hinter mir herschleichst."

„Ich möchte mich mit dir unterhalten. Können wir es bitte gleich im Auto tun", fragte er.

Ich reagierte ziemlich barsch.

„Nein, ich kann es mit dir, jetzt sicher nicht gleich im Auto tun. Rücke mir heute lieber nicht mehr so nahe auf die Pelle, sonst vergesse ich mich noch", meinte ich zweideutig.

„Eben deshalb möchte ich ja mit dir reden", wandte Miles ein. „Kim ich habe wieder einen unverzeihlichen Fehler gemacht in diese Richtung."

„Nein! Nicht hier und nicht jetzt, sondern heute abends bei dir zuhause. Ich möchte mir den schönen Nachmittag von dir nicht vermiesen lassen", erklärte ich ihm und verschwand mit den Blumen in Richtung Owens Anwesen.

Kathy bedankte sich bei mir für den schönen Strauß und ich bemerkte, dass ich diese Woche, ohne ihre Hilfe nicht hätte bewältigen können. Miles war inzwischen auch wieder zurück, setzte sich an den Tisch und Owen gesellte sich zu ihm. Ich hörte nur noch, wie Owen Miles ansprach und um ein Gespräch unter vier Augen bat und dann waren beide Männer verschwunden. Erstaunt schaute ich hinterher und dann in Kathys Richtung.

„Ich denke mir, dass Owen heute Miles einmal so richtig den Kopf wäscht. Er wird sicher noch ein paar klärende Worte an ihn richten. Das ganze Dilemma eurer Beziehungskiste ist nicht ertragbar, reflektiert sich bereits auf alle Beteiligten und so kann es einfach nicht mehr weitergehen", erklärte sie mir.

Ich seufzte, setzte mich zu Kathy und erzählte ihr diesmal ausführlich, was die Woche über vorgefallen war. Kathy hörte meinen Ausführungen zu, schüttelte nur noch mit dem Kopf und konnte alles nicht logisch nachvollziehen.

„Ach, Kathy. Ich habe es bereits aufgegeben logisch zu denken und nehme alles nur noch so hin, wie es kommt", gestand ich ihr.

„So, Kim nun will ich dir etwas sagen. Du siehst seit dem Selbstmordversuch und dem Verlust des Babys fürchterlich aus. Ich frage mich bereits, wann dein nächster Zusammenbruch kommt", offenbarte sie mir. Ich sah Kathy an.

„Bitte, nicht dieses Thema im Moment. Ich bin wirklich noch nicht darüber hinweg und kann es nicht ertragen, immer wieder auf den Verlust des Kindes angesprochen zu werden. Diesen Zusammenbruch hatte ich bereits gestern schon beim gemeinsamen Antiaggressionstraining. Bill werde ich auch noch zur Rede stellen, warum er mir Miles zu diesem Kurs auf den Hals gehetzt hat."

„Ach, da hat er nicht einmal so verkehrt gehandelt. Miles wäre sicher nie von selbst darauf gekommen", meinte Kathy und lachte.

„Ich weiß überhaupt nicht mehr, was ich tun oder lassen soll. Am liebsten wäre mir gewesen, wenn ich den Selbstmordversuch nicht überlebt hätte", gestand ich ihr.

Kathy ergriff meine Arme und schüttelte mich.

„Kein Mann ist es wert, dass man sich für ihn sogar bis zum Selbstmord opfert. Lass dir nicht alles von Miles gefallen und trete bestimmend gegen ihn auf. So ab und zu ein paar energische Worte an ihn gerichtet, sind gar nicht so übel. Miles scheint mehr der Mensch zu sein, dem man ab und zu auf die Füße treten muss, damit er begreift, was Sache ist. Owen ist auch nicht anders, nur nicht so schlimm", gestand sie mir.

Ich musste über die Ausführungen von Kathy herzlich lachen und erwähnte, dass Bill mir auch schon den Ratschlag erteilt hatte. Ich versprach ihr hoch und heilig, es bei Gelegenheit einmal auszuprobieren. Zwischenzeitlich kamen auch Owen und Miles wieder zurück und Miles sah ziemlich geknickt und blass um die Nase herum aus. Er schaute mich kurz an und ich hatte das Gefühl, dass Owen mehr als nur ein paar klärende Worte mit ihm besprochen hatte. Kathy stellte Kaffee und Kuchen auf den Tisch und als Miles sich die Tasse einschenken wollte, bemerkte ich, dass er unmerklich zitterte. Ich schaute in Owens Richtung und dieser zwinkerte mir verschmitzt zu.

Der Nachmittag verlief noch recht angenehm und gegen abends machte ich mich mit den Kids auf den Nachhauseweg.

„Kim? Vergiss nicht, wir haben etwas zu besprechen", erinnerte mich Miles.

Ich blickte ihn an.

„Weißt du, du kannst dir ja gerne bis nächsten Freitag zum Antiaggressionstraining etwas einfallen lassen. Ich werde mir dann meine passende Antwort überlegen. Ich habe keine Lust mehr auf solche Themen heute Abend", wies ich ihn ab.

Miles schluckte und schaute mich enttäuscht an. Er half mir noch die Zwillinge in den Porsche zu setzen, ich verabschiedete mich von ihm, wünschte ihm ein angenehmes Wochenende, setzte mich ins Auto und fuhr los.

Der Sonntag verlief harmonisch für mich und die Kinder und ich schweifte gedanklich kein einziges Mal in Miles Richtung ab.

Die Woche begann und ich machte mich wieder an meine zahlreichen Aufträge. Kathy holte Wesley und Zoe ab und nahm sie mit ins Kavaliershaus, wo ich sie abends abholen würde. Meine Auftraggeber wurden immer anspruchsvoller und ich hegte den Verdacht, dass O´Connor seine Finger mit im Spiel hatte, um das, was er verursacht hatte, irgendwie wieder gut zumachen. Einerseits war es mir nicht ganz recht, andrerseits kam dies wieder mir zugute und bestätigte mir, dass ich die Beste in meinem Fach war und stolz darauf sein konnte.

Miles ließ sich die halbe Woche nicht blicken, selbst dann nicht, wenn ich die Zwillinge von Kathy abholte. Mir konnte dies auch irgendwie recht sein, denn so konnte ich mich auf das bevorstehende Halloweenfest vorbereiten und mir ernsthafte Gedanken darüber machen, ob ich Miles Verlobung annehmen sollte. Mit Erschrecken fiel mir ein, dass ich noch den Ring in einer meiner Jeans hatte und eilte ins Badezimmer. Ich wühlte im Wäschekorb nach der entsprechenden Hose, kramte den Ring aus der Hosentasche und legte ihn auf den Schminktisch. Mir wurde klar, dass diese Entscheidung nicht leicht fallen würde, da sich zurzeit alles in mir gegen eine Verlobung mit Miles sträubte.